吳蔚作品集/01

魚玄機

吳蔚
新銳歷史小說家、劇作家

好讀出版

目錄

卷一　三鄉驛　05
卷二　夜宴　27
卷三　溫庭筠之死　71
卷四　雪夜凶殺　125
卷五　美人醉　161
卷六　飛天大盜　187
卷七　猜忌　211
卷八　生同死不同　239
尾聲　275
人物介紹　277
導讀推薦　傳奇不凡的「魚玄機」與撲朔迷離的《魚玄機》　文／彭衍綸　296
後記　生命之花如許豔麗　文／吳蔚　306

卷一　三鄉驛

夜涼如水，秋風中飄蕩著淡淡的馬糞和苜蓿的混雜味道，倒也不是十分難聞。李凌站了會兒，又覺得腹痛，只好再向茅廁走去。他繞過驛舍，打算抄個近道，剛走出數十步，突然聽到有異動之聲，回首一看，一個黑影正爬到驛舍二樓窗外，身手極為敏捷……

唐懿宗李漼咸通八年，西元八六七年九月，重陽剛過，二十七歲的老姑娘裴玄靜換上黑色的吉服，辭別年邁的父母，將要離開家鄉河南緱氏城，經洛陽、長安兩都，嫁往京兆府鄠縣。

這也是新娘子人生中的第一趟遠途。她雖然在慈母婆娑的淚光中有些黯然，但大體還是平靜的，沒有像一般人家出嫁的女兒那樣哭哭啼啼。最出人意料的是，她堅持不肯要陪嫁的婢女，只帶上祖父傳下的桑門劍，就此登上了墨車。

代表李家前來迎親的是新郎李言的堂兄李凌，今年三十六歲。他隨身帶著的小戶奴[1]牛蓬，還是個稚氣未脫的少年，不過跟著主人忙前忙後，手腳倒是勤快。車者萬乘四十來歲，是李家特地從長安雇來的趕車手，他的豪華墨車和高頭驪馬在京兆一帶頗為有名。

離開裴家之時，正是日入三商時分，以取古禮「昏禮下達」之意。天幕漆黑，又無月光，一行四人，兩騎一車，摸索著走到緱氏西城門的客棧，就此停宿。次日清晨，城門大開，將出發之時，裴父裴升和裴母陳氏又在婢女的陪同下緊巴巴地趕到西門客棧，陳氏親手將心愛之物銀菩薩交給愛女珍藏。依依惜別後，裴玄靜一行人正式離開了緱氏城，西奔洛陽而去。一路遙望殘柳垂絲，寒蘆飄絮，倒也夷然。

當晚到達洛陽，照舊歇息，第三日清晨再出發。唐朝實行兩京制度，從東都洛陽到西京長安的八百餘里官路是帝國最為重要的交通幹線。道路寬闊平坦不說，沿途還有夯土堆成的標識，稱為「里隔柱」，每五里一柱，每十里兩柱，方便行人推算行程。且所經之處，驛館林立，酒肆豐溢，便利之極。

洛陽之後，下一個城市是陝州，須先經過崤山。崤山分南北兩路，均險隘難行。南路為驛路主線，相對平坦，兼有湖光山色，蓼紅葦白，風景宜人，不過由於迂迴向南，繞了一大圈。北路雖陡峭險峻，但直接連接洛陽和陝州，更為快捷。李凌本性格平庸，但卻對這次代堂弟迎親一事格外緊張，又是個急性子，生怕誤了事先定好的婚期，也未與新娘裴玄靜商議，便逕自選了北路。按照李凌的計畫，這一天日落前該趕到澠池，也就是戰國時期秦昭王與趙惠文王會盟的地方。

天高雲淡，車馬轔轔。沿途層林盡染，秋色正濃，賞心悅目，倒也使旅途顯得有些生趣。一路均是平安無事，只是走到闕門時，聽聞前面硤石堡處有饑民強力劫取來往行人的財物。硤石堡是北路上最險要之處，東徑雍谷溪，回岫縈紆，石路阻峽，所以才得了「硤石」的稱號。不過，李凌起初並不大相信這等傳聞。今夏陝州大旱是事實，然而在兩京之間的驛路上當道搶劫，漠視王法到這個地步，聽起來著實有些駭人聽聞。

正半信半疑之時，又聽說那些膽大妄為的攔劫者並非山民，而是被官軍追捕正急的鹽販，個個手中均握著明晃晃的凶器。這話聽起來更加匪夷所思，鹽販多在山東、江浙之地，如何到得這裡？

李凌科舉不第，未入仕途，一直只處理照料家族事宜，對時事漠不關心，一時難辨真假。眼見前面的路人紛紛調頭，猶豫後最終決定還是折返洛陽，改行南路。只是這樣一去一回，行程便耽誤了許多，日落前只返回至洛陽。第四日剛出發小半日，便遇到一場綿綿秋雨，車轂轆陷在泥中，出了點問題，不得已在壽安縣滯留一天。第五日，一行人一早出發，然而秋雨後道路泥濘，馬車比平日難行得多，直到天黑時，才到達三鄉驛。

三鄉驛不僅是南路上等級最高的大路驛，還是唐玄宗李隆基創作名曲巨作〈霓裳羽衣曲〉的地方，算得上是驛路的名勝之地。據說昔日玄宗在這裡登高望女兒山，見到山上雲霧繚繞，精通音律的他突然有所感悟，就此寫下〈霓裳羽衣曲〉，用以詠唱眾仙女翩翩起舞的意境，其舞、其樂、其服飾都著力描繪虛無縹緲的仙境和舞姿婆娑的仙女形象，成為唐歌舞的集大成之作。詩人劉禹錫曾有詩道：「開元天子萬事足，惟惜當時光景促。三鄉陌上望仙山，歸作霓裳羽衣曲。仙心從此在瑤池，三清八景相追隨。天上忽乘白雲去，世間空有秋風詞。」便是吟誦此事。

這裡是南路必經之地，停留了不少行商。古來驛站為官營機構，只供給來往官員及傳遞官府文書的公差，凡住宿、補給、換馬，須出示朝廷傳符、券、牒等憑證。唐朝立國後，驛道系統本建設得相當完善，然安史之亂後，藩鎮勢力膨脹，皇帝權威衰弱，驛制開始走向弛廢。尤其到了晚唐，文書遞送之責逐漸由驛站移植到遞鋪，驛站壓力相對減輕，但來往官員、使者依舊頻繁，白白吃香喝辣不說，還要挑三揀四。驛長自然不敢得罪這些人，光送禮的開銷就是一筆巨大的花費。而唐朝更有明文規定，驛長須對驛馬死損肥瘠負責，一旦馬匹有死損，均由驛長賠償。為了填補這兩項巨大虧空，驛長乾脆想出趁客稀事簡之時，闢出部分傳舍對外接納商旅的法子，甚至還出賃驢馬供客人騎乘。由於驛站往往是精選之地，驛館建築也較普通旅舍宏敞雄大，更有所謂「豐屋美食」之稱，因而行客們往往更願意選擇驛站來做休憩之地。而朝廷知曉後，因忌憚曾發生過肅州驛丁暴動，對此也不敢多管，僅僅是睜隻眼閉隻眼罷了。

李凌進到驛廳時，剛好傳舍只剩下最後兩間客房，新娘裴玄靜自住一間，無奈李凌只能與隨從牛蓬和雇請的車者萬乘共擠一間房了。

晚飯時，不少頭一遭到此的商客聽到充當跑堂的驛丁不斷稱讚〈霓裳羽衣曲〉後，好奇心大起，群情洶洶，要摸黑去東邊的連昌宮探訪玄宗登高處。其實連昌宮是皇帝行宮，普通人根本無法進去。所謂探訪，也不過是在圍牆外面遙遙遠觀而已。但眾人心中均有獵豔之想，說不定能切身感受到大美人楊貴妃往日的香澤，晚飯一畢，便迫不及待地吵吵嚷嚷離開了。這一下走掉了大半人，驛廳頓時安靜下來，偌大的廳堂顯得空空蕩蕩。

李凌詢問裴玄靜是否也要去看看古蹟，一路沉默的新娘僅僅搖了搖頭，便告辭回房休息。跟隨李凌來迎親的戶奴牛蓬本來還想跟著人群去湊個熱鬧，但望見主人一臉焦慮，便不敢開口提起。

自改行南路後，李凌便一直憂心忡忡：「看來誤期已不可避免，如今之計，只能派人快馬送信去鄠縣說明情況。可是牛蓬才十三歲，還是頭一次出門，能放心派這個毛孩子回去麼？」

李凌的座位最靠近櫃檯，轉頭一望，櫃檯後有一名驛吏正埋頭喝悶酒，似有滿腹心事。他想了想，走過去道：「吏君有禮了！」

那驛吏名叫夏亮，正因家中瑣事煩惱，剛巧今夜當值，又逢上人極多的時候，心情越發煩躁。他只抬頭看了李凌一眼，隨即又低下頭喝酒，飲完一杯，才不耐煩地問道：「你有什麼事？」李凌道：「在下京兆李凌，有一封急信，想送去長安，不知道吏君……」夏亮頭也不抬，只問道：「你可有官府憑證？」李凌老老實實回答道：「在下並非官府中人，信也是家信。」夏亮揮揮手道：「那不得了，你還多問什麼？我們這裡可是驛站，只遞送官府公文！」

李凌碰了個大大的釘子，滿心不悅，然對方所言在理，又不便發作。回身剛及坐下，只聽見一個清朗的聲音問道：「兄臺有何煩心之事？不知小弟可否代為效勞？」

抬眼一看，一名年輕男子正站在面前拱手相問。他大約二十來歲年紀，一身藍色直裰，腰繫絲條，黑紅的臉上一雙眼睛晶晶發亮，顯得神采飛揚。又操著極重的山東口音自我介紹道：「在下黃巢，是去京師參加今秋省試的山東貢生。適才小弟留意到兄臺長吁短歎，似有不解之愁，特意過來相詢，是否有效勞之處。」

李凌正悶悶不樂，忽然意外得人關懷，頓有如獲天助之感，當即請對方坐下，原原本本講明瞭事情經過。又道：「本來舍弟李言要親到緱氏迎娶新娘，不過近來長安鬧飛盜，京畿之地人心惶惶。舍弟官任鄠縣縣尉一職，職責所在，一時走不開身，這才將迎親大事託付於我。按照先前約定，二十日日落前，舍弟李言該到長樂驛與我等會合，但如今看來，恐怕要比預期延遲三、四日了。我正為此煩心，生怕親朋好友們久候。」

黃巢聞言大笑道：「這有何難！李兄只要寫一封信，小弟樂意充當這送信使者。小弟的坐騎『飛電』是萬裡挑一的好馬，瞬息萬里，大後天日落之前，小弟便能抵達長安。」

李凌聽了大喜，當下招手叫過一名驛丁，索要了紙筆墨，當場寫好一封信，雙手交付給黃巢，叮囑道：「內中情形，信中均已經說明。黃君千里迢迢去京師應試，科考在即，功名要緊，不必麻煩大老遠再跑一趟鄠縣，只須將信送到長安親仁坊勝宅處。舍弟李言與勝宅主人尉遲鈞交好，他自當理會。」

黃巢奇道：「尉遲鈞可就是那于闐國王尉遲勝的後人？」李凌道：「正是。」黃巢將信收入懷中，大笑道：「如此甚好，小弟正想要見識一下這大名鼎鼎的勝宅到底是如何的風光。」又一拍桌子，大聲叫道：「酒保，快拿上色的名酒、時新的好菜來，我要與李兄暢飲一番。」李凌見他為人豪氣，又有一副仗義心腸，也頗為歡喜。

偏偏旁邊櫃檯後那驛吏夏亮見黃巢一副意氣風發的樣子，莫名其妙地心頭來氣。更重要的是，按照本朝制度，上京趕考的舉子有資格免費使用驛站，黃巢白占了一間房，驛站便少收入了一間房錢，是以驛吏更加看他不順眼，重重橫了他一眼，冷冷地道：「你這鄉下小子，還真當這裡是酒樓茶館呢！」黃巢登時面色一沉，剛及發作，李凌急忙道：「黃君大人雅量，不必與他計較。來，我敬你一杯。」黃巢知道李凌不欲自己多生事，順勢接過酒杯，一飲而盡。夏亮挑釁不成，也就罷了。

當下酒菜流水似地端上來，二人邊談邊飲。三鄉驛的酒有個特色，全是驛站驛兵自釀，是這一帶頗為有名的烈酒，常人只飲得一杯，往往已經面紅耳赤。李凌酒量本好，只是擔心第二天還要趕路，不敢多飲，也勸黃巢少飲為妙。黃巢笑道：「仁兄可自便。小弟卻是無酒不歡，越飲越好辦事。」果然數杯烈酒下肚，照舊臉不變色心不跳。

酒酣之際，又互相道了籍貫家承。李凌本是關中世家，黃巢卻是山東曹州人，家中世代經商，家貲富厚，到了他這一輩才開始讀書向學。這次赴京趕考，還是他頭一次到西邊來，因而有意放慢行程，為的就是沿途遊歷大好河山。黃巢對李凌提及的硤石堡有鹽販當道搶劫一事似乎很有興趣，詳細探問情由，只是李凌也不過是道聽塗說，說不出個究竟來。

黃巢又飲了兩杯，心中記掛他事，便欲告退回房。李凌暗中打量黃巢，見他眉目之間自有股彪悍的草莽氣概，與平日見過的一般貢生很是不同，與他一番交談後，更知他自負才華，此次參加省試，有志在必得之意，當下遲疑道：「黃君，承蒙你不棄，叫我一聲仁兄。兄尚有一言……你可知道科舉考試內中情由複雜？」

黃巢一愣，想了想，問道：「仁兄是說會有人作弊？」李凌四下掃了一眼，卻見那驛吏夏亮正目光炯炯地望著自己，似乎很留意想聽他說些什麼，看上去很有些不懷好意，他不便再明說，只好順勢點頭道：「嗯。」黃巢點頭道：「小弟在山東，倒是聽過大才子溫庭筠為人代考的事。溫庭筠的詩詞文章都是不錯的，只是他自己都沒考中過進士，枉有才子之名，又怎能替人考中？就算真有飽學的翰林之士替人捉刀，小弟自信腹中尚有文章，但教仁兄放心。」

李凌見他不明其中情由，心想：「你可知道溫庭筠詞賦詩篇，冠絕一時，就連昔日宣宗皇帝也愛唱他所填的〈菩薩蠻〉詞，他連舉進士，偏偏不得中第，即是因為他不修邊幅，自甘下賤，出入青樓，好逐弦吹之音，為側豔之詞，因而為士族所不齒，有意壓制。不然憑真本事考試，十個溫庭筠都早狀元及第了，何至於潦倒終生。你雖然取得了貢生的資格，但終究是一介游商之子，非士族出身，本朝『工商之子不當仕』雖非定制，卻早已經成為慣例。你既無門楣，朝中又無後臺，要想金榜題名，有如登天之難。才學再高，恐怕也無濟於事。」

但他見黃巢年輕氣盛，對方又有恩於己，將話說得過於直白，豈不有輕視對方商人出身之嫌？一念及此，心中有所顧慮，便只是敷衍地點了點頭，道：「如此，信的事就拜託給黃君了。」黃巢拍了拍胸口，笑道：「君子一言！小弟既答應明日將信送到，何勞仁兄再次吩咐！」李凌再三致謝，這才與黃巢拱手作別，各自回房歇息。

臨入房之際，李凌突然肚子不舒服，又想到陝州還有一半的路程，車馬難行的恰好都在這一半上，急忙吩咐牛蓬去找車者萬乘重新檢查一下車馬，他自己則趕著去如廁。問了驛丁後，方知道茅房在驛站的最西側，須穿過一大片苜蓿地。

唐朝慣例，驛站附近劃有大量驛田，用來種植苜蓿草，以就地解決驛馬的飼料問題。這苜蓿草非中原之物，原產自西域大宛，傳說是世間罕物汗血寶馬最愛的食物。昔日西漢武帝劉徹愛馬成癖，為了得到汗血寶馬，不惜勞民傷財，先後兩次對大宛發動戰爭。隨著漢軍勝利的步伐，苜蓿草也與汗血寶馬一道流入了中原。最盛之時，漢宮別苑四周種的全是紫花苜蓿，長草離離，一望無邊。每當微風拂過，長草蕭然搖擺，因此又被稱為「懷風」，極有風韻。

李凌蹲在茅廁時，耳中淨是苜蓿的風中洶湧之聲，一浪接著一浪，颯颯作響，在這夜深人寂的時刻，聽起來極為詭異。

過了片刻後，大廳方向傳來人語聲，夾雜著馬嘶聲，大概是前去連昌宮的眾人回來了。一會兒，便有急促的腳步聲走過來。本以為也是來茅房方便的人，不料那腳步聲到不遠處就頓住了。只聽見一個男子氣急敗壞地聲音道：「你……你怎麼到這裡來了？」一個帶著荊楚口音的女子道：「怎麼，你還想怪我？咱們之前不是說好，要一道到長安探望魚玄機姊姊的麼？你從鄂州出發之時，為何不叫上我？」她的聲音脆生生的，語速極快，卻是一副埋怨的口氣。

李凌一聽到「魚玄機」三個字，立即上了心，豎起耳朵，刻意留心聽著。那男子不耐煩地答道：「那不過是你自己自說自話，我到長安可是有正經事兒要辦。你一個婦道人家，跟來做什麼？還是趕緊回家去罷。」女子道：「呵，我大老遠從鄂州追來，離長安這麼近了，我才不要回去呢！」見男子不答，又賭氣道：「那你去長安辦你的正事好了，我自己到咸宜觀去找魚姊姊。」

大概是見女子動了氣，男子的語氣頓時緩和下來，溫言勸道：「魚玄機現今出家當女道士，可不再是你昔日的魚姊姊了。國香，你也別胡鬧了，還是趕緊回鄂州去罷，免得大人[2]牽掛。」那叫國香的女子卻依舊不依不饒，沒好氣地道：「怎麼出家就不是我的魚姊姊了？去年她還特地寫詩寄給我呢。」說到最後一句時，語氣中充滿驕傲。接著便漫聲吟道：「旦夕醉吟身，相思又此春。雨中寄書使，窗下斷腸人。山捲珠簾看，愁隨芳草新。別來清宴上，幾度落梁塵？」

李凌聽了大吃一驚，忖道：「近來長安教坊十分流行這支歌，據說還是李可及譜的曲，想不到竟然是魚玄機寫給這女子的詩，看來她與魚玄機關係非同一般。魚玄機的舊友寥寥無幾，我怎麼不記得有一荊楚女子？」心頭疑惑甚多。突然又想到一事，心下恍然大悟：「是了，李億可不正是鄂州人！這國香與男子定是與李億有什麼干係，許是魚玄機遊歷荊楚時所結識的也說不定。」他一邊想著，一邊提著褲子站起來，先輕輕咳嗽了一聲，以免突然走出來時驚嚇了對方。

饒是如此，國香依然嚇了一跳，不由自主抓緊男子的手。男子初時聽到一人聲冒出，也頗為害怕，但一想這裡是驛站，外面有驛兵把守，膽子又大了些，探頭看了看，安慰道：「沒事。前面是茅房，估計是有人在蹲大號……」李凌接聲道：「正是。」束好衣褲，走了出來。只見缺月微明中，前面一高一矮兩個人影，正是適才交談的一男一女。

那二人之前已然聽到人聲，乍見一黑影蓬然而出，倒也沒有驚慌。國香跺腳道：「難怪這麼臭！瞧你拉我來的好地方！」鬆開了手，逕自往前走去。男子問道：「你去做什麼？」國香不快地道：「還能做什麼？當然是上茅房了。」頭也不回地向茅廁走去，剛好與李凌擦肩而過。

此時夜幕已深，四周沒有燈火，雙方均看不清面孔，依稀只見朦朧身形。李凌料到二人與舊友李億相熟，本有意招呼，但當此情形，卻是多有不便，乾脆罷了。

那男子依舊站在原地，若有所思，似是在等候女子出來。李凌走近他時，突然感覺到對方的形容體貌十分熟悉。他性情急躁，心中尚在盤桓不定，嘴上卻已經脫口而出，問道：「足下……可是李億兄？」那男子一聽這話，登時大吃一驚，轉身便走。

李凌茫然不解，呆了一下，急忙追上去，叫道：「李億兄，我是與你同科的李凌啊。」不料那李億頭也不回，更是加快腳步，飛快地直奔進驛舍。剛進大堂，便與一人撞了個滿懷。

那人看上去三十歲出頭，方面大耳，體態微胖，服飾華麗而俗氣，長袍僅過膝蓋，背後還跟著個年輕的短裝小僮僕。此人一見到李億，登時呆住了，結結巴巴地問道：「是你……你……」

李億卻恍若未聞，眼光直勾勾地落在對方手中的黑檀木盒上。那人又問道：「李億員外，你……怎麼會在這裡？」李億這才回過神來，「啊」了一聲，撥浪鼓似地搖頭道：「我不是李億。」回頭看了一眼，又瞪了一眼黑檀木盒，這才忙不迭地奔回自己的房間。

李凌追進來時，早已不見李億蹤影。他心中有許多疑惑，李億怎麼會突然出現在這裡？他不是帶著家眷在廣陵做官麼？他說是去長安公幹，又怎麼回去家鄉鄂州？跟這女子國香又有什麼干係？為什麼他一聽到自己的聲音便調頭就走，難道還在記恨自己當初也有意追求他的意中人魚玄機一事？

李凌想了想，便向櫃檯走去，欲向驛吏打聽李億確切住處。那驛吏正是曾以言語挑釁黃巢不成的夏亮，抬頭見李凌走過來，立即擠出一絲笑容，招呼道：「李公子……」李凌早已習慣他的冷淡，突見笑容，雖然勉強，卻也足以令人納悶。

就在此時，夏亮忽一眼見到那手捧黑檀木盒的男子，倏忽換了另一副神情，滿臉堆笑，迎了上去：「李君，您這是要回江東？怎麼這麼晚才到？」

那李君答道：「路上出了點事，所以晚了。」頓了頓，又問道：「看外面的車馬光景，今晚這裡的人可不少。還有空房麼？」夏亮笑道：「李君到了，哪能沒房？還有一間上廳空著，正候著李君呢！我這就領著李君過去。」李君倒是沒有架子，拱手謝道：「如此，便有勞吏君了。」微微側首，向背後的僮僕丁丁示意。

丁丁立即從懷中掏出兩枚開元通寶，上前交給夏亮，道：「說是春分過了，這天還凍著呢！這兩文錢，是我家主人的一點心意，送給吏君打酒，好禦禦春寒。」他不但口齒伶俐，還乖巧地將錢幣在夏亮眼前兩面各翻了一下。夏亮伸手接了過來，飛快地收入懷中，眉開眼笑地道：「李君有心了。」

李凌眼尖，早已經看清那兩枚開元通寶不是銅錢，而是銀幣，不由得大吃一驚。唐朝實行「錢帛兼行」制度，即同時以銅錢和帛作為流通貨幣，金、銀錢鑄量極少，僅供達官顯貴玩賞。他本來正氣憤明明還有空房，驛吏卻不肯給他，害得他得與戶奴、車者共擠一室，現在看到這位「李君」一出手就是兩枚銀幣，著實大方，心中不由得揣測他會不會是位大有來頭的人物。

這李君其實並非官場中人，而是江東商人李近仁。他在長安、洛陽均開有綢緞鋪，因常年來往於江東與京都，與驛路上的人極為熟稔。加上他出手大方，打賞豐厚，經常停駐的驛館、旅舍都竭力奉承，不比招待那些官員、使者差。這也難怪驛吏勢利，官員、使者來這裡淨是伸手的，李近仁卻是來送財的，如何不叫他另眼看待。

夏亮一轉眼看到李凌，突然想到了什麼，道：「李公子，請你先等一下。」李凌不明所以，問道：「什麼？」眼角餘光一掃，卻看到裴玄靜正走出來，不覺一呆。

就在此時，一名青年男子大踏步進來，叫道：「你們驛長在麼？」語氣傲慢嚴峻之極。眾人見他一身戎裝，斜跨弓箭，腰懸佩刀，英氣自然而生，一時愣住。

夏亮今晚酒飲得多了，腦筋渾然不似平時那麼靈光，呆了一呆，才問道：「你是誰？」青年男子滿臉不屑地看了他一眼，傲然道：「左金吾大將軍張直方。」

夏亮「啊」了一聲，忙捨了李近仁，急步趨近，先不看人的面容，而是先看腰間是否有玉袋。這玉袋，只有五品以上官員及都督、刺史才有，用來裝官印，隨身攜帶。果見張直方腰間有一鼓起的玉袋，便立即行禮道：「原來是張大將軍，久仰久仰！怪不得一進來就蓬蓽生輝！卑官未能及時出迎，還望將軍海涵。」又趕著問道：「將軍沒帶隨從麼？怎麼到我們這個小驛站來了？」他本來還待問對方是公事還是私事出行，立即又忖道：「這紈袴公子哥兒能有什麼公事，準是到崤山打獵來了。」只聽見張直方冷哼一聲，不屑作答。夏亮一低頭，見到張直方的靴子沾了不少泥土，便上前跪下，用自己的衣袖為他拂拭。

難怪驛吏如此諂媚，這張直方確是個大有來歷的人物。他本是盧龍留後張仲武之子。自安史之亂後，各地藩鎮割據一方，相當於獨立的小王國，朝廷政令多有不及。張仲武手握重兵，實力雄厚，雄霸河北，朝廷也不得不大加攏絡。張仲武病逝後，張直方被盧龍將領擁立為留後，後被朝廷正式任命為盧龍節度使，威風程度已經超過了他父親。可惜他在邊關軍營中長大，粗率豪放、灑脫不羈，根本無心於政事軍務，要麼成天出去打獵，要麼終日飲酒，不醉不休，倘若有人拿軍務煩他，他便發酒瘋鞭打士卒，由此逐漸引發了軍中不滿。張直方聽說後，一不改邪歸正，二不殺將立威，乾脆拋棄了顯赫的節度使之位，借打獵為名，一路直奔長安，大有視權勢如糞土的味道，令所有人大吃一驚。於是朝廷封他做左金吾大將軍，位高名尊，以示撫慰。不過，他回到京師任職後，性情依然故我。他喜歡打獵，經常不顧職責所在，獨自出遊，多日不歸。朝廷表面說念他父親功高，對他的失儀之處置之不問，其實是忌憚張氏在盧龍的威名和勢力。張直方無人管束，更加肆無忌憚、恣意妄為，好在他並無其他貪贓枉法、結黨營私的劣跡，反而因其個性直爽豪烈，在朝中有著極好的人緣。不過，他似乎並不大喜歡眼前這個大拍馬屁卑躬屈膝為自己擦靴子的驛吏，將腳縮了縮，皺緊眉頭道：「不必擦了。」夏亮卻道：「請將軍稍候，即刻便好。」

一旁的李凌見夏亮如此趨炎附勢、卑躬屈膝，與之前對待自己的態度完全判若兩人，心中不由得起了鄙夷之心，便不再理睬，逕自走向裴玄靜，問道：「娘子還未休息麼？」裴玄靜道：「適才鄰房有位叫黃巢的年輕公子四處找阿伯不到，便來敲我的門，讓我帶話給阿伯，說他有要緊事，須得連夜走了，信的事包在他身上。他的房間，就讓給阿伯住，免得阿伯與下人共擠一房。」她不急不緩，一氣說完，簡明扼要。在李淩印象中，這大概是聽她說話最多的一次了，只不過有些愕然，不明白黃巢為何要半夜離開，心中不免嘀咕送信的事交給他是否妥當。

卻見夏亮已經從地上爬起來，忽想起還沒有自報姓名，又道：「卑官夏亮，是這裡的驛吏。驛長今晚回家去了。將軍有什麼需要，儘管向卑官吩咐便是。」張直方也不客氣，命道：「我要一間上廳。另外，我的馬在外面，你派人好生照料。還有掛在馬上的獵物，讓廚下收拾好了做成下酒菜，連同酒一起送到上廳來。」

他每說一句，夏亮便應一聲，又召來幾名驛丁，吩咐他們立即去辦。張直方又道：「記住了，做下酒菜前，先要用雞蛋洗鍋具。」夏亮一愣，暗罵道：「這是什麼臭毛病。」心中如此想，口中卻連連道：「是，是。」

張直方正待轉身，突然留意到垂手一旁的李近仁，冷冷問道：「你是誰？」夏亮忙陪笑道：「他是李近仁李君，在京都做絲綢生意。」李淩聽了暗想：「原來他就是江東富豪李近仁，曾經聽尉遲王子提起過，卻沒想到是這樣一個大腹便便的中年人。」

張直方橫了夏亮一眼，不滿地道：「我問你了麼？」夏亮道：「是，是，卑官知罪。將軍，卑官這就帶您去上廳，這邊請。」一旁的僮僕丁丁忍不住叫道：「吏君，那我家主人的房間呢？」夏亮看了一眼李近仁，又看了一眼張直方，有些尷尬，顯然這間上廳已經是這驛站的最後一間房。

張直方見此情形，怫然不悅，道：「我是朝廷三品大將軍，你一介平民，憑什麼與我爭房？這裡可是驛站！驛吏，你來講，朝廷是不是明文規定，只有官員和差役才能入住驛站？」夏亮忙道：「是，是，當然是。上廳肯定是將軍的，李君也絕對沒有與您爭的意思。」向李近仁使了個眼色。李近仁會意，當下上前，恭恭敬敬地道：「這個自然。在下只是個商人，這上廳自然是像將軍這樣的貴人住的。下人不懂事，還請將軍不要介意才是。」

似乎這個時候起，張直方才開始仔細留意李近仁，望了一眼他手中的木盒，突然問道：「你這盒子裡裝的什麼？」他這一發問，在場所有人都覺意外。李近仁愣了一下，才答道：「是一位朋友託在下帶去廣陵，送給另一位朋友的禮物。」

張直方點了點頭，揮揮手道：「這就走罷。」夏亮道：「是。」忽然想起一事，走近李近仁，低聲道：「李君先等一下。」又叫住正要走開的李凌：「李公子……麻煩你也等一下。」語氣已然客氣許多，這才領著張直方進去。

李凌猶自一頭霧水，喃喃道：「驛吏怎麼突然客氣起來了？」裴玄靜道：「他有求於阿伯，想要阿伯將黃巢公子的房間轉讓與這位李君，當然無法再盛氣凌人了。」李凌一愣：「娘子如何知道？」裴玄靜微微一笑，卻不答話。

便在此時，一個年輕女子怒氣沖沖地走將進來。李凌見她身形頗為眼熟，似乎便是適才在茅廁外遇到過的國香。他心中猶自記掛意外遇到李億一事，遲疑問道：「小娘子，你是不是……」國香立即聽出了他的聲音，道：「噢，我知道，你就是適才在茅房的那個人，對不對？」李凌點點頭，問道：「小娘子是不是要找適才那位與你交談……」國香憤然道：「我不找他！」揚聲叫道：「喂，有人麼？我要一間空房！」

僮僕丁丁哼了一聲，嘟囔道：「哪裡還有空房？沒見我們比你先到，現在還站在這裡麼？」國香順口問道：「那怎麼辦？」丁丁有意玩笑，故意打趣道：「只好委屈在驛廄中睡一宿囉。不過那裡可都是馬糞的味道。你一個小娘子，恐怕極不方便。」國香一呆：「什麼？」

裴玄靜突然插口道：「如果小娘子不嫌棄，今晚可與我共擠一房。」國香尚在遲疑：「這個……」李凌再也按捺不住，直接問道：「小娘子是否認識李億員外？」國香道：「當然認識啦，我們既是鄉鄰，兩家又是世交。」隨即露出了警惕的神色，上下打量著李凌：「你是……」李凌道：「在下是李億的舊友李凌，我們有同科之誼。」國香搖頭道：「沒聽他提過。」李凌正待問為何李億突然來到此地，國香突然發了怒，「不准再提李億這個名字！我當作不認識這個人！」

李凌猜她大概惱怒李億沒有在茅廁外等候，因而生氣。他心頭疑惑甚多，卻不便多問，因道：「如此，便不提了。此時夜色已深，驛站又無空房，小娘子不如與我新弟妹裴家娘子暫擠一室，如何？」

國香當此境地，本無主意，不由自主地將目光投向裴玄靜，只見她嫺靜有禮，又是一身黑色吉服，便點了點頭，又笑道：「原來娘子就要做新娘了，恭喜。」裴玄靜上前挽住她的手：「多謝。來，我領小娘子進去。」

李凌正待與李近仁招呼，夏亮滿頭大汗地跑出來，忙不迭地道：「李君，不好意思，怠慢了。」李近仁依舊是一臉和氣，笑道：「沒事沒事。不過，驛站可還有空房？」夏亮笑道：「有是有，不過得與這位公子爺商議一下。」說著一指李凌。

李凌一聽，不由得對裴玄靜的先見之明十分佩服，暗想：「難怪我這弟妹能助她父親裴縣令破了幾樁奇案，果然是觀察入微，料事在先。」他自然不願意與下人共擠一室，但這房間本來就是黃巢意外讓給他的，何況李近仁與尉遲鈞是朋友，看在于闐王子的面子上，這房也是該讓的。當下表示願意將黃巢讓給他的房間轉讓給李近仁主僕。

夏亮本來以為要大費口舌，哪知絲毫不費周章，大喜過望，對李凌態度更加熱情。又道：「這個房間，包括李公子訂的兩間房，那位黃巢公子均已經付過帳了。」李凌這才恍然大悟，夏亮之所以前倨後恭，定然是黃巢離開前給了他不少好處的緣故。

李近仁忖道：「如此，我就將房錢退給李君。」回頭示意僮僕丁丁取錢。李凌急忙擺手道：「不必。這是黃巢君的恩惠，我不敢掠人之美。黃君赴京趕考，李君時常滯留京師，他日若有機會遇見，李君可親自向他道謝。」見李近仁執意給錢，乾脆撘下眾人，調頭奔回驛舍。

這一夜，李凌難以成眠，一則心中記掛李億之事，二則睡在榻上的車者萬乘鼾聲大作。他腦子裡盤算了很久，決計不再理睬李億之事。李億不肯與自己相認，恰好證明他此去長安不是為了公幹，而是舊情難忘，要去與昔日下堂妾魚玄機相會。多半也是因此，而對妻子裴氏藉口說要回家鄉鄂州，不知怎生又扯出這個國香來。不過人家既然不願意自己知道，又何苦再自討沒趣？他如此想著，心中便覺釋然許多。但輾轉反側中，耳中依舊是如雷的鼾聲，心情不免煩悶，便乾脆披衣出房，欲到外面隨意走走。

此時已過四更，正是夜深人靜之際。一出門，便聽見鄰房有竊竊笑語聲，似乎是國香正在講述著什麼，不覺驚詫萬分，倒不是因為國香心直口快，而是新娘裴玄靜纖弱文靜，沉默少言，竟然能與直率的國香交談甚歡，實在是件奇事。他搖了搖頭，逕自下了樓，來到驛廳中。

夜涼如水，秋風中飄蕩著淡淡的馬糞和苜蓿的混雜味道，倒也不是十分難聞。李凌站了會兒，又覺得腹痛，只好再向茅廁走去。他繞過驛舍，打算抄個近道，剛走出數十步，突然聽到有異動之聲，回首一看，一個黑影正爬到驛舍二樓窗外，身手極為敏捷。那窗口猶自有燈光，正是裴玄靜的房間。

李凌一驚，大叫道：「是誰？」那黑影萬料不到背後的苜蓿地竟然還有人，一驚之後，迅速沿廊柱攀援而下，離地面兩丈時，一躍而下，隨即翻入了一樓的一扇窗戶，倏忽不見。李凌也顧不上再去茅廁，轉身便往驛舍跑去。剛到驛廳門口，便見李億慌裡慌張地奔了出來，見到有人，急忙用衣袖將臉遮住。

李凌叫道：「李億兄，是我啊。」李億卻不理睬，快步擦肩而過，突然又想起什麼，回身抱拳作禮道：「李兄……」李凌哈哈笑道：「你小子，終於肯認我了！」李億躊躇道：「這個……小弟還有急事……咱們回頭再敘。」轉身便走。李凌問道：「你是要去長安，還是回廣陵？」李億遲疑了一下，答道：「廣陵。」頭也不回地走了。

李凌心中記掛裴玄靜，急忙往房間走去。只見國香迎面趕來，一見他就問道：「你看到他了麼？」李凌心下揣度「他」必是指李億，便答道：「看到了，他說要立即回廣陵。」國香一愣：「廣陵？去廣陵做什麼？哎呀！」話音未落，人已急追出去。李凌也不及細想，進得樓廊，只見裴玄靜正提劍站在房間門口，神色甚是疑惑。李凌忙上前道：「娘子受驚了。」裴玄靜道：「我沒事。」

原來裴玄靜一直在聽國香講述一些趣聞，尚未就寢。適才李凌在窗下的一聲大叫，立時驚動了她二人，往窗口一望，只有黑漆一片。又聽得門口似乎有動靜，開門來看時，便望見一名男子匆忙往樓梯口而去，不過只見到背影。裴玄靜見他鬼祟可疑，便回身取了桑門劍。正欲追出門之時，國香卻突然悟到什麼，跺了跺腳，叫道：「裴姊姊不必再理會！是他！」自個兒逕直追了上去。這「他」，自然就是李億了。

李凌心下估摸多半是李億爬到窗口欲窺測國香，便未提及黑影爬到窗口一事。裴玄靜猶自擔心國香，問道：「她就這麼追出去，會不會有事？」李凌見國香與李億態度曖昧，關係肯定不只鄉鄰那麼簡單，更加不便多管閒事，便道：「他們是……舊識，應該沒事。」話雖如此，心頭疑問卻一絲一縷地冒了出來，隨即糾纏在一起，成了一團亂麻，怎麼也捋不開。

正費思時，鄰房的門「吱呀」一聲開了。只見李近仁的僮僕丁丁伸了半邊腦袋出來，睡眼惺忪地問道：「發生了什麼事？」李凌生怕驚擾驛吏，平地又弄出一場風波來，忙道：「沒事沒事。」

丁丁剛從布褥裡鑽出來，僅穿著一件薄袿子，樓廊的過堂風一吹，便感到微微寒意，正欲縮回房內，突瞥見裴玄靜手中長劍，立即睜圓了眼睛，不由自主地走出門來，奇道：「娘子看上去嬌嬌弱弱，原來也會武藝。」

裴玄靜只是微微一笑，並不作答。李凌卻忍不住誇道：「我這弟妹的祖父和伯父，可都是大唐的武狀元。」丁丁當即刮目相看，咋舌道：「原來如此，娘子當真是深藏不露。失敬了！」頓了頓，又不服輸般地道，「不過，我家主人武藝也相當了……」一語未畢，忍不住打了個噴嚏，登時鼻涕直流。只聽見李近仁在房內沉聲叫道：「丁丁，快進來睡覺！別吵到旁人休息。」丁丁吐了吐舌頭，擺出一招「白鶴亮翅」的架勢，又指了指房內，似在誇耀李近仁武藝也是不凡，這才依言進去。

當下眾人各自回房休息，但國香卻一夜都沒回來。次日清晨出發之時，問及驛丁，方知道李億和國香都已經連夜離開。李凌猶有滿腹疑雲，但他本就性子粗疏，也顧不上想得太多。

到達陝州之時，剛好遇到一支回城的軍隊，還裹帶著二十餘名俘虜，個個衣衫襤褸，愁眉苦臉，被反剪雙手，莫名增加了城中的緊張氣氛。後來才知道這是奉命前去硤石堡緝拿盜匪的官兵，俘虜們正是那些傳說中當道搶劫的山民。

當晚城內傳言紛紛，說那些山民攔路搶劫本是受鹽販煽動，當官軍聞訊趕去時，鹽販卻早已逃得無影無蹤。據說在這之前，有一年輕男子連夜飛騎趕來，與鹽販頭目一番聲色俱厲的交談後，鹽販才呼嘯散去。關於這男子的來歷，無人知曉。他座下駿馬，迅如閃電，卻給人留下了深刻印象。李凌在客棧中聽旁人描繪形貌，突然感到這神祕男子的坐騎似極了黃巢自誇的「飛電」。

次日，李凌等人離開陝州的時候，看到城門貼出告示，說是抓獲的俘虜已經於昨夜如數處決。只不過在告示上，山民的身分變成了鹽販。回望城牆上那一排神態各異的人頭，李凌心中真有說不出的失望和沮喪。但他也知道，在現今的時世，殺民充賊早已經不是什麼罕見的事。

又行了一日，終於入了潼關。一到關中，裴玄靜便發現了這一帶地形多有奇特之處——遠遠望去一個突兀高起的土丘，高約數十丈，闊約數十里，卻是四面陡峭，頂上平坦。土丘上面林深草茂，被秋風染成了大片的金黃色，看上去十分炫目。詢問李凌才知道，這是黃土高原上特有的塬地，大名鼎鼎的龍首原、樂遊原都屬於這種地形。

凝視著那一片片在蕭瑟秋風中翻騰蕩漾的蔭翳叢林，裴玄靜心中突然升騰起奇特的渴望和嚮往。自此，塬地便作為一種別致而幽深的意象留在她的內心深處，氤氳繚繞，經久不散。

1 家奴的意思。
2 唐朝的「大人」，意為父親。

卷二　夜宴

銀菩薩就這般傳奇地丟失，又這般傳奇地尋獲。然而案子並沒有破，尚有許多謎團未解。如果真是飛天大盜所為，為何他不順手將寶櫃中的其他財物席捲一空？既然他能飛簷走壁，坊門夜禁於他根本無礙，為何他不似往常那般揚長而去，而要將贓物藏在咸宜觀？

帝國京師長安位於龍首原以南。這座由北周皇族宇文愷設計的都城，是按照《周易》「乾之六爻」的釋意來規劃的。全城以朱雀大街為中軸線，完全採用東西對稱佈局，南北向大街共十一條，東西向大街共十四條，街道寬廣，綠樹成行，人工開挖的渠水甚至可以行船。又分成一百零九個里坊居民區和東、西兩個集市，街道縱橫，坊肆林立，街市如棋盤一般整齊排列，坊里全部排列入棋局，正如白居易在詩句中所描述：「百千家似圍棋局，十二街如種菜畦。」朱雀大街還是京城所治二縣的分界線，其東為萬年縣，其西為長安縣，合稱為「赤縣」。

不過，如此磅礡壯麗的城市，一到夜晚則完全是另一種風景——寧靜漆黑，惘然莫測。這是因為長安實行里坊管理制度：坊里的四周以圍牆封閉，每面僅開一扇門；而皇城南邊四列三十六坊只開東西兩門；城門和坊門早晚都要定時開閉，以擊鼓為準；並實行宵禁制，犯禁者一旦被巡邏的金吾衛士發現，便要遭到拘禁鞭撻。因而有許多人熱愛長安，唯獨不愛長安的夜晚，新郎官李言便是其中一個。

李言時任鄠縣縣尉一職，本待親自前去緱氏迎娶新娘，但時值金秋九月，正是秋遊的大好時節。鄠縣風光秀麗，自古以來便是王子公孫的偏愛之地，昔日漢武帝劉徹甚至還準備在這一帶擴建上林苑，幸得為東方朔諫阻。而到了唐朝，不少皇親國戚都在鄠縣擁有大莊園。作為負責地方治安的地方官吏，李言不免也要跟著忙亂一番。湊巧的是，京師長安近來出了個身手高明的「梁上君子」，專門偷竊有錢人家的貴重財物，不留任何痕跡，號稱「飛天大盜」。京畿各縣均為追捕此盜而焦頭爛額。李言職責所在，一時難以脫身，只好請堂兄李凌代己前去河南迎親。前幾日接到山東貢生黃巢捎帶的信後，李言已經按改約的時間趕到長樂驛迎候新婚妻子裴玄靜一行。

長樂驛位於長安城通化門外東七里的長樂坡上，地勢頗高，風景也好。此時正是日落時分。斜陽的餘暉洶湧著灑向天地，給萬物都穿上了一件金色的光衣，流光溢彩，連人都多了幾分光亮。不遠處的滻水粼粼閃爍，波光中夾雜著點點晚霞的光芒，如同一條光潔而華麗的錦帶。南邊的終南山本已經為秋風妝點得五彩斑斕、濃淡不一，被夕陽一照，更呈現出一種馥郁得化不開的奼紫嫣紅——紅的更紅，如同燃燒的火焰；黃的更黃，泛出金子般的奪目光芒。燦爛輝煌如此廣袤寬闊，無邊無際，著實令人驚歎，雖畫工設色也不能及。

李言未來得及穿上早已預備好的黑色吉服，依舊是平時一身深青色的長袍，看上去完全沒有心思欣賞眼前的美景。他素來精明幹練、遇事冷靜，此刻卻憂心忡忡，露出了難得一見的焦急，不停地張目遠眺。原來已經過了約定時間，新娘子一行卻還未到。要是一行人錯過了戌時夜更時間，到時長安城門關閉，他們無法進城，便只能在長樂驛停宿了。

陪同李言前來的還有昔日在長安太學的同窗尉遲鈞及其隨從崑崙。按照事先的計畫，迎到新娘一行後，今晚便在尉遲鈞位於長安親仁坊的勝宅中留宿。

于闐王子尉遲鈞身材低矮，面容平平，連鼻子也扁塌了下去，只有一雙眼睛又黑又亮，十分有神。他本是西域于闐人，樣貌有別於中原，但還是與中原人有七分相像。崑崙則一頭黃髮，深陷的眼眶中一雙綠色的眼珠，鷹勾一樣的鼻子，一望便是胡人。他原是波斯人，年幼時被拐賣到長安做奴隸。主僕二人都穿著一身色彩濃重的胡服，尉遲鈞翻領窄袖外衣加五彩條紋褲，崑崙則是一身紅綠相間的過膝長袍，頭上還戴著頂褐色的卷檐胡帽，在如血的殘陽中格外引人矚目。

尉遲鈞顯然也跟李言一樣擔心時間問題。他知道下個月即將在尚書省舉行科舉考試，各地趕來長安參考的貢生和生員源源不斷。加上正值長安商旅貿易的黃金季節，來往京都的行商更是多如牛毛。而通化門為東來第一門，長樂驛為長安城外距離通化門最近的驛館，如果不早去驛館訂房，一旦城門關閉，來不及進城的考生和行商多了，長樂驛定會人滿為患，要想歇宿，就只能去更東面的灞橋驛，不但多了二十來里的路程，而且灞橋東就是大市集，商旅雲集，恐怕等到趕去時也無空房了。一念及此，便徵詢地問道：「少府[1]，是否需要先派崑崙趕去長樂驛訂房？」

李言一時沉吟不語，訂房事小，他另隱有一層擔憂：「今晚尉遲鈞特意預備酒宴，下帖子隆重邀請幾名在京的太學同窗，打算借為新娘子接風洗塵的機會小聚一下。萬一不能及時進城，豈不是要讓他們空等？」

尉遲鈞見李言沉吟不答，便自作主張地吩咐道：「崑崙，你先趕去驛館訂下六個房間。」崑崙操著生硬的官話答應了一聲：「是的，殿下。」未及走開，便聽見馬蹄得得，一騎飛馳而來。崑崙眼尖，一眼認出馬上的騎士，驚訝地叫嚷道：「是李君！」

尉遲鈞定睛一看，果真是與自己交好的江東商人李近仁。李近仁位於東市的絲綢鋪剛好毗鄰尉遲鈞手下經營的葡萄酒莊，二人頗為熟稔，多有來往。不過，幾天前李近仁才離開京師，趕回江東辦事，何以如此快便又返回？一念及此，尉遲鈞搶上前叫了一聲：「近仁兄！」

李近仁絕料不到會在此遇上尉遲鈞，生生將馬拉住。那馬一聲嘶鳴，高高躍起前蹄，登時揚了李言一臉塵土。李近仁也顧不上許多，躍下馬急問道：「殿下，你怎會在此？」尉遲鈞一指李言：「我陪李言君在此迎候新娘。」李近仁失聲道：「原來公子便是新郎官。」又歉然道：「不好意思，適才弄了公子一身土。」李言心中焦急，直接問道：「足下可曾見過一隊迎親隊伍，其中有輛墨車？」李近仁點點頭：「嗯，適才過滻水橋時見到過。」尉遲鈞急忙叫住崑崙：「不必去了。他們就在後面不遠處，快要到了。」

李言匆匆向李近仁道了聲「多謝」，奔上長樂坡高處。果然見前面有塵土揚起，一小隊車馬正迤邐行來。當先一匹高頭大馬，馬上之人正是他的堂兄李凌。

尉遲鈞性喜熱鬧，也不及細問李近仁為何半途折返長安，便直接邀請他參加晚上為新娘接風的宴會。李近仁點點頭：「正好。」尉遲鈞一愣，問道：「什麼正好？」李近仁匆匆道：「我還有急事，回頭再說。」抱拳作別，飛身上馬。尉遲鈞叫道：「喂，近仁兄，夜禁時間就快到了！你的事還來得及辦麼？」李近仁也不作答，僅揮了揮手，便打馬離去。

過了一會兒，李凌等人行近。李凌一見李言面，未及寒暄，便立即指了指背後裴玄靜乘坐的馬車，豎起了大拇指。李言以為堂兄誇讚新娘美麗，心中甚喜，但畢竟有外人在場，不便表露，便只是微微一笑。又見裴玄靜已經掀起車簾，不及與李凌多交談，急忙上前詢問一路是否辛苦，又介紹尉遲鈞相識，大致交代今晚和明日的安排。裴玄靜微微點頭，只答了一句：「有心了，一切任憑君等安排。」再無別話。新娘素有沉靜少言之名，李言早已經知曉，也不以為意。倒是尉遲鈞覺得新娘的這份氣度頗為熟識，有似曾相識之感。

簡略寒暄過後，眾人立即各自上馬，趕著進城。其實此刻才值酉時，離一更時間起碼還有大半個時辰。但李言心中總壓著塊大石頭，不斷催促眾人快些趕路，直到進了通化門，才長噓一口氣。尉遲鈞趕上來笑道：「少府，時間還早呢！你這樣著急趕路，也不怕累壞你的新婚夫人。」

李言回頭一看，裴玄靜正從車窗露出半邊腦袋，好奇地打量著長安城。她乘坐的是傳統婚禮所用的墨車，車馬門窗一應全黑，襯托出她的面容越發瑩白如玉。其實早在定聘的時候，李言已經在裴家見過裴玄靜不只一面，此刻一望，仍然有當日初見的心驚感覺，一時胸口莫名其妙地怦怦直跳，一股又暖又燥的熱流湧上了心頭。

只聽見尉遲鈞又道：「少府，我命崑崙先快馬趕回親仁坊做準備，我們幾個帶著新娘子繞一趟務本坊，如何？」李言回過頭來，問道：「為何要繞道務本坊？」話一出口，便明白過來，「殿下是有意想從太學[2]門前經過？」尉遲鈞笑道：「這只是其一。如果不繞道務本坊，勢必要經過東市，此時正快要到夜更，進出那裡的人極多，車馬多有不便之處。萬一耽擱了，你我犯禁被抓進京兆府倒不打緊，難不成讓新娘子第一晚就在監獄裡度過？」李言也笑了起來，道：「還是殿下考慮得周全，繞道務本坊並不費事，就依殿下的計議。」

話音未落，便聽見有人叫道：「李凌兄，你們終於到了！」李凌回頭一看，正是三鄉驛有過一面之緣的黃巢，急忙上前致謝。黃巢哈哈一笑：「舉手之勞，何足掛齒！」尉遲鈞笑道：「怎麼，你不安心在勝宅中做客，又跑出來逛了。」黃巢笑道：「逛了逛東市。」原來黃巢將信送到尉遲鈞處後，二人都是豪邁之人，一見如故，是以尉遲鈞便留黃巢在府中做客。

當下眾人互相廝見過，李言、尉遲鈞、黃巢領先而行，裴玄靜乘坐的墨車居中，李凌與牛蓬斷後。裴玄靜還是頭一次來到長安，悄悄掀開簾子打量，只覺眼前一切都很新鮮，街道之寬廣，建築之雄偉，均為自己生平之未見。街道的路面更是以白沙鋪成，據說是為了防止下雨時黃土泥濘。只是令人奇怪的是，大街兩側的臨街建築，竟然沒有門，連一扇窗戶也沒有。忍不住問了李凌，才知道長安自唐朝立國以來，一直採取封閉的坊市體制。一個坊區便是一個單獨小城堡，四周都建有圍牆，設下大門，居民出入均須經過坊門。住戶即使臨街，也嚴禁在房屋和圍牆上開門開窗，違犯者要按照違犯皇帝敕令的罪名加以處罰。

黃巢雖早來了長安幾日，也很不喜歡這項制度，不無惋惜地歎道：「臨街卻不能觀賞街上的風景，跟錦衣夜行毫無分別，豈不是十分可惜？」頓了頓，突然豪氣干雲地道：「如果我做了皇帝，一定要廢除這項制度。」

這話照李言聽來，很有些大逆不道的意思。他重重看了黃巢一眼，卻見他正興高采烈地四下打量，不禁心想：「這小子適才說了要掉腦袋的話，還不以為意，看來不過是無心之語。」但心中有所警惕後，不願意再與黃巢並騎，便有意落後，改與墨車並行。

尉遲鈞本是于闐人，對政治又沒有任何興趣，竟然沒有任何反應，還接著黃巢的話頭道：「你別說，黃巢兄，還真有膽子大的冒險在臨街的樓上開一扇小小的窗戶，以便觀望大街上的風景。人們稱這種小樓為『看街樓』。不過，這種人家都是有來歷背景的，不是貴戚，就是宰相，要麼就是內臣，都是有權有勢的人物，不怕被御史彈劾。」頓了頓，又道：「大中年間，凡朝中宰相，家中均有看街樓。後來李景讓上任御史大夫，其人剛直自持，不畏權貴。宰相們久聞其名，都懼怕被上書彈劾，主動用泥封住了看街樓上的窗戶。」黃巢道：「這倒也是一件奇談。」尉遲鈞道：「你可知這李景讓是誰？」

黃巢未及回答，尉遲鈞一指後面，「即是李言和李凌的伯父。」他本以為對方會驚愕甚至欽佩，不料黃巢心中正想著其他事，只是淡淡「嗯」了一聲。尉遲鈞心想：「這位黃君，果然非同一般。」一行人繞過東市，剛到務本坊東門處，突然響起了一陣鼓聲，由遠及近。片刻後，全城都響起鼓聲，此起彼伏，錯落有致。裴玄靜不明所以，愕然問道：「這鼓聲是要做什麼？」李言道：「這表示就快到夜禁時間了。」

原來唐朝長安實行夜禁制度，夜鼓鼓絕，街禁行人；曉鼓鼓動，解禁通行。每天夜幕低垂以後，坊里、東市、西市的坊門都要關閉，禁止出入，直到第二天黎明，坊門才可打開，讓居民進出。夜禁時間從一更到五更，若這個時段在街上行走，就叫做「犯夜」，依律要受到捆打，有時打得很重，因之喪生者也有。唯有每年新年（正月初一）和上元燈會（正月十五）當日及節日前兩天，朝廷才會開放夜禁，准許開放長安夜市。

裴玄靜出生後，一直跟隨致仕的祖父和母親閒居山野，祖父只喜舞槍弄棒，母親僅好談玄論道，她於鄉里長大，只大約聽人提過西京長安繁華似錦、金銀如海，從未聽說什麼夜禁。李言見她更加一頭霧水的樣子，耐心解釋道：「夜更前，長安城中會開始敲鼓，全城的人都能聽見，提醒大家快到夜禁時間了。敲四百下後，城門關閉；再敲四百下，坊門關閉。」裴玄靜奇道：「關閉了又如何？」李言答道：「城門、坊門一旦關閉，負責城防治安的金吾衛士就會紛紛湧上街頭巡邏，四處追捕犯夜禁的人。逮到了，就送去京兆府打板子。」裴玄靜還待再問，前面尉遲鈞已經催促起來：「快點！快點！不及時趕到親仁坊，你我都要遭殃了。」

一行人總算及時趕到親仁坊西門。黃巢打量了四下，好奇地問道：「咦，這邊我怎麼沒來過？」尉遲鈞笑道：「你每次均走東門或南門，這是西門，當然沒有來過。」

西門坊正王文木守在西門聽著鼓聲，預備鼓聲一歇便按時關門。見到李言和李凌先領著一輛墨車進來，卻淨是不認識的生面孔，料到又是去于闐王子府上做客的。正計算著要不要攔下盤問，尉遲鈞已經進來，打了一聲招呼：「王老公！他們都是我的客人。」似乎又不願與王文木多交談，話音未落，雙腳一夾，催馬疾行，立時擦肩而過。王文木這才反應過來，追在背後叫道：「喲，這不是王子殿下麼？殿下今日怎麼改走西門了？」尉遲鈞恍若未聞，急急策馬向前。

黃巢知尉遲鈞素來和善可親，沒有絲毫王子的架子，對他此舉頗為納罕，拍馬追上去問道：「殿下如何不理那老公？」尉遲鈞微微一笑：「黃巢兄新來還不知情，王老公是個酒鬼，喝醉了愛罵人，是我們這親仁坊裡頭一號不能惹的人物。」一言及此，似乎想到了什麼，有意無意將目光投向右首。

黃巢順著他的目光望去，卻見那是一座道觀。門聯的橫梁懸掛著一塊黑色豎匾，上面寫著「咸宜觀」三個鎏金大字。用筆酣暢淋漓，點畫激越，粗細相間，虛實相伴，隨勢而就，章法猶如潺潺流水一貫直下。只是黑漆剝落了不少，鎏金也呈現斑駁之色，顯見經歷了不少年頭的風刀霜劍，散發出一股奇特的神祕氣息。大門的兩個銅環上，尚插著兩束枯黃的茱萸，似是重陽節日的留痕。緊閉的大門兩旁，盛開著大片黃色的菊花。那黃色並非十分耀眼，略微泛黃，彷彿經年的黃麻紙，暗暗淡淡，卻也柔柔和和，融融洽洽、與古色黝然的道觀相得益彰。

只聽得「吱呀」一聲，咸宜觀大門突然開了。濃郁的菊花芬芳中，一名年輕的女道士送一名男子走出來。男子約莫三十餘歲，一身便服，衣飾甚是華麗，但臉上卻滿是愁苦之色，彷彿正遭逢什麼傷心之事。女道士則二十歲出頭，著一身交領斜跨的碧綃道袍，佇立於薄暮當中，眉目如畫，人淡如菊，天然絕麗。黃巢一見之下，只覺得胸口被石頭重重砸了一下，立時便呆住了。

只聽見那男子抑鬱地道：「我走了。」言語中頗為不勝留戀之意。女道士卻只是淡淡道：「嗯。」似乎並沒有挽留的意思。她突然感覺到什麼，抬起眼簾，看到正目不轉睛盯著自己的黃巢。剎那間，黃巢似乎看見女道士對自己笑了一下，頓覺一種脈脈幽情，從心底深處一圈一圈地蕩漾出來。他尚在發怔，她卻已經轉身進去，重新掩上大門。

黃巢一直緊盯著女道士從視線中消失，直到大門關上，依舊有些茫然而迷離。這一切發生得太迅速了，倘若不是那華服男子還站在道觀門口，幾乎要懷疑適才的佳人麗景惘然如夢。

華服男子有些悶悶不樂，深深歎了口氣，這才轉過身來，意外看到了尉遲鈞，遲疑一下，才勉強招呼道：「王子殿下。」聲音卻是清亮而富有磁性，悅耳之極，與他深沉憂慮的面容很是不符。

尉遲鈞急忙下馬回禮：「李將軍！」黃巢不明對方身分，也跟著下了馬，垂手站在一旁，以示尊敬之意。不料那李將軍態度十分漠然，僅只是大模大樣地朝尉遲鈞點了點頭，也不理睬黃巢，便自顧自地向西門走去。

鼓聲便在這時候停了下來，尉遲鈞急忙叫道：「李將軍，坊門已閉，你大概是出不去了。如不嫌舍下簡陋，就請去將就盤桓一晚。」那李將軍似乎沒有聽見他的話，繼續前行。尉遲鈞歎了口氣，心想：「也許他有聖上欽賜的金牌，暢行無阻，不必受夜禁限制。」轉頭卻見黃巢依舊緊盯著咸宜觀的大門，叫了他好幾聲，他才回過神來。

尉遲鈞卻以為他在看咸宜觀的黑色大匾，笑道：「那匾上的字是天寶初『四明狂客』——賀知章所題。」黃巢心思全然不在匾上，只是裝模作樣地點了點頭，問道：「適才出來的那位鍊師[3]……」尉遲鈞道：「她就是魚玄機。」

黃巢一聽尉遲鈞言中之意，這魚玄機不僅貌美異常，還似乎是個大大有名的人物，可是為何自己偏偏從來沒聽說過？又聽見尉遲鈞道：「那位李將軍就是李可及。」

「什麼？他就是李可及？」黃巢當即大吃一驚。他雖然長期以來兩耳不聞窗外事，但這李可及還確確實實聽說過。

當今皇帝喜好音樂，日夜聽音樂看優戲，不知疲倦。樂工李可及擅於譜寫新曲，天生一副好嗓子，音辭婉轉曲折，聽者忘倦，京師長安的市井商賈屠夫像追星一般模仿他，呼其為「拍彈」。由此備得皇帝寵幸，得賞賜不計其數，更於本年三月被封為左威衛將軍。左威衛將軍官階正三品，與侍中（宰相）、中書令（宰相）、吏部尚書等中樞重臣級別一樣。昔日尉遲鈞先祖于闐國王尉遲勝以一國之主身分入唐，獻名玉良馬，唐玄宗極盡攏絡，嫁以宗室之女，然所封之職也不過是正三品的右威衛將軍。唐朝立國後，唐太宗確定朝廷文武官員六百餘名額，曾立下制度：「以官爵委任給天下賢能之士，匠人商人伎巧等雜流人物不可委以官爵。」李可及開唐朝之先例，成為以樂工身分封中央朝官者第一人。宰相曹確曾極力勸諫，但皇帝不予理會。李可及眼下正炙手可熱，是皇帝跟前最紅的人，可是為何偏偏在女道觀裡出現呢？

黃巢心中疑惑甚多，正想向尉遲鈞問個明白，只聽見有人叫道：「王子殿下……」回頭一看，竟然是李可及又折返回來了。這樣一來，黃巢自然不便再相問，當即退讓在一旁。

李可及疾步走近尉遲鈞，遲疑問道：「王子殿下，確如你所言，坊門已經關閉。不知道是否方便到府上叨擾一晚？」尉遲鈞大喜過望，連連道：「方便！方便！不叨擾！李將軍大駕光臨，寒舍定要蓬蓽生輝了。」稍一猶豫，又說明今晚同窗好友李言及新婚妻子也在府中留宿，所以有一場歡宴，言下之意其實是想邀請李可及也出席宴會。李可及全然不在意，只點點頭道：「嗯。我們走罷。」急不可待地當先而去。

尉遲鈞剛要轉身，卻見鄰居侍御史李郢正從西門方向走來，當即恍然大悟：適才李可及本來是要闖出坊門，但正好遇到李郢。他以優伶身分得任將軍，樹大招風，朝臣、士人均憤憤不平，現下正是處在風口浪尖的人物，倘若明日早朝被李郢以「有意犯禁、恃寵而驕」的罪名參上一本，難保不會掀起一場倒李的大彈劾。在唐朝，御史臺掌監察和執法大權，得罪御史臺的大臣是一件後患無窮的事，御史不但有權獨立彈事，彈劾確有犯罪證據的大臣，還可依風聞、傳說、嫌疑對百官進行彈奏，不管對方的地位何等顯赫。是以儘管李可及的官階比李郢高出許多，背後又有皇帝撐腰，但依舊有所畏懼，不得不主動避開李郢。畢竟，多一事不如少一事。

尉遲鈞多次參加宮廷宴會，知道李可及為人極謹小慎微，從來不多說話，並非傳說中那般驕橫，只不過多受了聖人的寵幸，導致匹夫無罪、懷璧有罪了。仔細想想，他倒有十二分地同情李可及。

李郢尚穿著淺綠的官服，大概是剛從御史臺辦完公事回來。腰間圍著一根九銙的銀帶，表明他的官階是七品。他看上去四十餘歲，面黑鬚黑，一望便是個老辣的人物。據說他與宰相劉瞻私交極好，在朝中很有聲勢。不過最奇特的還是李郢的私人生活，他一直到三十九歲才娶妻成家，妻子美豔有才，夫妻二人感情很好。而他更是堅決反對男子納妾，對那些妻妾成群的男子極為反感。這一態度在當時殊為罕見，李郢也被視為異類。尉遲鈞對這位鄰居素來敬而遠之，只是微微點頭與他招呼，轉身向黃巢使了個眼色，各自牽了馬，快步去追李可及。

一路上，三人各懷心思，均沉默不語。但這並不代表他們沒有共同之處。實際上，李可及和黃巢這兩個完全不同來歷、不同身分的人，此刻心中想的均是同一個女子。就連尉遲鈞，也正不由自主地在想他這些鄰居們。

親仁坊住戶不多，主要的人家只有四戶：郭子儀的後人郭家占據了整個西北角還多；東北角則是侍御史李郢家；東南角為尉遲鈞住處。此處原本是安祿山最得寵時，唐玄宗為他在京城修築的豪宅，花費巨大，極盡奢侈之能事。安史之亂時，于闐國王尉遲勝將國政交給弟弟尉遲曜，自己親率五千兵馬，赴中原之難。安史之亂平後，朝廷將安宅賜給尉遲勝，改名「勝宅」。在親仁坊中，勝宅雖然規模不及郭家，卻最為氣派。尉遲勝餘生未再返回于闐，而是娶唐朝宗室之女為妻，終老於長安。尉遲鈞便是尉遲勝後人，名為于闐王子，實則在長安長大，與一般中原人無異；西南角則是咸宜觀，為昔日玄宗和武惠妃愛女咸宜公主的出家之地。裡面的壁畫、塑像全部為名家真跡：三門兩壁及東西走廊上的壁畫、殿上窗間的畫像，均為畫聖吳道子的親筆。殿前東西二神，為名家解倩所塑。殿外東頭東西二神、西頭東西壁，為吳道子和另一大師楊廷光合力所為。窗間畫像及唐玄宗、上佛公主等圖，為肖像畫號稱「冠絕當代」的陳閎所畫。舉遍京城道觀，薈萃如此多名家者，獨咸宜觀一家而已。

不過，雖是一巷之隔的鄰居，這四大戶之間卻從無往來。郭家先祖郭子儀平定安史之亂，史稱對唐朝有再造之恩，但也因為功高蓋主而備受猜忌。郭子儀為了避嫌，立下家規：凡郭氏子孫，不得私下與王侯將相大臣往來。百年來，郭家均嚴奉祖先嚴訓，絕不輕易與人相交。此為眾所周知之事。李郢則為人剛直沉鬱，不苟言笑，上朝只談國事，下朝後清廉自守，與只喜好飲酒宴飲的尉遲鈞作風有天壤之別，當然也不會有往來。咸宜觀為清淨之地，尉遲鈞歷來敬慕，不過自從魚玄機入主咸宜觀後，情況大有不同。對這位一度名噪京師的奇女子，尉遲鈞總感到她除了美貌及傳說中的詩才出眾外，還有一層陰霾籠罩在她身上，使得她像自己于闐家鄉崑崙山上的茫茫迷霧一樣，神祕莫測。

到達勝宅時，李言一行早已經到了，李凌正指揮牛蓬和車者萬乘將幾口箱子一一搬下車，那裡面裝著新娘的嫁妝和隨身衣物等。

裴玄靜剛下馬車，靜靜地站在李言的身旁。她依舊是一身黑色的吉服，大概因為秋涼的緣故，又在外面套了件藏青的短襦，襦領和袖口鑲拼著紅色的綾錦，莊重又不失嫵媚。她沒有盤時下女子流行的高髻，只是如同道士般將頭髮高高綰起，用一支銀釵插住，可能是為了旅途方便，倒也顯得簡練而清秀。尉遲鈞上前與裴玄靜正式打過招呼，又引見了黃巢和李可及。裴玄靜始終不發一言，只以微笑見禮。

尉遲鈞的侍婢蘇幕、甘棠聽到聲音，趕出來迎接主人。二女均只是二十歲出頭，容顏姣麗，梳著時下長安流行的高髻，額頭上還用朱砂描著斑紅的花鈿。蘇幕頭上戴了一大朵黃菊花，妍麗多姿，正應時節。甘棠的髮端則插著一支步搖，一步一搖，更見嫵媚妖嬈。

牛蓬一眼瞥見那步搖上面的垂珠來回晃動，垂珠旁的如花容顏更是彷彿畫中人一樣，不由得全身一酥，完全忘記自己手中還搬著一口箱子。他腳下正要上臺階，這一走神，立時一滑，趔趄中，懷抱的箱子脫手而出，摔在臺階之下。

李言和尉遲鈞見狀急忙趕過來，生怕摔壞了什麼東西。但見那箱子甚是結實，又剛巧摔在臺階下的泥面上，並無損傷，不過箱蓋摔開，幾本書冊和一尊塑像滾落出來。牛蓬惶恐不安，手忙腳亂地將東西重新裝回箱子。尉遲鈞好奇地撿起那尊長不過尺的銀色塑像。那是一尊菩薩，束著高髻，頭戴蔓冠，下著羊腸大裙，雙手捧著荷葉型托盤，左腳彎曲，右腿跪於蓮花座上，法像極為莊嚴。

尉遲鈞問道：「呀，這尊銀菩薩是從哪裡得來的？」語氣中充滿了驚訝。李言素知老友不愛珠寶器物，但他既有于闐王子的身分，自然閱物無數，能令他如此動容者，料到絕非凡物，不自覺將徵詢的目光投向自己的新娘。裴玄靜已經悄然走了過來，低聲道：「這是家母心愛之物。」

尉遲鈞搖頭道：「這是尊捧真身銀菩薩，決非中原之物……」此時天光已暗，他又將塑像捧得更近些，仔細查看蓮花座上的花紋。一旁的蘇幕忍不住笑道：「殿下莫非要讓客人們在門外賞月麼？」

尉遲鈞這才恍然大悟，道：「我失禮了，實在該打！我們進去再說。」轉向裴玄靜問道：「娘子若不見怪，能否將這尊銀菩薩借我一觀？」裴玄靜微笑道：「殿下請便。」

尉遲鈞十分喜歡她的嫻靜有禮，致謝後又特意交代甘棠道：「好生招待娘子。」又問蘇幕道：「其他客人都到了麼？」蘇幕答道：「韋保衡韋公子和李近仁李君都已經到了，正在花廳等候。」尉遲鈞心中奇怪：「李近仁適才匆忙離開，似乎有要事，怎麼這麼快就已經到了？」轉念心下釋然：「定是他看到夜禁已近，來不及辦事，所以乾脆直接來了我這裡。」

又聽見蘇幕遲疑道：「不過，杜少府還未到……」尉遲鈞與李言交換了一下眼色，李言歎道：「我早說有韋保衡在，杜智一定不會來的。」連連搖頭，表示對韋保衡與杜智二人交惡深為不解。

韋保衡、杜智、尉遲鈞、李言四人均是太學同窗，韋保衡與杜智關係則更進一層，同是去年丙戌溫庭筠榜的進士，有同科之誼。但不知道怎麼回事，自去年同中進士以後，二人突然翻臉絕交，不相往來。偏偏二人及第後還均在京城為官，韋保衡進中書省當了右拾遺，杜智則在京畿萬年縣當了縣尉。雖然均是從八品的官職，但其實地位大有分別。拾遺是諫官，即特地規勸天子改正過失的官，字面的意思是把皇帝「遺」忘的東西「拾」起來，免得因遺忘而做錯事。這種官官職不高，卻是能夠親近天子的言官，至少也是中央官員。而縣尉則是地道的地方官，在京師這種皇親國戚密佈的地方，地方官往往有許多可想而知的難處。不過，畢竟是同城為官，韋保衡與杜智照舊還是抬頭不見低頭見。尉遲鈞一直試圖做個和事佬，但問起交惡情由，雙方誰也不肯明說，以致無法居中調解。借李言結婚之機邀請二人同來赴宴，本也隱有說項之意，但哪知道杜智竟然連老朋友的面子也不顧。尉遲鈞、李言二人均感失望。卻聽蘇幕又道：「不過杜少府本人未到，卻派了他的堂弟杜荀鶴君來送賀儀給李少府。」李言聞言一愣，尉遲鈞也微感驚訝，見馬車和行李都已經安頓好，便揮手道：「走，進去再說。」

一行人正要進門，只聽見背後有人笑道：「殿下，我又來討酒喝了。」話音中氣十足，甚是爽朗。尉遲鈞回頭一看，卻是左金吾大將軍張直方，急忙上前迎住，將他介紹給眾人。李凌、裴玄靜其實與他在三鄉驛已打過照面，但他似乎毫無印象，二人也不說破。

黃巢見張直方年紀輕輕，比自己大不了幾歲，卻已經是官居三品的大將軍，不由得好生羨慕。他卻不知道張直方之前本是盧龍節度使，那可是絕對的地方實力派，要比左金吾大將軍威風百倍不止。他有意結納，特意上前拱手道：「張將軍！」不料張直方並不理睬，只是看了他一眼，又轉向尉遲鈞道：「原來殿下尚有要緊的貴客招待。難怪新近從西域運來了好酒，殿下也不邀請我，以致我不得不不請自來了。」

尉遲鈞驚訝地道：「張將軍的消息真是靈通，我這一批西域葡萄酒可是昨天才剛剛運到。」蘇幕笑道：「殿下可別忘了，張將軍負責京師宿衛，管的就是這長安城，還有什麼消息能瞞得過他？」

張直方笑道：「知我之心者，惟蘇幕也。」他一來便談笑風生，大有旁若無人之態。蘇幕聽出言語中大有調笑之意，微微低下了頭。暮色中，旁人難以看清她面上的表情，也不知是難堪還是羞澀。

蘇幕、甘棠二人名為尉遲鈞侍婢，實為愛妾，張直方是勝府常客，自然知曉，以他三品大將軍的地位，當眾出此言語很不合身分。但熟悉張直方的人，都知道他豪放不羈。尉遲鈞素知張直方是性情中人，說話、行事無所顧忌，自然不會計較，當即笑了起來，道：「相請不如偶遇，張將軍來得正好！人多豈不是更熱鬧些。各位，請進罷。」

張直方哈哈一笑，正要說話，突然看到一直站在黃巢背後的李可及，臉色一變，當即皺起眉頭。尉遲鈞早已經料到，向一旁的蘇幕使了個眼色，蘇幕會意，上前道：「將軍，奴家先領你進去試酒。」不由分說挽住張直方，要將他先拉進去。張直方道：「等一下……」

尉遲鈞知道張直方素來鄙夷李可及的優伶身分，生怕他當面發作，造成難以收拾的場面，急忙上前道：「張將軍……」張直方道：「殿下請放心，我不是要說某將軍。李少府明日大婚，我剛好趕上，總不能空手而來……」李言急忙婉謝道：「將軍千萬不要客氣，小臣愧不敢當。」張直方搖了搖頭：「那可不行。」神態甚是執拗。又轉頭笑道，「蘇幕，你願意跟我一起回一趟永興坊金吾衛麼？」蘇幕將頭側向尉遲鈞，隱有徵詢之意。尉遲鈞點了點頭，蘇幕莞爾一笑，自隨著張直方去了。

黃巢本自尷尬，但見張直方除了尉遲鈞及侍婢外，並不理睬旁人，也不再介懷，只凝視著二人背影，好奇地道：「現在不是已經夜禁了麼？他們怎生出得坊門？」李言歎道：「以張直方的身分和能耐，誰人能拿他怎樣？」也聽不出來是褒意還是貶意。他又有意無意將目光投向李可及。李可及始終陰沉著臉，眼睛一直望著別處，一副心事重重的樣子，似乎完全沒有留意到眼前的一切。

甘棠突然想起了什麼，擔心地問道：「殿下，張將軍該不是又要拿幾隻血淋淋的大鵬來當下酒菜罷？」嘛了嘛嘴，道，「咱們家的雞蛋還不夠他洗鍋的。」

張直方作風奢侈廣為人知，凡他所獵取的獵物做下酒菜，必須要用雞蛋洗鍋具，據說他家每年為此所花費的雞蛋無法計算。之前張直方也曾帶同獵物到尉遲鈞家做客，均有各種奇怪的要求，例如他好獵殺懷孕的動物，以取食胚胎。但今日他既是不速之客，府中並沒有事先預備。尉遲鈞皺了皺眉，似乎也有所憂慮。天色就在這個時候完全黑了下來。

勝宅中，崑崙早已經帶領僕人遍燃紗燈，宴會的花廳中更是點亮了數十盞銅製膏油燈，如同白晝一般。

花廳右首一張深紅的案几上，擺著幾樣精美的食物。韋保衡席地坐在案几後的錦團上，正在一邊飲酒一邊等候尉遲鈞一行回來。他不到三十歲年紀，長相極為俊美，面目輪廓清晰，鼻梁高而挺直，有一雙深邃的眼睛，看上去多情而迷人。就連一旁手執皮酒袋的侍女也不斷偷眼打量這個清秀俊逸、面如冠玉的年輕人。他剛剛端起案桌上的夜光杯一飲而盡，侍女立即乖巧地重新斟滿。但韋保衡顯然沒有感受到侍女刻意的柔情蜜意，只是重新端起夜光杯。只是這次他並沒有飲酒，而是就著燈光摩挲把玩著酒杯，看上去有些無聊。

在韋保衡斜後方靠牆的位置有一張小得多的案桌，坐著一個年紀更輕的青衣男子，正在吃一塊切成半扇形的胡餅。他是韋府的樂師陳韙，曾跟隨溫庭筠學習音律，以擅長吹笛知名。韋保衡每逢參加宴會，必然要帶上他，便如同平常人總是帶著最親信的僮僕赴宴一般。

胡餅是一種學自西域胡人的食物，唐朝十分盛行，成為一代飲食風尚。最流行的作法是：以油和麵，做成餅後撒上芝麻，再在爐子內烤熟。昔日大詩人白居易有〈寄胡餅與楊萬州〉一詩：「胡麻餅樣學京都，面脆油香新出爐。寄予饑饞楊大使，嘗看得似輔興無。」詩中繪聲繪色描述了胡餅的香酥可口。而勝宅因為主人本是于闐人之故，作法更是別具一格，充滿了西域特色：每次先做成數張巨大的薄麵餅，依次塗滿牛油後疊起，麵餅之間都夾有羊肉、椒豉，以及西域特有的孜然香料，再放入特製的平底鐵鍋；鐵鍋中事先鋪好葵葉，再送入爐中烤熟，等到肉香溢出，便可食用。這種胡餅又酥又潤，味道濃烈，肉汁鮮美，京城中獨此一家，被稱為「古樓子」。

大概也知道美味難得，陳躂沒有取案桌上的點心和水果，而是直接向侍女要了一份古樓子。不過他的吃態很是奇特，一副小心翼翼的樣子，彷彿生怕被人發現一樣。而且自始至終，他都低垂著眼簾，看上去神情十分謙卑，甚至有些猥瑣。

右首最末位的案几上還坐著一名三十來歲的男人，微胖的體態因為坐著更顯臃腫。他只是一直默不語地坐在那裡，面前的酒菜未動分毫，望上去極為沉悶。很顯然，眼前的流彩溢金和美酒佳餚都未能引起他的關注，他似乎正沉緬於某種深沉的想像當中——他的人雖然坐在那裡，思緒卻在遙遠的別處漫遊著。此人正是江東商人李近仁。他雖是富商巨賈，但究竟是商人身分，社會地位遠遠低於達官貴人、名人雅士，尉遲鈞雖不計較，但另一邊的韋保衡既是科舉出身，又是世家公子，自不屑理會他。三個男人便一言不發，各自冷清地坐著。

尉遲鈞一行進來的時候，眾人的目光一下子就落在韋保衡身上，只有裴玄靜留意到另一旁的李近仁。李近仁剛好就在這個時候回過神來，向裴玄靜感激地點了點頭，暗含感謝之意。裴玄靜微微搖了搖頭，似乎表示不必再提。

韋保衡見眾人回來，喜出望外，站起來剛要寒暄，突然一眼見到尉遲鈞手中的銀菩薩，不覺一愣，問道：「這是什麼？」尉遲鈞道：「是裴家娘子的嫁妝。」韋保衡還是第一次見裴玄靜，便向她點頭示意，目光隨即重新回到銀菩薩上。

尉遲鈞卻是自顧自地走到一盞膏油燈下，一邊轉動銀菩薩，一邊嘖嘖讚道：「這麼小一個蓮花座，竟然刻了二十八個菩薩……四大天王、八大明王……」又舉得更高，仔細查看底座。底座內部雕刻有雙龍繞杵紋。尉遲鈞喃喃道：「這是代表天龍八部……」韋保衡好奇地問道：「這菩薩很稀奇麼？」尉遲鈞點了點頭：「這叫捧真身菩薩。你們看，祂雙手捧的盒子，代表的是佛骨。這種塑像，只在供奉佛骨、佛舍利時才有。據我所知，中原唯一的一座捧真身菩薩是當年玄奘法師遊學印度時帶回中原的……」

于闐佛法昌盛，是中原佛教的發祥地。尉遲鈞既如此神態語氣，眾人深信銀菩薩之意義價值非同一般，目光始終不離他手中的塑像，就連一直冷漠的李可及也似乎有了些興趣，湊了過來。

韋保衡突然想到什麼，問裴玄靜道：「聽說娘子是河南緱氏人，緱氏可剛巧是玄奘法師的故鄉。」裴玄靜點了點頭。李言遲疑問道：「岳母姓陳，玄奘法師俗家也姓陳，會不會……」

裴玄靜依然是平靜無驚的面容，如同如鏡的湖面，不起一絲漣漪。她沒有直接回答李言的話以及眾人探詢的目光，僅僅輕輕搖了搖頭，但態度已經十分明確，即是表示自己不十分清楚，也不願意再談論這個話題。

裴玄靜的態度有些冷場，但尉遲鈞很為她的沉靜氣質折服，便將銀菩薩交給甘棠，吩咐道：「你先好生收到櫃子裡，明日一早再取出來為裴家娘子裝箱。」甘棠答應了，接過銀菩薩走了出去。見李凌有所不解，尉遲鈞又急忙解釋道：「這尊銀菩薩貴重之極……」

未及說完，韋保衡已然會意，先自笑了起來：「殿下是在擔心最近攪得長安不得安寧的飛天大盜罷？你可別忘了，李言官任縣尉，管的就是治安緝盜。那飛天大盜能有多大膽子，敢到太歲頭上動土？」李言連忙擺手道：「我是畿輔鄠縣縣尉，可管不到你們長安的飛天大盜。要是杜智來了還差不多，親仁坊剛好就在他的轄區萬年縣內。」話音才落，登時意識到不該當著韋保衡的面提到杜智。

尉遲鈞趕緊打圓場道：「杜智最近正為飛天大盜一案頭疼不已，連吃飯睡覺的時間都沒有，不能怪他今晚不來。」一語既畢，這才留意到客人中還少了杜荀鶴，問起花廳的侍女，侍女回答道：「杜公子說要四下看看。」尉遲鈞急忙打發崑崙和兩名侍女出去尋找，又邀請眾人坐下。

本來中唐以後，同桌合食已經成為習俗，不過尉遲鈞家宴會，還是依照古風，席地而坐，分案而食。但今晚情況大有不同，來了好幾個預料外的客人，尤其是張直方和李可及，均是三品高官，座次該如何安排才妥當。尉遲鈞稍一遲疑，李言和韋保衡已經猜到他的心意，李言當即將左首第一位讓出來留給張直方，韋保衡主動將右首第一位讓出來給李可及。李可及堅辭不就，卻擋不過韋保衡的熱情相讓，最終被推到右首坐下。

過了片刻，侍女領著杜荀鶴進來。他不過二十歲出頭，臉色極為蒼白，毫無血色，看上去十分文弱，但眉目之間卻有種濃重的鬱結之氣，似乎心中有太多的憤憤不平。問起之下，才知道他是杜智的遠房親戚，是進京趕考的安徽池州生員，寄寓在杜智家。據杜荀鶴說，杜智正為轟動長安的飛天大盜勞心費神，分身乏術，便委託他前來為老友新婚送上賀儀。尉遲鈞便特意將杜荀鶴介紹給黃巢，二人志同道合，倒也頗為歡喜。

當下尉遲鈞坐了面東的主人席，甘棠自在一邊服侍。李言坐了左首第二席，以下是裴玄靜、李凌、李近仁。李可及則坐了右首第一席，以下是韋保衡、杜荀鶴、黃巢。樂師陳韙則依舊坐在韋保衡背後。尉遲鈞、韋保衡、杜智各自有賀儀送上。都是相交多年的老友，李言謝過後，也不拆看，先行收下，命人直接送到裴玄靜的房間。李近仁也有十足上好的錦帛送給裴玄靜，令李言大感意外，裴玄靜推辭不掉，只得接下。

當下酒菜如流水般上來，就連之前韋保衡和李近仁面前案桌上未曾動筷的飲食也被撤下，重新換過熱菜。尉遲鈞寒暄過後，先用手指在杯中蘸酒，再彈向空中，這叫做「蘸甲」，表示對客人的尊敬和歡迎。隨即一乾而盡，道：「許久沒有喝過這麼地道的葡萄酒了。」韋保衡笑道：「酒當然是故鄉的好。」眾人便一起舉杯，跟著尉遲鈞飲了一杯。

黃巢從未喝過葡萄酒，大口喝下去，只覺得一股子酸味，沒有任何勁道，真不知道好喝在哪裡。倒是覺得那杯子很有些特別。

尉遲鈞府中甘棠、蘇幕二女，甘棠擅歌，蘇幕擅舞。觥籌交錯一番後，眾人便吵吵要聽甘棠唱上一曲。其實有名動天下的歌聖李可及在此，尉遲鈞本不欲讓甘棠獻醜。不僅他這樣想，在座的賓客希望能聽到李可及一展歌喉的不乏其人，只是見他的神態始終冷淡倨傲，只埋首坐著，酒與食物也甚少沾，似乎完全無心於這場夜宴，是以誰也不便開口，生怕就此碰個大釘子。尉遲鈞見狀，便對甘棠道：「如此，你便為大家唱一支曲子，以助酒興。」一拍手，當即有數名女伎持了樂器進來，坐在眾人背後。樂曲「叮咚」響了幾下，甘棠曼聲唱道：「秋風蕭瑟天氣涼，草木搖落露為霜。群燕辭歸鵠南翔，念君客遊多思腸。慊慊思歸戀故鄉，君何淹留寄他方？」

歌聲雖然柔情嫵媚，曲調卻甚為悲涼。秋情綿邈，秋興闌珊，一時間，眾人似乎都被這支〈燕歌行〉勾起了思鄉情懷。就連在長安出生、長安長大的尉遲鈞也忍不住感歎道：「想來真要感謝張議潮，若不是他從吐蕃人手中收復河西，重新打通從長安通往西域的商路，我今生哪裡還有希望重新喝到西域家鄉的酒。就連我家鄉于闐，恐怕也還沒擺脫吐蕃人的控制呢。」韋保衡笑道：「殿下想要感謝張議潮還不容易，他現正在長安做人質，就住在殿下隔壁的宣陽坊，一街之隔而已。」尉遲鈞道：「我知道……」

一語未畢，張直方的聲音已經傳了進來，「好香！好香！我已經聞見酒香了。」話音未落，人已經大踏步奔了進來，眼光一掃，意識到左首上位是留給自己的，當即直奔上前坐下，二話不說，先牛飲了一杯，笑道：「這葡萄酒可比殿下自釀的要好得多。」尉遲鈞哈哈大笑道：「那是自然！我自己家裡種的葡萄，既無天時，又無地利，哪裡及得上西域的葡萄。難得張將軍喜愛，我敬你一杯，請！」一旁侍女重新斟滿，張直方又飲了一杯。

蘇幕這才跟了進來，一進門笑道：「張將軍一進大門就稱聞見了酒香，健步如飛，奴家無論如何都追不上。」眾人都笑了，張直方只顧飲酒，也不以為意。蘇幕逕直走近裴玄靜，將手中的一個小小木盒交給她道：「這是張將軍賀喜娘子新婚的一點心意。」

張直方不直接送禮給李言，卻送給素昧平生的自己，裴玄靜難免有些意外，一時遲疑未接。李言知道張直方為人恣意妄為，行事往往出人意料，生平最恨別人拂他的面子，要是不收還不知道要搞出什麼事來，便向裴玄靜點頭示意。裴玄靜這才伸手接過盒子，道了聲「多謝」。張直方正忙著喝第三杯酒，不及回答，便只是揮了揮手。

在陳韙悠揚的笛聲中，很快便酒過三巡。韋保衡笑道：「照老規矩，該是玩葉子戲的時候了。」迫不及待地站起來，顯見對葉子戲這一遊戲十分迷戀。尉遲鈞正要吩咐人換上牙床，張直方卻道：「葉子戲是小孩子玩的把戲，有什麼意思！男子漢大丈夫，不如行酒令來得痛快。」韋保衡先是一愣，隨即賠笑道：「行酒令好，就依將軍。」

尉遲鈞便命蘇幕去取了一筒籤出來。他是主人，先抽了一支。只見竹籤上寫著：「四海之內皆為兄弟。」下面有一行小字注著：「任勸十分。」「勸」便是敬酒的意思。張直方笑道：「這支籤好，『四海之內皆為兄弟』，殿下為人正是如此。來，我先敬殿下一杯。」尉遲鈞便飲了一杯。

下面輪到李可及，抽到的是「敏於事而慎於言」，只注了一個字「放」，意思是重新下籌。不料他再抽，依舊是這支籤，眾人無言，只好放過，張直方又自飲了一杯。

下一個輪到韋保衡，籤上寫著：「不在其位，不謀其政。」注了四個字：「錄事五分。」眾人喧笑不已，亂飲一通，氣氛當即熱烈了起來。

下一個是杜荀鶴，籤上寫著：「一簞食，一瓢飲。自酌五分。」杜荀鶴連連搖頭，歎息兩聲，自己喝了半杯酒。

下一個輪到黃巢，抽到一支「後生可畏。少年處五分。」的籤，「處」便是罰酒的意思。

下面是李近仁，抽到的籤上寫著：「與朋友交，言而有信。請人伴十分。」他掃了一眼赴宴之人，最終將目光落在角落中的樂師陳韙身上，便邀請陳韙一道飲了一杯，大出眾人意外。陳韙極為感激，特意放下手中的玉笛，走過來對李近仁說了聲：「多謝！」

下一個輪到李凌，李凌請裴玄靜先抽，抽到一支「擇其美者而從之。大器四十分。」李言剛要替裴玄靜婉謝推辭，張直方忽地大聲喊道：「此酒令不好！不如咸宜觀觀主魚玄機自製的唐詩籌令！」

眾人對這句沒頭沒腦的話愕然不已。只見張直方臉色泛紅，已經有醉醺之態，均不知道他是戲言還是當真。黃巢見眾人都沉默不語，忍不住地插口道：「既是如此，何不邀請魚鍊師攜帶籌令前來？」他說完這一句，心中登時有些羞愧，因為他知道適才的建議不過是為了自己的私心，他內心深處極渴望能再見到那位神儀嫵媚、舉止詳妍的女道士。為了掩飾，他又補充了一句：「人多豈不是更加熱鬧些。」

當場一下子靜了下來，陷入難堪的沉默當中。有人面面相覷；有人恍然未聞；大多人更是驚訝地望著黃巢，但灼灼目光中，卻各有不同的意味。

黃巢意識到自己出言不妥，但卻不知道不當在何處，難免十分尷尬。過了好半晌，尉遲鈞才遲疑道：「這個……魚鍊師她……嗯……」他一時之間找不到合適的措辭來描繪這位大名鼎鼎卻又不可捉摸的鄰居，竟然連自己心頭也惘然疑惑了起來。

卻見張直方「噌」地站了起來，道：「你們等著，我這就去咸宜觀邀請魚玄機前來。」尉遲鈞急忙叫道：「將軍，你……」張直方道：「殿下放心，我還沒醉！我必定能請到魚玄機。」剛要轉身，又想起了什麼，對尉遲鈞嚷道：「我敢跟你打賭！若是我贏了，將魚玄機請來，你就送我十桶葡萄酒；若是我輸了，我就賠你兩隻大鵰！」不待尉遲鈞答應，在一干驚訝的目光中走出了花廳。

眾人無不面面相覷。李可及更是呆呆地望著尉遲鈞，似乎另有深意。尉遲鈞想了想，回頭叫道：「蘇幕，你出去跟著張將軍，可千萬別讓他對魚鍊師無禮。」蘇幕卻是不動，彷彿有些遲疑。尉遲鈞愕然問道：「怎麼了？」蘇幕低聲道：「奴家和張將軍適才回來，經過咸宜觀的時候，看到有個人影，鬼鬼祟祟的，似乎是李御史……」話到後來，聲音低不可聞，生怕旁人聽見。尉遲鈞大惑不解道：「什麼人影？什麼李御史？」蘇幕見一時難以說明白，便應道：「奴家這就出去看看。」站起來跟了出去。

外面月光湛湛，如水銀般流瀉，四處充斥著晚秋的涼意。蘇幕匆忙提了一個燈籠點上，一路追出花廳，穿過長長的葡萄架廊，卻沒有發現張直方的人影。一直追到大門口，問起守門的老僕，回答說未見到有人出去。但老僕年事已高，老眼昏花，未必可信。蘇幕也不聽說，逕直出了大門，果見前面通向咸宜觀的道上有人影幢幢，急忙叫道：「將軍！」一邊追了上去。不料那人影一聽聞她的聲音，反而加快腳步。

蘇幕生怕張直方請魚玄機不到，氣急之下大打出手，也加緊腳步，不料還未到咸宜觀門口，那人影便不見蹤跡。蘇幕四下一看，再無動靜，看來人是進了咸宜觀中無疑，一時猶豫要不要上前拍門，轉念一想：「就算張將軍比我腳快，可是也不該毫無動靜地進了咸宜觀，最起碼該有開門的聲音才對。」頓時想到適才張直方出去時滿面通紅，會不會是醉倒在府中什麼地方了，要知道他今晚一人喝的酒，絕可以趕上其餘所有人加起來的量。雖則這葡萄酒入口甜軟，然而後勁十足，最易飲過也最易醉人。

一念及此，蘇幕便返回勝府尋找，到大門處再問老僕，對方仍堅持說沒見到人出去，她便半信半疑地急急往裡趕去。剛到葡萄架下，便看到張直方跌跌撞撞地走過來，神情有些茫然，顯見是走錯路了。

蘇幕急忙上前，叫道：「將軍！」張直方見到她，先是一愣，隨即擺擺手道：「這次你不必陪我去了。」蘇幕聞見他渾身酒氣，似乎醉得厲害，好意上前攙扶，張直方卻突然發起少將軍的脾氣，努力睜大醉眼瞪著她，惱怒地嚷道：「我叫你不必去了。」一邊說著，一邊手便向腰間摸去。蘇幕見他有意去拔腰間的佩刀，嚇了一跳，趕緊讓在一旁，道：「將軍請便。」幸好張直方只是嚇她一下，只在腰間摸了一下，便與她擦肩而過，搖搖晃晃地走出了大門。

傳聞張直方醉酒後性情與平日大不相同，暴躁易怒不說，還受不得絲毫忤逆。有一次他半夜醉酒後回金吾衛，僅僅因為金吾使開門晚了些，他便拔刀相向，將金吾使砍成重傷，為此事還被御史彈劾過。蘇幕雖未親眼見過他醉後的樣子，卻也知道他是個說一不二的人物，絕不敢再跟上去，只得悶悶不樂地回到花廳。

花廳歡宴似已散去，只剩下李言、裴玄靜、李凌和韋保衡四人坐在牙床上，正圍著一張小案子玩葉子戲。問起一旁的侍女，才知道眾人已經料到張直方此去咸宜觀必然要吃閉門羹，絕無可能請到魚玄機，是以韋保衡提議玩葉子戲博弈取樂，其他人則賞月的賞月，散步的散步，睡覺的睡覺，各行其便去了。

突然，韋保衡重重一甩手中的紙牌，得意地笑道：「娘子，你又出錯牌了！我又贏了！哈哈！」他開心得手舞足蹈，像小孩子贏了遊戲一般興奮，全然沒了平時的翩翩公子風度。裴玄靜微微一笑，對輸贏毫不介意。李言笑道：「韋兄嗜好葉子戲，是長安有名的高手。內子今晚才新學，哪裡及得上你技藝高超。」

這葉子戲起源於漢代，傳說是漢初開國名將韓信為了排遣部下將士的鄉愁，以天文曆法為基準，發明了骨牌遊戲，供軍中玩耍娛樂。牌分四類，以象四時，四種花色分別象徵春夏秋冬四季。因骨牌只有樹葉般大小，所以又稱為「葉子戲」。唐玄宗在位期間，由骨牌改制的紙牌也開始流行，宮內宮外均成為時尚。這種葉子戲打法花樣很多，基本的玩法是依次抓牌，大可以捉小，萬勝千，千勝百，百勝錢；葉子牌未出時，反扣為暗牌，不讓他人瞧見；葉子牌出後，一律仰放，由他人從明牌去推算未出之牌，以施競技。到後世宋朝末年蒙古人西征時，將葉子戲帶去歐洲，由此演變成塔羅牌及現代撲克。

韋保衡愛牌成癖，當下挽了挽衣袖，笑道：「再來！還是由娘子來坐莊。」眾人便重新洗牌，再開一局。不料形勢陡然為之一轉，裴玄靜漸漸熟悉了規則，這一局竟然大獲全勝，勝得乾脆徹底，就連韋保衡這等高手也目瞪口呆，連聲道：「原來娘子精於此道，倒是失敬了！再來，再來。」

蘇幕在一旁心不在焉地瞧了會兒熱鬧，猶自記掛張直方去請魚玄機一事，便再次趕出去打探動靜，不過只敢走到能瞧見咸宜觀大門的地方。

月光下的咸宜觀如同一個巨大的黑影，寂然無聲。晚風清冽，菊花的香氣絲絲縷縷，在四周若有若無地盤旋著，越發顯得詭異而神祕。

看這情形，張直方應該是已經進了咸宜觀的大門，且不吵不嚷、無聲無息，這可是件難得之事。大概素來我行我素的張直方也如同京城的許多達官貴人一樣，暗中傾慕魚玄機罷，畢竟，像她這樣的大美人兼才女少之又少。蘇幕這樣想著，心下略為寬慰，好奇心卻不由得大起，不自覺地往咸宜觀方向走去。她手中未打燈籠，又害怕為張直方驚覺，刻意放輕腳步，躡手躡腳地走到咸宜觀牆角，剛一伸頭，便看見一黑影從牆頭翻出。蘇幕一呆，本能地問道：「是張將軍麼？」

那黑影乍然聽到她發問，也愣在當場，顯然料不到竟然有人隱在角落中。但他僅僅稍一遲疑，便提氣一縱，竟然就此躍上咸宜觀的高牆，隨即跳入觀中，如兔起鶻落，頃刻即闃然不見。

蘇幕眼睜睜地看見那黑影沒入黑暗，猶處在驚詫當中，又過了好一會兒，才反應過來，「哎呀」一聲，急忙往咸宜觀大門跑去。大門恰好就在這時打開，一名綠衣侍女舉著一只小小的燈籠一瘸一拐地走了出來。皎潔的月光和微弱的燈光交相映照在她圓潤的臉龐上，顯出幾絲難以名狀的嬌豔。蘇幕遠遠瞧見，急忙叫道：「綠翹！綠翹！」

那名叫綠翹的侍女一時愕然，她站在燈光的明處，尚看不清蘇幕的面容，只揚聲問道：「是誰？」蘇幕已經奔近大門，道：「是奴家，勝宅的蘇幕！綠翹，奴家告訴你，適才有人飛進你們咸宜觀……」

一語未畢，張直方和魚玄機已經並排走了出來。張直方雖然面色依舊通紅，卻已然全無醉意，虎目一轉，落在蘇幕身上，狐疑地問道：「蘇幕？你來做什麼？」語氣已然有不快之意。蘇幕被他一瞪，竟然不敢再提下面的話頭，幸好她心思甚為機巧，立即賠笑道：「奴家記掛將軍，特意過來看看。」張直方點點頭，道：「我已經請得魚錬師，這就走罷。」

蘇幕應道：「是。」閃身到一旁，讓張直方和魚玄機先走。又心想：「魚錬師一走，咸宜觀只剩下綠翹一人。若然真有人潛入咸宜觀，她一個小娘子，又是個瘸子，如何能應付得了？」便上前悄聲告訴綠翹適才見到有人從觀內躍出、復又躍入之事。不料綠翹只笑道：「蘇幕姊姊玩笑呢！如今早已夜禁，哪裡有人能出入得坊門？況且我也不信這世上真有人能飛簷走壁。」蘇幕道：「怎的沒有？昔日漢代趙飛燕身輕如燕，能在人的手掌上跳舞，便是因為她練氣有成，會一種道家內功，能提輕身體，跟飛簷走壁異曲同工。」綠翹打趣道：「久聞蘇幕姊姊舞技高超，諒來也會這掌中舞了，改日一定要見識一下。」

蘇幕見她渾然不信，便道：「你難道不知道長安最近正鬧飛天大盜？」綠翹笑道：「飛天大盜人盡皆知，我自然知曉。不過姊姊這麼說我更不信了，全長安的人都知道我們咸宜觀是三清之地，一貧如洗，飛天大盜哪會光顧我們這裡？蘇幕姊姊定然看花了眼罷。」

蘇幕還待再說，卻聽見張直方叫道：「蘇幕！」蘇幕無奈，只好叮囑綠翹自己多留意，逼著她應了，這才自去追張魚二人。

三人剛上坊道，卻見李近仁慢悠悠地從牆角處走了出來，主動招呼道：「張將軍！魚錬師！」蘇幕第一個反應便是：「原來適才見到的黑影就是他。」她曾經幾次見到李近仁出入咸宜觀，知道他與魚玄機熟識，也許他跟尉遲鈞一樣，擔心張直方請不到魚玄機對她無禮，所以跟來探風。如此想著，心下當即舒了口氣。

只是魚玄機突然看到李近仁，明顯大吃一驚。張直方則一改旁若無人的態度，上下仔細打量著李近仁，警惕地問道：「你在這裡做什麼？」李近仁笑道：「適才酒飲得多了，出來走走，消消酒氣。」目光落在魚玄機身上，隨即轉開。張直方還待再問，魚玄機突然道：「將軍，我們走罷。」張直方看了她一眼，再望了眼李近仁，默默地跟了上去。四人一路再無他語。

步入花廳時，賓客大多已經回來，正在圍觀葉子戲。張直方重重咳嗽了一聲，不無得意地道：「各位，我已經請到魚鍊師。」眾人訝然回頭。黃巢湊巧站在距離廳門最近之處，只見魚玄機已經完全換了裝束，穿一身霞紅滿雲寬袖道袍，外面罩了件藍花捲草紋白襖，髮髻上插著一支珊瑚如意簪，比起白日更多了一層豔麗。

直到很久以後，人們還在議論紛紛，好奇探究當晚張直方到底是以什麼法子將魚玄機請出來的，因為這位才女一度以豪放風流著稱，曾經是長安豪華酒宴上的常客，但一年前開始，突然閉門謝客、足不出戶。這位傳奇女子，身上發生過太多故事。她出生在長安平康坊，自幼無父，母親則是身分卑微的賤民。雖然身為貧家女子，但她卻從小向學，好讀詩書，兼之天生聰慧，荳蔻年華時便已經能寫一手好詩，尤工韻調，情致繁縟，聲名遠播，為才名滿天下的溫庭筠所賞識，二人結為忘年交。

這溫庭筠的祖先溫彥博當過唐朝的宰相。但到了溫庭筠一代時，家境已經敗落。溫庭筠為求得功名仕途，多次參加科舉考試。他文思敏捷，每次入試押官韻作賦，都是八叉手就完成八韻，堪比昔日曹植數步成詩。但如此才華，卻始終未能及第。據說其中的原因是因為當權者嫌他經常出入歌樓妓館，不修邊幅，好逐弦吹之音，為側豔之詞，有點孤芳自賞、風流過度了。還有一種說法是，當今皇帝曾經微服出遊，路過溫庭筠位於鄠縣的傳舍。溫庭筠不認識皇帝，傲語詰問，甚至語出不遜，皇帝懷恨在心，所以一直有意打壓。溫庭筠自負才華當世無人能及，自然對此非常不滿，為了發洩心中的憤恨，他多次給人做槍手代考，有意擾亂科舉，因此更加為當時的世道所不容。

然則才子畢竟是才子，魚玄機當時還是個少女，正處在情竇初開的年華，傳說她對溫庭筠情根深種，但溫庭筠不知道為什麼沒有接受。其中原因，說法也很多：有人說是因為魚玄機身分低微，令士族出身的溫庭筠有所顧忌；也有人說是因為魚玄機自己的原因，她因身分不得嫁士人和良民為妻，只能為妾，而她並不願意；還有人說是因為溫庭筠自慚年老貌醜，不願意耽誤才貌雙全的魚玄機。無論真實情況如何，這一對白髮紅顏始終只局限在一起談天出遊的師生關係上。有一次二人同遊新昌坊的崇真觀時，魚玄機看到新及第的進士爭相在南樓題名，一時感慨，提筆在牆壁上題下一首詩：「雲峰滿目放春晴，歷歷銀鉤指下生。自恨羅衣掩詩句，舉頭空羨榜中名。」

志意激切，歎息自己雖然詩才出眾，可惜身為女子，無法像男子那樣博得功名，成為有用之才。正是這一首有極大離經叛道意味的詩，引起了新科狀元李億的注意。他賞憐這個特立獨行、不同凡響的少女，想方設法地結識她，並將她娶為自己的愛妾。

然則郎情妾意的美滿日子並沒有持續多久，李億正妻裴氏聞訊，從鄂州追到長安，大鬧不休，逼令丈夫休掉魚玄機。裴氏來頭可不小，出身名門望族河東聞喜裴氏。這一家族聲勢極為顯赫，公侯一門，冠裳不絕。自秦漢以來，先後出過宰相五十九人，大將軍五十九人，中書侍郎十四人，尚書五十五人，節度使、觀察使、防禦使二十五人，刺史二百一十一人，太守七十七人；封爵者公八十九人，侯三十三人；與皇室聯姻者皇后三人，太子妃四人，駙馬二十一人。可謂豪傑俊邁，名卿賢相，摩肩接踵，輝耀前史，茂鬱如林，代有偉人，彪炳史冊。能與這樣的家族聯姻，本身就已經是難得的榮耀，更何況還於仕途大大有利。在妻子的壓力下，李億雖然萬般不捨，最終還是採納友人的建議，暗中將魚玄機送回鄂州老家。但後來不知何故，魚玄機又獨自返回長安，並到咸宜觀出家為女道士。不久，老觀主一清鍊師病死，魚玄機即接任為觀主，並在觀門處貼出了「魚玄機詩文候教」的紅紙告示，從此名噪京華，成為文人雅士爭相交結的對象。不過一年前開始，不知道為什麼原因，她突然又一改常態，拒絕再出面應酬，甚至為此得罪了不少權貴。行事如此神祕的女子，既令人嚮往，又無從把握。

自魚玄機踏入花廳的那一刻起，黃巢的目光便幾乎再沒有離開她。當然，矚目她的不僅是黃巢一人，她無可爭議地成為全場的焦點。就連一直一臉愁苦的杜荀鶴也舒展了眉頭，好奇地盯著這個矯矯不群的美麗女道士。尉遲鈞愣了好半天，才趕上前來，客氣地道：「鍊師雅量高致，今夜光臨寒舍，當真令蓬蓽生輝。」力請她坐首席。魚玄機本就有疏曠不拘、任性自用之名，也不十分推讓，便坐了上座，在一干男子的目光中，依舊神態澹定。

尉遲鈞一一介紹眾人後，她先從懷中取出一本黃麻紙冊，起身奉給裴玄靜道：「聽聞娘子新婚大喜，倉促之間，無以為備。這本《道德經》為我手抄，區區微物，聊以為賀。」孰料裴玄靜歡喜異常，鄭重接過，道：「今日得見鍊師，三生有幸，日後還要多向鍊師求教。」

她雖言語懇切，然而魚玄機閱人無數，受過的奉承實在多不勝數，並不以為意。只有一旁的李言聽了十分駭異，他知道妻子從不讚許他人，眼下竟說出「三生有幸」這樣的話，可見她是何等讚賞魚玄機。一念及此，內心深處不禁隱隱約約地煩惱起來，到底為什麼心煩意亂，他自己也說不上來。

魚玄機又見裴玄靜一身玄服，頭上的銀釵也過於素淡，便拔下自己頭上的珊瑚如意簪，道：「今日一見，甚是有緣，我與娘子互換髮簪，留個紀念，如何？」裴玄靜明白她出於好意，當即取下自己的銀釵，二女相互為對方插上。

韋保衡拍手笑道：「魚鍊師到了，可多了不少雅趣。」回身便叫道，「陳韙，還不快吹玉笛，請魚鍊師雅正。」卻發現背後的座席上空無一人，陳韙並不在此。韋保衡只好乾笑道：「這豎子多半又去茅廁了。他腸胃不好，宴會上總是如此掃興。」

正說著，陳韙走了進來。韋保衡面色一沉，剛及發作，魚玄機突道：「無妨，韋公子毋須介懷。」韋保衡聽到她主動跟自己說話，頓時眉飛色舞，喜笑顏開，哪裡還顧得上去呵斥陳韙。又道：「若是得李可及將軍唱上一曲，也是人間仙樂。」一眼望過去，這才發現李可及並不在席間，原來他已經自要一間客房去歇息了。魚玄機驚訝地道：「原來他也在這裡。」張直方冷笑一聲，道：「他不在更好。魚鍊師，這就請你將酒令取出來罷。」

當下魚玄機取出酒令，說明遊戲規則，原來這酒令每一句都是唐詩，頗為雅致。眾人見她目光眉彩，奕奕動人，大多為其風姿神韻所傾倒，說是玩酒令，其實都在暗中品度美人。尤其尉遲鈞更是驚詫，原來這位芳鄰是如此大方可人，並無傳說中那般怪異。他急忙吩咐廚下多備最拿手的酒菜，再開兩桶葡萄酒，又另外多烤了幾張古樓子。

這一場歡宴，一直持續到凌晨五更天晨鼓響時才結束。關門鼓敲八百下，晨鼓總共要敲三千下，自五更二點由宮內「曉鼓」聲起，之後每條街鼓次第敲響。眾人中只有張直方酒飲得多了，被侍女扶去客房睡。李言本待中途退席，但見裴玄靜並無去意，也只好陪著。

晨鼓一響，即表示夜禁結束，坊門打開，街上亦可通行。韋保衡還要上朝，先行帶著陳韙離去。告別時猶自依依不捨，對魚玄機道：「幾日後我家有個宴會，若得鍊師大駕光臨，定然增色不少。」魚玄機笑道：「我已經不再參加酒宴。韋公子盛情，只能心領。此次破例，只為張直方將軍應承了我一件要事。」韋保衡碰了個軟釘子，一時說不出話來，訕訕離去。

當下尉遲鈞叫人領李言、黃巢等人先去客房休息，李言卻道：「我們也該走了。」尉遲鈞知他原定今夜要舉行婚禮，不便強留，急忙命人去叫醒車者，準備車馬。

黃巢本欲送李凌等人一程，卻又顧及還須去尚書省報到，遞送文解與家狀，再辦結款通保的手續，便自去客房睡了。

魚玄機與眾人一一辭別，禮數甚是周全。剛出勝宅，李近仁跟將出來，在後面叫道：「鍊師！」魚玄機停下腳步，會意地站在坊道旁，等李近仁近身，才低聲道：「宴會上一直不大方便問李君，你……不是已經回江東了麼？」李近仁遲疑道：「嗯……這個……我有幾件事想告訴鍊師……」

說到這裡，他突然停下，警覺地望著魚玄機背後。魚玄機回頭望去，李可及正從勝宅中匆忙出來。他看到魚玄機後，愣了一下，也未打招呼，便轉折向東門而行。

魚玄機望著李可及的背影，似乎對他的冷漠有些意外，怔了好一會兒，才回頭道：「李君欲言何事？」李近仁道：「這個……說來話長……」

魚玄機見他欲言又止，便道：「很急麼？我今日還有事要辦，得先去趟鄠縣。」李近仁一愣，問道：「是去看溫庭筠先生麼？」魚玄機點了點頭。李近仁躊躇了一下，終於下定決心，道：「那我便長話短說，我昨晚看見……」

不及說完，崑崙飛也似地奔了出來，氣急敗壞地叫道：「遭盜賊了！遭盜賊了！」魚玄機吃了一驚，急忙問道：「府上可丟了什麼貴重財物？」崑崙哭喪著臉道：「奇就奇在我家王子殿下寶櫃中的金銀珠寶一件不少，只有裴家娘子的嫁妝銀菩薩丟了！二位請先回，小的還得趕去萬年縣衙報官。」急急而去。

魚玄機與李近仁交換了一下眼色，各自露出狐疑不解的神色。二人均是一般的心思，裴玄靜昨晚才到，偏偏銀菩薩於昨晚失竊，下手者必是內賊無疑。

不僅二人這般想，就連素有度量的尉遲鈞也這般猜測。銀菩薩是他特意交代甘棠妥為收藏之物，偏偏在他手中失竊，負疚之心更重。而李言更是煩悶，他身為縣尉，盜賊竟然在太歲頭上動土，趁他娶親之時盜走新娘的嫁妝，如何叫他不氣惱。只有裴玄靜依舊平靜，令人詫異。

忽見得魚玄機去而復返，進來安慰了裴玄靜幾句。又道：「娘子既然一時還不得離開，不如先去咸宜觀逛逛。」李言正欲阻止，裴玄靜已經一邊答應，一邊站了起來。尉遲鈞道：「如此甚好。兩家離得也近，一旦有事，我即可派人去知會。」

裴玄靜應了，自跟著魚玄機前去咸宜觀。侍女綠翹來開門，見有客來，急忙趕去烹茶。裴玄靜見她右腿有殘疾，行走多有不便，忙道：「不必勞煩。我四下隨意看看。」綠翹笑道：「娘子遠道而來，又值新婚大喜，定要飲一杯綠翹自製的菊花茶才行。」說著一瘸一拐地自去了廚下。

魚玄機也笑道：「娘子不必客氣。綠翹名為侍女，實則與我情同姊妹。」一邊說著，一邊領著裴玄靜四下閒逛，介紹道：「這裡本是睿宗皇帝李旦未登基前的舊第，後來玄宗皇帝之女咸宜公主在此出家，便改名為咸宜觀。」

其實一進觀內，裴玄靜便發現這裡的建築雖然恢宏凝重，但卻大多陳舊殘破，尤其牆壁上的壁畫色彩已然大片剝落，昭示著歲月的無情和滄桑。魚玄機見裴玄靜微微流露出惋惜之意，當即觸道：「昔日開元年間，此地何等熱鬧？如今盛世不再，竟落得這般蒼涼。天運有升沉，人事有盛衰，即此可以想見一斑。」忍不住嗟歎了幾聲。

裴玄靜聽了大為驚訝，她初次與魚玄機見面，只覺得她是個爽朗而大方的人，待人處事周到有禮，一望便是個見慣大場面的女子。但聽了適才的話，方知道她的內心遠不像她的外表看起來那麼簡單，她有一顆不甘蟄伏的心。一般人當此情形憑弔，均會傷懷愧疚興旺一時的咸宜觀終在自己手中衰落，這魚玄機卻獨獨不同，她的話意，竟似認為一地之興與天運人事有莫大關係，更有悲憫現時之意。不知怎的，聽了這番感懷後，裴玄靜突然回想起在陝州見過的那些饑民，素來沉靜的她，心中竟湧起一股難以名狀的哀涼。

又見咸宜觀地方不小，卻人丁凋零，寂寥中自有一份慘澹。問起才知道之前也有過幾名道友，卻耐不住寂寞和清貧，有還俗返鄉的，有與男子私奔的，先後各奔前程去了。

到得廊下，只見數株菊花如黃金般精光燦然，花瓣為正方形，整齊如裁減。裴玄靜道：「好奇特的菊花！」魚玄機道：「此花名為『黃金印』，是極難得的品種。不過最奇的是，此花只有在咸宜觀才能開出方形花瓣，一旦移植到他處，便如同普通菊花一般了。」裴玄靜道：「古語有云：『淮南為橘，淮北為枳。』可見地傑方得人靈，花草亦有靈性，想來它們也不願意屈就俗人俗物。」魚玄機笑道：「昨晚宴會上一見，便知娘子不是俗人。今日交談，正是如此。」

當下二人回到廳堂坐下。綠翹奉了菊花茶上來，聽說裴玄靜丟了財物，問道：「想來那失竊的銀菩薩是極貴重之物，為何娘子不見絲毫緊張？」裴玄靜歎道：「不瞞二位，那尊銀菩薩是昔日玄奘法師從印度帶回的法物，為家母的傳家之寶。在我手中丟失，也算是它的一劫。緊張又有何益，只能徒增自己和他人的煩惱。」魚玄機道：「娘子極有慧根，竟比我這個方內人還要看得開。」又笑道：「換作我，是務必要追究到底的。」裴玄靜只是微笑，並不作答。

綠翹倒似極感興趣，詳細問過昨夜情形，沉吟道：「看來必是內賊作案。」魚玄機驚訝道：「你也是這樣想？」綠翹點頭道：「嗯。嫌疑最大的就是于闐王子尉遲鈞。」魚玄機大為驚訝，失聲道：「你怎麼會這樣想？」綠翹道：「王子殿下可是個識貨之人，比不得張直方那樣的糾糾武夫。適才娘子說過了，是尉遲鈞最先認出銀菩薩的不凡之處，又是他堅持要將銀菩薩代為收藏到自己的寶櫃裡，而一大櫃子寶物，偏偏只丟失了銀菩薩，他自己的東西一件未失。不是他還會是誰？然後他再來一招賊喊捉賊，便可以瞞天過海，騙過大家的眼睛了。」

裴玄靜道：「聽起來也有道理。不過據我觀察，尉遲王子為人熱情大方，可不像這樣的人。」魚玄機道：「應該不會是王子殿下。不然他不必特意交代人將銀菩薩收入他的寶櫃，任娘子放在行李中，不是更好下手麼？且不會惹人懷疑。」綠翹笑道：「還是鍊師說得有理。我只是胡說罷了。鍊師，我先去坊門口替你雇車。」魚玄機的心思還在失竊事件上，苦苦思索著什麼，也未理睬綠翹。綠翹一笑，自走了出去。

裴玄靜勸道：「鍊師不必為此煩心……」魚玄機忽道：「我想到了！」裴玄靜道：「你知道誰是竊賊了？」魚玄機道：「誰是竊賊我還不知道。不過有一點可以肯定，銀菩薩現今應該還在勝宅內。」見裴玄靜睜大了眼睛，便解釋道：「宴會直到今天早上夜禁解除時才結束，不論下手的人是賓客還是勝宅府內的人，都不方便公然帶著銀菩薩離開，不然定會引起街卒和坊正的留意。走，我們再去勝宅看看。」裴玄靜道：「鍊師不是還有事要出門麼？」魚玄機道：「幫你尋回銀菩薩要緊。萬一遲了被人轉移了，可就麻煩了。」裴玄靜見她如此熱心，渾然不似清修之人，不由得十分感激。

二女趕回勝宅之時，勝宅已經有人把守，不許人隨便出入。原來萬年縣縣尉杜智帶人趕到，詳細問明案情後，跟魚玄機的推測一樣，認定是內賊所為，且贓物一定還在勝宅內。只是上上下下、仔仔細細地搜過一遍後，並沒有任何發現。尉遲鈞還不死心，與杜智商議，打算再尋一遍。杜智當此情形，只覺難堪，他有意避開昨晚勝宅的宴會，不料卻還是被迫來了這裡。

剛巧魚玄機陪同裴玄靜進來。裴玄靜聽說後，便道：「銀菩薩是家母心愛之物，於我意義重大。不過既然離奇失蹤，那也是命中註定該有此劫。各位不必再多費心。」又對李言道：「夫君，咱們這就回鄠縣罷，別讓親友們久候。」李言自不甘心，但也無計可施。尉遲鈞滿臉愧疚，歉然道：「實在是抱歉了。」裴玄靜笑道：「殿下不必內疚。我猜這銀菩薩多半是那飛天大盜所為。」

她如此說，自然是不想令賓主難堪。尉遲鈞心如明鏡，低聲道：「銀菩薩失竊，理該不可能是飛天大盜所為，想來那盜賊，要麼是我府中之人，要麼就在昨晚的賓客當中。」杜智與李言對視一眼，心下均想：「原來你也想到了。」

一旁的蘇幕忽插口道：「昨夜奴家在咸宜觀外見過一個黑影飛簷走壁，說不定真的就是飛天大盜。」當下講了事情經過。眾人目光一下子集中在魚玄機身上，各有狐疑審視之意。魚玄機卻猶在沉思當中，似乎正回想起什麼。蘇幕擔心眾人就此懷疑上咸宜觀，急道：「不過肯定跟咸宜觀無關，因為奴家當時親眼見到魚鍊師、綠翹與張將軍在一起。而那黑影的身形，分明是個男子。」

眾人這才想起張直方來，他昨夜喝得爛醉如泥，迄今仍在客房中呼呼大睡。杜智思索片刻，感覺有必要到咸宜觀看看究竟。正欲開言，魚玄機已然道：「既然勝宅已經找不出線索，便請各位移步咸宜觀一觀。」不等眾人反應，便急急轉身離去。

杜智是個老練的角色，頓感她神態異常，衝李言一使眼色，自領著眾人跟了上去。黃巢剛好驚醒起床，聞訊也趕緊跟去看個究竟。

一干人來到咸宜觀，適逢綠翹租了馬車回來，忽見眾人潮水般蜂擁而至，不明就裡，一時呆住。魚玄機也不多解釋，逕直領著人群穿過殿堂，來到後院廊下。眾人大多是第一次見到黃金印這等奇花，無不歎為觀止。黃巢生平酷愛菊花，更是嘖嘖稱奇，心中暗想：「他日一定要向魚鍊師討取幾株花苗，帶回山東老家，栽種在後園之中。」轉念又想道，「是了，我即將參加科考，功名利祿唾手可取，即便不在京城為官，也必宦遊他鄉，哪裡還顧得上種花養草這等閒事。」一念及此，豪情壯志頓生。

卻見魚玄機纖手指向最邊上的一株黃金印，道：「各位，請看那裡。」原來她適才帶裴玄靜參觀咸宜觀時，曾留意到廊下有塊泥土有新翻動的痕跡，不過當時未曾多想罷了。

杜智一望便即會意，命差役上前用腰刀掘開泥土。差役才挖了幾下，刀尖便觸到硬物，當即叫道：「果然有東西！」隨即捨棄了腰刀，改用手刨，將所埋之物挖將出來一看，正是裴玄靜的那尊銀菩薩。

銀菩薩就這般傳奇地丟失，又這般傳奇地尋獲。然而案子並沒有破，尚有許多謎團未解。如果真是飛天大盜所為，為何他不順手將寶櫃中的其他財物席捲一空？既然他能飛簷走壁，坊門夜禁於他根本無礙，為何他不似往常那般揚長而去，而要將贓物藏在咸宜觀？為何他選擇咸宜觀埋藏贓物，是不是因為他知道咸宜觀只有魚玄機主僕二人，不易引起注意？

問題越多越是不解。唯一能解釋得通的便是，盜竊銀菩薩者並非飛天大盜。咸宜觀的圍牆並不高，一般男子均能翻入，當時天黑，也許蘇幕看得並不真切，並不是她說的「飛入」那般神奇。不是飛天大盜，那便肯定是內賊所為，而且這個內賊一定是當晚的賓客之一。他聽說銀菩薩的不凡之處後，當即起了貪念，找機會潛入尉遲鈞的房間，拿走銀菩薩。又因為他本人還須參加宴會，不便將銀菩薩帶在身上，便選擇了地廣人稀又是清淨之地的咸宜觀，翻牆而入，將贓物藏好，打算日後方便時再行取走。不料出去時剛好被蘇幕撞見，直接導致後來的功敗垂成。關於這一點，好幾個人都想明白了。只是裴玄靜堅持不必追究，李言婚禮在即，也同意此案就此了結。

但杜智與尉遲鈞日後暗中調查，發現在蘇幕所言的時間內，張直方、李近仁剛好都在咸宜觀附近，二人嫌疑理當最大。但當時張直方又跟魚玄機在一起，如果張直方犯案，魚玄機必然也是同謀。可是銀菩薩明明為魚玄機指引找到，之前的推斷便不能成立。且當晚情形，魚玄機直到下半場宴會才出現，對之前發生的事情一概不知，理當沒有捲入其中。何況以張直方的身分，說他堂堂大將軍盜竊一尊銀菩薩，恐怕就是告到皇帝面前，也無人能信。如此一來，李近仁便成了首要嫌疑犯，尤其是蘇幕提到在咸宜觀外遇到他時，魚玄機露出極為意外的表情，顯然他在那個時候不該出現在那個地方。只是，偏偏李近仁這個人，是尉遲鈞認為最不可能的盜賊，原因只有一個——李近仁富甲一方，富得流油，從來只有他贈予他人財物之事，斷無覬覦旁人財物之理。

不過，尉遲鈞言之鑿鑿後，卻又突然想到當日在長樂驛遇到半途折返長安的李近仁時，其言行多有異常之處。且當晚魚玄機到達宴會後，眾人爭相參與酒令，均以能與魚玄機交談為幸，唯獨他一直埋頭飲酒，未發一言。他的性格寬厚隨和，處事綿軟周全，怎如此一反常態？

再深入調查，又發現當時除了李言李凌兄弟、裴玄靜和韋保衡在花廳中玩葉子戲外，其他賓客如黃巢、李可及、杜荀鶴均是獨自一人，並無旁證。也就是說，從時間上來看，這三個人也有嫌疑。杜荀鶴為杜智的堂弟，李可及官高位顯，將三人的背景來歷比較來看，只有黃巢嫌疑最重。況且他與李凌結識在先，因帶給李言家信而住進勝宅，似乎一切看起來早有圖謀。可是尉遲鈞又力證他新到長安不久，如何能熟知咸宜觀的情況和地形，想到將贓物藏於其中？

有人曾質疑杜智輕易排除了堂弟杜荀鶴，實有包庇之嫌。杜智卻道：「他並非真的是我堂弟。」原來杜荀鶴母親程氏本為著名詩人杜牧的愛妾，杜牧外出為官時，杜妻將程氏趕出了家門。程氏當時身懷六甲，無依無靠，只得改嫁鄉士杜筠，杜筠即為杜智堂叔。雖是都姓杜，卻並非同族同宗。之所以不懷疑杜荀鶴盜竊了銀菩薩，實是因為他受杜家排擠，貧困之極，總是自稱為「天地最窮人」，就算偷，也該偷那一寶櫃的金銀珠寶，而並非一尊銀菩薩。

總之，這樁神祕的失竊案，在杜智看來，奇特難解之處猶勝飛天大盜案。飛天大盜案不過是一個身手高明的盜賊四處作案而已，而偷取銀菩薩的竊賊明明就在他眼前，他卻不知道到底是誰。

對於這樁莫名其妙由自己了結的奇案，魚玄機也百思不得其解。在前往鄠縣的馬車上，她思來想去，始終覺得山東貢生黃巢的嫌疑最大。從她第一眼在咸宜觀大門看到他那時起，她便強烈地感覺，這絕對不是一個普通人，他的眼中，有一股難以遏制的勃勃欲望和生氣。

1 唐朝對縣尉的稱呼。

2 長安太學位於務本坊。

3 唐朝通常以「女道士」、「女冠」稱呼正式入道的女性，對於得道、或是修行精深的女道士，當時的人甚至尊稱「鍊師」。

卷三　淵庭筠之死

只聽見「嘩啦」一聲巨響，前廳大門突然被狂風吹開，眾人嚇了一大跳。崑崙趕將過去，欲重新掩上門時，外面又傳來一聲慘叫「啊……」聲音極為淒厲，在這寒夜中格外令人毛骨悚然……

轉眼間到了咸通九年正月初八，裴玄靜終於如願以償，來到位於長安城南的鴻固原遊覽。

西北多塬地，就連唐朝的京師長安也為塬地所環繞。緊挨著城北的是龍首原，唐高宗時在上面修建了大明宮，成為帝國的權力中心。

龍首原往北，是咸陽原。這裡背依北山，面向渭河，松柏茂密，春季桃李連壟，秋季黃花遍野，風光宜人不說，還是塊典型的風水寶地，因而成為西漢皇帝陵墓的集中所在地。昔日大詩人白居易未成名之前，曾投詩集給著作郎顧況，第一篇即為：「咸陽原上草，一歲一枯榮。野火燒不盡，春風吹又生。……」一首五言詩，道盡了咸陽原上的芳草萋萋，他也因此詩聲名大噪。

長安東面則是白鹿原，古稱首陽山，傳說為黃帝鑄鼎處，後周平王遷都洛陽時，見有白鹿悠然遊於其上，因而改名為白鹿原。白鹿原地處灞、滻二水之間，南連巍峨的秦嶺，北臨蜿蜒曲折的灞河，依山傍水，風光極為秀麗。河岸邊生長著大片天然巢菜，即傳說中的薇草，莖、葉、種子均可食用。商、周之際，孤竹國公子伯夷、叔齊因反對周武王伐紂，不肯食周粟而隱居於此，採薇而食，行將餓死時，還唱了一首悲涼淒愴的〈採薇歌〉，給薇草平添了幾分迷離悲愴的意味。

城東南方有樂遊原，是京兆一帶最具盛名的遊覽勝地，樹木翠森如玉，碧草萋長似煙。最特別的是這裡的塬地上自然生長一種玫瑰樹，花大如碗，在陽光下如朝霞般豔麗，景色奇異，引人入勝。玫瑰樹下則生長著大片苜蓿草，碧草紅花，相映成輝。樂遊原地勢高敞，登原遠瞰，長安街坊盡收眼底，千門萬戶，白牆碧瓦，宏偉壯觀。尤其是南面的曲江芙蓉園和西南的大雁塔，如在近前，因此成為文人墨客吟詩抒懷的最佳選地。昔日李商隱有詩云：「向晚意不適，驅車登古原。夕陽無限好，只是近黃昏。」一道盡了殆難名狀的惆悵。這裡甚至可以眺望昭陵，亦即「風塵三尺劍，社稷一戎衣」的唐太宗李世民的陵墓。樂遊原上還有密宗祖庭青龍寺，是日本真言宗的發源地，也是日本人心中的聖寺。

城南則是鴻固原，位於滻河、潏河之間，因是漢宣帝杜陵所在地，因此又稱杜陵原。而漢宣帝皇后許氏葬在杜陵南，墳較小，所以又叫少陵原[1]。傳說神爵四年（西元前五十八年）的冬十月，有十一隻鳳凰棲集於杜陵，於是這一片塬地又被稱為鳳棲原。這裡南接秦嶺，地勢高亢，整個原面呈階梯狀上升，視野極為開闊。

自冬至開始，裴玄靜便在丈夫李言和于闐王子尉遲鈞的陪同下，由遠及近，先後遊覽了咸陽原、白鹿原、樂遊原，現在只剩下距離鄠縣最近的鴻固原了。只不過李言元日只放七天假，初八正好當值，無法陪她前來，與她作伴的只有尉遲鈞，以及各自的隨從牛蓬、蘇幕與崑崙。

尉遲鈞正有返回家鄉于闐的打算。自隴、河陷入吐蕃之手，安西、北庭以及西域幾方使者、商人均無法歸國，而如今張議潮收復了河西，重新打通了中原與西域的通路，大批滯留於唐朝的胡人紛紛歸國，竟惹得生在長安、長在中原的尉遲鈞也動了鄉愁。當然，也不全然是鄉愁的緣故。人人以為他尉遲鈞只知道尋歡作樂、夜夜笙歌，孰料他也時刻注視著時事。他對這個宦官、藩鎮勢力不斷凌駕於皇權之上的帝國，實在有一種難以名狀的悲觀心情。而某種風流雲散的不好感覺，隨著局勢的發展，已經越來越強烈，促使他萌生了強烈歸意，希圖早日返回那素未謀面的故土。他預備等春季凍土化開便於乘騎駱駝時動身，也就是一、兩個月之內的事，是以決意利用最後的時間遍遊京兆名勝，好留下一些回憶。雖然已經立春，天氣猶自寒冷，也無甚青翠風景，淨是荒涼蕭瑟，衰草連天，但他卻始終興致勃勃，遊覽得十分盡興。這一點，倒與裴玄靜格外相似。

一行五人先是遊覽了杜陵。杜陵是漢宣帝劉詢的陵墓，劉詢原名劉病已，為漢武帝劉徹曾孫，本是龍子身分，卻幼遭巫蠱橫禍，尚在襁褓之中便被關入監獄。後來更流落民間，與市井小民無異。在之後的政治鬥爭中，輔政大臣霍光傳奇般選中了他，扶持他登上帝位。這位漢朝歷史上經歷最奇特的皇帝，陵墓位置的選處也最為特別。西漢共十一帝陵，九座位於咸陽原上，只有文帝灞陵和宣帝杜陵例外。而文帝劉恆之所以將灞陵選在白鹿原上，是為了方便以山為陵，防止日後被盜掘，這也是中國歷史上第一座依山鑿穴為玄宮的帝陵。比較起來，只有劉詢對自己陵墓的選址最富人情味了。他還在民間時，經常呼朋喚友地到鴻固原遊玩，後來當上了皇帝，便乾脆選中這塊地方作為自己的身後之地。

尉遲鈞也是頭一次到杜陵來，不過他並不熟悉中國歷史，不瞭解杜陵背後的故事，只是一指南面的方向，問道：「那是什麼山？」充當嚮導的牛蓬答道：「那便是秦嶺了。」遙見遠山巍峨，綿延起伏，原高景清，頗有登眺宏闊之美。

裴玄靜卻獨獨留意到不到半山腰處有一片宅邸，掩映於樹叢中，望上去幽深異常，顯然不是普通人家。問起牛蓬，他竟然也不知情。尉遲鈞笑道：「或許是哪位王公大臣的莊園也說不準。」

不知為什麼，裴玄靜驀然有種奇怪的感覺，她提議道：「王子殿下，我們到那處宅子登門拜訪一下，如何？」尉遲鈞正有探幽訪奇的心思，連聲贊同。只有牛蓬露出了為難的神色，原來他這嚮導本來就當得勉強，這鴻固原大半路他原本並不熟悉。尉遲鈞笑道：「那處宅邸就在眼前，不須識路，理當找得到。」

於是五人摸索著尋去。一路荒涼而恬靜，沒有鳥鳴，沒有人語。走了半個時辰，明明看著已到跟前，卻又不見那處宅邸。四下亂尋，終於找到一條山石鋪成的小路，穿過一片樹林後，這才豁然開朗，一處古香古色的宅邸出現在眼前，只是已然殘破不堪。朱紅的大門處，還高高懸掛著兩只白色燈籠，表明這家人正在辦喪事。牛蓬一見，生怕大正月的沾染了晦氣，急忙道：「殿下、娘子，時候也不早了，咱們還是趕緊回去罷。」裴玄靜卻不加理會，逕直向正在門外場上嬉戲玩耍的兩個小孩子走去。

紅衣小孩正將細竹桿的一端放近嘴邊，另一端對準藍衣小孩後，使勁一吹氣，一件小小的東西從竹桿中射出，射中藍衣小孩的臉，他尖叫了一聲，立即用手捂住臉。紅衣小孩高興地叫道：「射中你了！」藍衣小孩又是疼痛又是氣憤，立即撿起地上的什麼東西，塞入手中的竹桿，如法炮製地一吹。有東西射出，不過並沒有射中紅衣小孩，而是剛巧打中正走過來的裴玄靜。裴玄靜只覺得手背如同被針扎了一下，定睛一看，竟然是一根小小的荊棘刺，已經射入皮膚，好在並未深入，沒有出血。

牛蓬奔過來，呵斥道：「怎麼胡亂射人？你們家大人呢？」藍衣小孩見闖了禍，急忙嚷道：「我不是要射娘子，是要射哥哥……」裴玄靜忙道：「沒關係。不過是輕輕碰了我一下。」尉遲鈞很是好奇，問道：「這個東西是怎麼射出來的？」牛蓬剛巧知曉，得意地道：「這叫吹刺，其實很容易，將荊棘刺放在竹桿這頭，用嘴使勁吹，刺就從那頭射出去了。山裡的獵戶有時候會將刺塗上迷藥，用來獵取小獵物，想不到這裡的小孩子竟然當作遊戲來玩。」

正說著，一名三十多歲的男子從宅邸中走出來，向小孩招呼道：「平兒、安兒，該回家了。」突然看到多出了幾個大人，一時愣住，本能地摸了摸胸口。正是他這不經意的動作，令裴玄靜立時留意到他的胸口微微鼓起，似乎有什麼東西藏在裡面。

牛蓬上前問道：「這位兄臺，敢問這裡是什麼地方？」那男子答道：「這裡是京兆鄠縣。」牛蓬道：「這我知道，我是問這處宅子。」男子道：「宅子是溫府。」牛蓬道：「溫府？」那男子道：「是啊。幾位難道不是來祭奠溫先生的麼？」牛蓬怒道：「什麼祭奠的，大正月的，別說這等不吉利的話。」

那男子冷笑一聲，本待發作，轉念又想到什麼，上下打量一眼尉遲鈞的胡服，擠出一副笑容，上前賠笑道：「幾位多半是來杜陵遊玩，迷路了的。哪兒會是來溫府的？我叫大山，是本地人，幾位若是不嫌棄，我願意做個嚮導，鄠縣好玩的地方可不少……」尉遲鈞卻突然想到了什麼，問道：「等等……你說的溫先生可是溫庭筠？」大山奇道：「是啊。難道你們不知道麼？溫庭筠溫先生正是這處老宅子的主人，他可是個大名人呢。只不過時運不大好，剛由京官被貶為一個小縣隨縣的縣尉，這不還沒來得及赴任，就病死了。而且剛好是死在正月初六，真是不吉利啊。」

他滔滔不絕地說著，裴玄靜卻一句都沒有聽進去。她得知眼前這處舊宅就是大名鼎鼎的老詩人溫庭筠的宅第，恍然間有些明白了，她成親當日，魚玄機也匆忙雇車趕赴鄠縣，原來是要來探望溫庭筠。

大山卻猶自向尉遲鈞囉唆個不停：「……溫先生的笛子可真是吹得好呢，我們山腳下村裡的人全都愛聽他吹笛……不過他脾氣古怪得很，不願意跟旁人多說話，難怪沒什麼朋友，連身後事都要請我們村裡人來……」說到這裡，他突然頓住了，眼睛直勾勾地望著山路方向。

只見血紅燦爛的夕陽餘暉中，一名冠服女子正疾步走來。容貌清麗如畫，優雅宛如空谷幽蘭，氣質高潔出塵。這樣的女子，舉止應該是溫婉的、嫻靜的，但她的臉上寫滿了焦慮與緊張，步履更是匆忙。尉遲鈞見大山中了邪般地瞪著自己背後，回頭望去，一時呆住，因來者不是旁人，正是魚玄機。

魚玄機乍然遇見裴玄靜和尉遲鈞幾人，如同眾人的反應一樣，也是大吃一驚。互相道明瞭緣由，才知道魚玄機今日方得知溫庭筠已然離世的消息，匆忙趕來。尉遲鈞提議道：「既然我們來了，不如跟魚鍊師一道進去，祭拜溫先生。」裴玄靜自然應允。

當下眾人隨著魚玄機步入宅中。一進大門，便有一股香氣撲鼻而來。原來院落中的數十株梅花正凌寒怒放，紅白相間，各有風姿，為這處陳舊寂靜的老宅平添了不少生氣。

穿過庭院中的小徑，便是正廳，京師人流行稱為「中堂」。溫府的正廳很狹長，分為前廳和後廳，如此深邃的空間，光線自然黯淡得多，更顯出幾分神祕。不過除了空間大之外，別無其他。一切佈置陳設都相當簡陋破舊。無論是誰，都能一眼看出此處主人生前格外潦倒落魄。

後廳已經佈置成靈堂的樣子，停放著一具黑色的靈柩，棺蓋還沒有闔上，大約猶在等待親朋好友來做最後的道別。一位身穿斬衰[1]的老僕正在靈柩前，邊燒紙錢邊垂淚。他大約六十歲年紀，頭髮花白，背有些佝僂。

魚玄機走進後廳，便悄然停住，默默凝視著靈柩。老僕聽到背後動靜，回過頭來。臉上刀刻一般的滄桑歲月痕跡表明，一直以來，他的日子過得並不舒坦，但見到魚玄機時，他混濁的眼神忽多了一絲亮彩，悲傷的面容也因為驚奇而變得生動起來，訝然問道：「鍊師，怎麼是你？你怎麼來了？」魚玄機道：「昆叔……我來送飛卿最後一程。」

尉遲鈞留意到她稱呼溫庭筠，不是叫「老師」「恩師」之類，而是稱呼字——飛卿，似乎正應驗二人之間有曖昧關係的那些傳聞。只見她神色黯然地走向靈柩祭拜，哽咽道：「飛卿走得太突然了……」一語未畢，淚水已經奪眶而出。昆叔抹了抹眼淚，安慰道：「鍊師不要太難過了。你能來送先生，他泉下有知，也不覺得身後寂寞了。」

尉遲鈞五人也隨即上前祭拜。昆叔一一回禮，謝道：「各位有心了。請到前廳用茶。」魚玄機卻沒有動，她用一種複雜的眼光注視著溫庭筠的靈柩，似乎很想走過去，看看死者最後的面容，卻又茫然地踟躕著。

當下裴玄靜和尉遲鈞暗中商議，決意留下來，溫庭筠後事只有昆叔一人料理，勢必有許多需要盡力之處。牛蓬苦勸不聽，只得自己先回家報信。

昆叔請裴玄靜和尉遲鈞到前廳坐下。這裡並無桌椅，只有一大張厚厚的蘆葦草席，上面放著幾個布蒲團，頗有古風。尉遲鈞好奇地打量破落的陳設，感到眼前凄涼的一切與溫庭筠生前盛名著實不符，不禁感到一陣凄涼。又問道：「老公，你……是溫先生什麼人？」昆叔道：「我是先生的僕人，你們叫我昆叔便可以了。」

蘇幕問道：「這裡地方這麼大，就您一個人麼？」昆叔唉聲歎氣道：「是啊。先生總是不走運，人們都跟他疏遠了。他走的時候，只有我在他身邊，身後事也只能我一人料理，唉……我正打算找人幫忙，過幾日就將先生送回山西祁縣老家安葬……」一邊說著，一邊不停地抹眼淚。尉遲鈞黯然神傷，安慰道：「昆叔也別太傷心了。我們都是魚鍊師的朋友，會幫助你的。」昆叔連聲道謝，又道：「幾位請稍候，我這就給你們倒茶去。」

蘇幕見他步履蹣跚，動作緩慢，實在是老邁不堪，急忙趕上前攙扶。尉遲鈞又命崑崙去廚下幫手。偌大的廳堂，立時只剩下裴玄靜、尉遲鈞和魚玄機三人，以及一方散發死人氣息的靈柩。

魚玄機燒了一些紙錢，只覺得心中悲傷，更隱約有種強烈的不安，她想努力壓抑自己的情緒，便站起來往外走去。尉遲鈞有意勸慰，叫道：「魚鍊師……」魚玄機道：「我沒事。」裴玄靜曾聽過許多她與溫庭筠的傳說，料到她此刻想一個人單獨靜一靜，便向尉遲鈞使了個眼色。尉遲鈞會意，便不再跟上前去。

此時正是日落西山，一層淡藍的薄霧恍似輕煙，籠罩了整個鴻固原，極目之處，淨是暮靄沉沉。枯黃的野草，連接著郊原、山丘，一直伸向天邊。

當魚玄機信步到大門外，望見這派蕭瑟蒼茫、卻又雄渾大氣的荒原景色時，不由得更加觸景生情。一時間，眼前明明真實的景致，呈現出如同夢中的虛幻，迷惘中不知身在何處，無數往事歷歷湧上心頭，許多人物在腦海中如走馬燈般轉動，歡愉已成過去，如今只備感淒楚。她幽幽歎息道：「人世悲歡一夢，如何得作雙成。」兩行清淚悄然從面頰滑落。

突然，她感覺到背後有些動靜，下意識地回過頭去，卻什麼都沒有發現。只有掛在溫府門口的兩只白色燈籠在寒風中飄來蕩去，映著如血的夕陽，淒涼中更是平添了幾分神祕詭異的氣氛。但她並未就此放鬆警惕，驀然又想到了什麼，不由得露出驚疑不定的神色。就在此時，她又聽見宅內尉遲鈞隱隱在高聲喊叫著，便急忙奔了進去。

尉遲鈞和裴玄靜正站在靈柩旁，各自一臉肅色。魚玄機趕將進來，急促地問道：「怎麼了？」尉遲鈞指著靈柩內的屍體，遲疑道：「這屍首……」魚玄機驚問道：「難道不是飛卿？」搶過去一看，靈柩內的人滿臉麻子，五官不正，容貌奇醜，卻是神態安詳，面色栩栩如生，不是溫庭筠卻是誰？

這還是魚玄機平生第一次看到死人的面目，而這個人又曾經是她最親近、最信任、最依賴的男人，一時悲從心起，鼻子一酸，大顆的淚珠撲簌簌地滾落下來。

尉遲鈞急忙道：「魚鍊師先別傷心。裴家娘子適才說這具屍首很有些古怪。」魚玄機愕然道：「古怪？從何說起？」裴玄靜道：「由屍首的顏色與僵硬程度看來，溫先生的死亡時間離現在應該還不到一個時辰，就在我們到達這裡前不久。可是我們在門口時，明明聽到大山提過溫先生是死在正月初六，也就是前天。」

魚玄機聽了，尚有些半信半疑，問道：「娘子如何能知道這些？」裴玄靜道：「我奶娘的父親、丈夫均是仵作[3]，我自小就聽他們講這些。」

魚玄機與她相識不久，相交也不深，卻一直有知己之感，知道她足以信賴，當即忖道：「這麼說……」轉眼見昆叔端茶過來，急忙上前接下，放在一旁，問道：「昆叔，飛卿是什麼時候去世的？」昆叔答道：「前天晚上。」魚玄機道：「那……他臨去前可曾說過什麼？」神狀甚是焦急。昆叔搖了搖頭：「先生去的時候是獨自一人在書房，我也不在他身邊。」

裴玄靜突然插口道：「昆叔，你能說說當晚的情況麼？」昆叔一愣，不明所以：「當晚的情況？」裴玄靜道：「比如溫先生死前正在做什麼，是在看書，還是在飲茶……」

昆叔仔細想了想，才慢吞吞地道：「其實我也不知道。前天晚上，先生一直在書房整理詩集。我給他送夜宵的時候，發現他伏在桌子上。起初我還以為他睡著了，便叫醒他，想讓他回臥房去睡，結果……結果……才發現先生已經去了……」說到這裡，已是悲從心來，老淚縱橫。他如此神色，顯見是真情流露，他主僕二人的感情無可置疑。

尉遲鈞問道：「你真的能肯定溫先生是前天晚上去世的麼？」昆叔道：「當然能肯定……我再怎麼老糊塗，還不至於把日子弄錯。」尉遲鈞望了一眼裴玄靜，她默然不語。魚玄機卻直截了當地道：「可是根據飛卿的屍首來看，他似乎才死去不久。」

昆叔露出了渾然不解的神情，根本不明白對方意欲何指。裴玄靜便解釋道：「人死後一個時辰，屍首會開始僵硬。而溫先生的皮膚卻還有彈性，關節也能活動，跟活人差不多，就像是睡著了一樣。這只能說明他從死亡到現在，還不到一個時辰。」

她說到這裡，目光中不由自主地帶了幾分懷疑，落在昆叔身上。旁人也是一般，沉默審視間，氣氛陡然緊張了起來。

昆叔茫然不知所措，回味了半天，才期期艾艾地問道：「說了半天，娘子的意思是，先生並不是前夜死的，而是剛剛死去不久？」裴玄靜道：「屍首跡象顯示如此。」昆叔愣了半晌，終於反應過來，大叫起來：「原來你們的意思，是在懷疑我說謊？天哪！」

之後的場面開始有些難堪了，昆叔覺得自己受了冤枉，號啕大哭。魚玄機和尉遲鈞二人好不容易才勸他平靜下來，他卻猶自不甘心，一定找人證來證實自己的清白，非要去找前夜幫助抬棺的大山兄弟來對質。魚玄機見到昆叔如此，不免對裴玄靜的話又開始疑慮，但見她態度始終鎮定，似乎很有把握，也想弄清楚到底怎麼回事，尉遲鈞便命崑崙陪著昆叔前去。

昆叔離開後不久，夜幕很快便降臨了。寒風在荒原上肆無忌憚地奔跑著、呼嘯著，一切都被吞沒在巨大的黑暗中。只有溫府一點若有若無的燈光，氣若游絲地躍動著。

魚玄機、裴玄靜和尉遲鈞、蘇幕四人枯坐在前廳，各自沉默不語，若有所思。一陣穿堂風過，他們不由得各自將外衣裹得緊些。

蘇幕坐在最靠近大門的地方，卻時不時望一望後廳的靈柩，總覺得有些坐立不安。突然，她感覺到外面有些動靜，剛想叫人，又覺得當著眾人的面實在不好意思。忍得一忍，終於還是說道：「外面好像有人。」魚玄機立即接道：「應該是送我來的車者趙叔。」她雖然說得肯定，但目光卻分明帶著困惑與警惕。

蘇幕點了點頭，心中卻依舊不能放鬆，她總覺得有一雙眼睛在暗中窺探他們。難道真是溫庭筠死得蹊蹺，冤魂不散，猶自在這處老宅四處遊蕩？她越想越覺得氣氛陰森瘆人，鬼影幢幢，頓時有些害怕起來。

便在此時，外面傳來一陣腳步聲，蘇幕不由自主地站了起來，再看魚玄機和裴玄靜，二女也各自驚疑，甚至尉遲鈞也有覷覷驚恐之色，心下更覺緊張。

稍頃，崑崙陪著昆叔進來。後來還跟著兩名男子，其中一名正是之前眾人在溫府門前遇到的大山。一進門，他閃爍不定的目光一下便落在魚玄機身上。

昆叔氣忿忿地叫道：「大山兄弟就是我說的證人。你們可以問問他們，就是他們兄弟幫我買的棺材，又幫忙裝殮了先生。你們問問，是不是前夜發生的事？」向來木訥的他也變得口齒伶俐了許多，大約是氣憤使然的緣故。

大山大概已經知道內中情形，不等人發問，便搶著說道：「是、是，我們可以證明，溫先生確實是前夜死的。」小山也道：「半夜的時候，昆叔來村裡找我們兄弟，哭著說溫先生死了，請我們幫忙。我們連夜趕到鎮上的棺材鋪，跟棺材鋪的幾名夥計一起抬了這口棺材回來。當時天都快亮了……」

裴玄靜問道：「那後來如何了？」大山道：「後來？後來我們到書房，幫昆叔將溫先生抬出來裝殮，完事我們就回家去了。今天我特意過來看一看，便是想著昆叔也許需要幫手，不是正好遇見你們幾位麼？我可絕對是個善心人。」目光一轉，又落在魚玄機身上。魚玄機點點頭：「我們知道了。多謝你們能來一趟。你們可以走了。」

大山突然有點生氣起來：「這麼大冷的天，又是大黑夜的，你們把我們兄弟叫來，就只為問這麼幾句話麼？」小山附聲道：「是啊，這不是莫名其妙麼？」

昆叔一聽，急忙摸索著往懷中掏錢。蘇幕搶先取出兩吊銅錢，塞給大山道：「給你們兄弟打些酒吃，禦禦寒氣。」

大山掂量著手中的錢，顯然還在嫌少。蘇幕無奈，正要再掏錢，魚玄機有意重重咳嗽了一聲。大山見她正毫不掩飾地用鄙夷的眼光盯著自己，一時遲疑，便將銅錢收好，道：「我們得先走了。一會兒天黑透了，便看不清山路了。」

大山兄弟走後，山風如同一隻巨大的猛獸，呼嘯得更加厲害，寒氣越濃。崑崙設法生了個火盆，眾人圍坐在一起，這才略微感覺暖和些。

沉默許久後，裴玄靜突然道：「這對兄弟目光游移，又這麼貪財，很有些問題。」昆叔好不容易平靜下來，聽說如此，便又開始急了：「什麼？娘子還是不相信我？」裴玄靜搖了搖頭：「絕非此意。只不過，這完全說不通。」魚玄機道：「娘子莫非想到了什麼？」

裴玄靜思索片刻，重新走到靈柩邊上，往下一望，卻露出了無比駭異的表情。原來溫庭筠的屍首依舊是原樣，沒有任何變化。即使是在今日下午死亡，再考慮進天氣寒冷的因素，到現在屍首也該發青變僵才對。她想了想，又問道：「溫先生最近有沒有因為生病吃什麼藥，或者其他比較特別的食物？」昆叔對她敵意頗盛，但還是答道：「沒有。先生身體一向很好，很少生病。飲食也都是我一手操持的，沒有什麼特別的。」裴玄靜道：「那麼溫先生很可能是中毒而死。」

此言一出，舉座皆驚，屋裡一時陷入了可怕的寂靜。魚玄機躊躇半晌，才問道：「娘子這般講，可有憑據？」裴玄靜道：「溫先生已經死了兩天，屍首卻沒有任何變化，絲毫不見有發青變僵的痕跡，也不見腐敗，這只能說明他體內有毒。我讀過一些方術之書，裡面提到一些特別的藥物可以保持屍首新鮮，不過均是劇毒之物。」

崑叔突然大嚎起來：「你們還是不相信我，先是說我說謊，現在又說我毒死了先生……天哪……」蘇幕急忙勸慰道：「崑叔，娘子說先生中毒而死，並沒說是你毒死的，也有可能是偶然中毒，或者其他人下了毒……您可千萬要保重身體……」崑叔止住哭聲，呆了呆，又大哭起來：「那還不是說是我下的毒麼？這裡又沒有別人。」

蘇幕無奈地望著魚玄機，魚玄機剛欲開言，只聽見「嘩啦」一聲巨響，前廳大門突然被狂風吹開，眾人嚇了一大跳。崑崙趕將過去，欲重新掩上門時，外面又傳來一聲慘叫「啊……」聲音極為淒厲，在這寒夜中格外令人毛骨悚然。

崑叔頓時止住哭聲，驚魂不定地看著門外。眾人面面相覷，均有恐懼之色。還是裴玄靜自恃有武藝傍身，道：「我出去看看……」尉遲鈞忙道：「不如一起去。」

便在此時，車者趙叔一頭闖將進來，慌慌張張地指著外面向眾人道：「外面……外面圍牆上有兩個人在偷看……」裴玄靜一聽便往門外跑去。尉遲鈞生怕她有閃失，將來無法向李言交代，也急忙領著崑崙追了出去。

魚玄機突然問道：「是兩個人麼？」這話問得有些莫名其妙。趙叔一愣，答道：「是兩個人。」

崑叔卻會意到了她問話的言外之意，問道：「鍊師難道以為是李億員外麼？」魚玄機沒有回答，只是陷入了惘然苦思中。她回想起黃昏她獨自在大門外時，曾感到有雙眼睛在暗中盯著自己。到底這是不是幻覺？如果不是幻覺，這個人到底是誰？為什麼能令她如此心悸？

片刻後，追出門的三人折返回來。尉遲鈞攤手道：「人早跑遠了，一無所獲。」蘇幕問道：「或許他們就是下毒的凶手？」裴玄靜道：「並非一無所獲。我看這二人身形，應該就是適才來過的大山小山兄弟。」

魚玄機倒也不覺驚詫，只道：「果然如娘子所言，這兩兄弟有問題。」裴玄靜道：「嗯。」頓了頓，又道，「我聽奶娘提過，在殺人案件中，八成以上的凶手均認識受害人。而下毒殺人，則凶手鐵定認識死者，可以說有十足把握。」魚玄機已然會意話中弦外之音，點了點頭，若有所思。

尉遲鈞早就一頭霧水，聽到二女如此對答，忍不住出聲問道：「娘子是說，大山小山是毒死溫先生的凶手？」魚玄機道：「這兄弟二人確實有很大的動機和嫌疑。」也不多解釋，又問趙叔道：「適才那一聲是你叫的？」

趙叔點點頭，有些不好意思起來。原來他適才想方便，又嫌茅廁太遠，天又冷又黑的，便想就在院子角落裡就地解決算了。孰料剛剛站好拉下褲子，便看到兩個黑影爬上牆頭。之前他看到慘白的燈籠飄蕩在黑夜的寒風中，已經感到陰森恐怖，突然想起聽過的各種鬼怪傳說，甚至連小時候冤鬼還魂挖仇人心臟的老故事都記了起來。正毛髮倒豎的時候，突然看到牆頭冒出兩個人頭，當即嚇得大叫一聲，提起褲子，拔腿就跑。眾人聽說了經過，不免無趣，只得訕笑兩聲。昆叔自提了燈籠，領著趙叔前去茅房了事。

裴玄靜重新回到靈柩邊，久久凝視著屍首，想找出證實他死於非命的蛛絲馬跡。魚玄機秉燭站在一旁為她照亮，卻再也不敢瞧那靈柩內的慘澹面容，只問道：「娘子真的覺得飛卿是被毒死的麼？」雖還有疑問，卻平添了幾分憤怒，那是她想要知道真相的決心。裴玄靜道：「適才昆叔也說了，溫先生很少生病，身體也一直很好。他今年……」魚玄機接道：「飛卿今年五十四歲，才剛剛過了知曉天命的年紀。」裴玄靜道：「嗯。鍊師，你這般聰慧，試想一下，一個無痛無病的健康男子，卻突然沒有任何徵兆地死在書房中，你不覺得非常可疑麼？」魚玄機道：「可是昆叔說，飛卿走得很平靜……」裴玄靜道：「這世上有不少致命的毒藥能讓人在愉悅平靜當中死亡。」

聽了這話，魚玄機突然想到什麼，一時震住，越見驚疑之色。裴玄靜以為她並不相信，又道：「鍊師，我想如果全面檢查一下屍首，應該能有更多發現。當然，我並非官府中人，又是婦道人家，多有不便。我們可以等到明天天亮後，請我夫君派仵作來驗屍。」

卻聽見昆叔在背後大嚷道：「什麼？驗屍？不行！絕對不行！」原來在中原傳統文化裡，將死者的屍體暴露在眾人面前任人翻檢，被認為是褻瀆，是奇恥大辱。

昆叔又指著裴玄靜，惱怒地道：「你這小娘子，花樣這麼多，肯定是朝廷派來搗亂的。我早知道皇帝不會輕易放過先生的。」

眾人不明白他為什麼突然提到皇帝不會放過溫庭筠，不由得面面相覷。裴玄靜道：「昆叔，溫先生如果真是被人謀殺，難道你想讓他含冤而死麼？」昆叔一時呆住，再也說不出話來。

正在僵持之時，只聽得「咕嚕」一陣山響，嚇了眾人一跳。循聲望去，尉遲鈞很是不好意思，指了指自己的肚皮，道：「不是我，是它。」這才想到大家折騰了大半天，卻都還沒吃晚飯，肚子早就餓得發慌，昆叔自與蘇幕、崑崙到廚下燒火做飯。魚玄機則提燈與裴玄靜、尉遲鈞前去溫庭筠的書房查看究竟。

外面月色朦朧，幽香宜人。淡淡月光灑在梅樹上，梅枝將優美橫斜的影子盡數投在地上，影隨光轉，極有韻致。梅花則越發風姿綽約，平添了幾許清高。美景如斯，幾人心頭卻越見沉重。

穿過迴廊時，魚玄機再次強烈感覺到黑暗中有一雙眼睛，她下意識地扭轉頭，對著牆頭喝道：「是誰？是誰在那裡？」裴玄靜聞聲望去，卻是空無一人，她與尉遲鈞交換了一下眼色，尉遲鈞便道：「鍊師，那裡真有人麼？會不會是你悲傷過度……」

魚玄機默然不應，只是深深歎了口氣，繼續領著二人往前走。到得迴廊盡頭，魚玄機道：「這裡便是飛卿的書房。」當即推門而入。

書房的正中鋪著一張上好的波斯地毯，原本鮮豔的顏色已經黯淡發灰，看上去很有些年頭了。地毯的正中放著一張不高的案桌，上面堆了不少東西。案桌後則放著一個厚厚的蒲團。案桌兩側各有一根捧燭銅人，銅身細長，高約五尺，頂部是個圓形的燭臺，打造得頗為精巧，上面的粗燭已經燒掉了小半。魚玄機將捧燭銅人上的殘燭盡數點燃，房間內一下亮堂了起來。

裴玄靜一進來，便專心地打量周圍環境。魚玄機問道：「娘子有沒有發現可疑之處？」裴玄靜道：「暫時沒有發現異常。不過，我們應該先搞清楚凶手是如何從書房進出的。」尉遲鈞道：「可是門並沒有人為破壞的痕跡……」魚玄機道：「也就是說凶手不是破門而入，他一定認識飛卿。不過，地毯上的泥腳印，似乎是三個人的。」裴玄靜道：「這應該是昆叔和大山兄弟留下來的。溫先生死的當天，剛好下過一點小雪。而且看書房的情形，地面、案桌都有一層灰，確有兩天沒人打掃了，昆叔和那兩兄弟都沒有說謊。」尉遲鈞奇道：「這麼說，溫先生死於前夜已經可以確定，可是他的屍首為什麼不腐壞呢？會不會就是你們中原人通常所講的靈異？」裴玄靜道：「我更相信溫先生是被人下毒害死，中了奇毒。」

魚玄機默默走到邊側的書架旁，目所能及之處，一本本書冊都積了很厚的灰塵。她知道飛卿不願旁人動他的書，也不讓昆叔打掃，可是這般看來，這些書已有多久沒有動過了？書在人亡，沒有人再翻閱，這些書還有什麼價值？

突然，她留意到，用來方便取書的人字梯一邊最下面兩級橫木上各有一個腳印，急忙將梯子搬過來，放到書架前，上了兩級，剛好看到書架的第三層上唯有一小塊地方沒有塵土，看上去倒像個印跡，顯然是早先放在這裡的東西被人拿走了。到底是什麼呢？她從梯子上下來，仰頭苦苦回憶，三個月前她還來過這裡，即使沒有特別留意，總該有一些印象的。

裴玄靜則仔細查看案桌上的物品。案桌左邊一厚落紙稿，散亂地放著；右首不似左首凌亂，灰塵也更加明顯。前面放置著筆筒和硯臺，後面則擱著一個大得不同尋常的茶壺和茶杯，顯示出主人有嗜茶的愛好。茶壺已經見底，茶杯中卻還有大半杯茶水。根據上面漂浮的茶釉厚度看來，茶水應該是兩天前所泡，正是溫庭筠死亡當晚。茶杯四周，有幾點斑斑點點的蠟油。她心思縝密，不禁微覺奇怪，蠟燭明明擱置在左右的捧燭銅人上，沒有任何動過的痕跡，為何這案桌上會出現蠟油？

正納罕間，卻聽見尉遲鈞驚訝地道：「還剩不少茶水呢！可能是還沒有完全喝完就已經中了毒。」裴玄靜道：「嗯，毒藥也許就下在茶水中。不過這需要專門的仵作來鑑定。」尉遲鈞突然想到什麼，叫道：「哎呀，溫先生會不會是自殺？他被貶往邊縣任縣尉，遠離京師，可能一下子想不通，起了輕生之念。」裴玄靜道：「如果真是自殺，便能解釋為何他是獨自閉室而死。」

魚玄機卻斷然道：「不，飛卿絕不可能自殺。」頓了頓，又道，「你們可能認為飛卿失意下心生絕望，可是他並非現在才不得志，而是一輩子都不得志。」深深歎了口氣。裴玄靜本待說：「只有確定溫先生到底怎麼中的毒，才能判斷是自殺還是他殺。」但言語中大有維護溫庭筠之意，便將這句話吞了下去。

魚玄機又道，「何況，飛卿被貶一事早有轉機。三個月前，也就是娘子舉行大婚的當天，我趕來這裡，就是要告訴飛卿，張直方答應從中斡旋，勸說聖上將飛卿留在京師。此事已有眉目。況且三個月前我來之時，飛卿情緒並不見得如何沮喪，他還答應我，要好好利用這段空閒，將自己的詩集整理輯錄出來。」一邊說著，一邊走過來，隨手拿起桌上的一疊紙稿，一字一句地念道：「『君不見無愁高緯花漫漫，漳浦宴餘清露寒……舊臣頭鬢霜華早，可惜雄心醉中老。』這是飛卿的〈達摩支曲〉，李可及曾為它譜曲，傳唱很廣。」

又翻了一頁，卻不是詩稿，而是皇帝貶斥溫庭筠為隨縣縣尉的敕書，這便是那封中書舍人裴坦當制的著名敕書了。敕文云：「敕：鄉貢進士溫庭筠，早隨計吏，夙著雄名，徒負不羈之才，罕有適時之用。放騷人於湘浦，移賈誼于長沙，尚有前席之期，未爽抽毫之思。……」

再翻下一頁，才念到開頭「苦思搜詩燈下吟」一句，便生生頓住了，百般滋味頓時湧上心頭。原來這首正是她所作的〈冬夜寄溫飛卿〉一詩，只不過已經不是她的原信，而是飛卿親筆抄錄的另外一份。一時間，她不由自主地想要揣度他的心意。到底這個拒絕過她愛意的男子，心裡有沒有過她的位置？

一旁尉遲鈞見她神色不定，有心安慰，卻又不知道該如何開口。他第一次感受到這個女子確實有令人怦然心動的魅力，並非因為她的美貌，而是她全身散發出一種神祕深邃的氣質，他甚至切實地感到自己已不由自主地為她的感性所吸引。

與魚玄機沉溺於情感世界不同，裴玄靜卻又有了新的發現——書房窗戶左下角的窗紙上有一個破洞，破紙邊均朝內，似乎是有人刻意從外面用手指捅破。她迅疾走到書房外面，從窗戶外透過破洞一看，視線剛好正對書房內的案桌，她甚至可以清楚看見魚玄機對著詩稿變幻不定的表情。會是什麼人從這裡偷窺溫庭筠呢？這個人自然不會是昆叔，他也絕不會是凶手，因為他沒有任何要殺主人的理由，可是飯菜茶水均由他親手料理，為何單單只有溫庭筠中毒？溫庭筠又是如何中的毒？

百思不得其解，便往書房中走去，忽看到迴廊外種有數株竹子，正於寒風中蕭蕭颯颯，頓時聯想到白日見到兩個小孩子互用吹刺攻擊的情形。她急忙走進房中，叫道：「我知道溫先生是如何中毒了！」

據她推測，當晚凶手悄然來到書房窗戶外，用手指蘸了些口水，無聲無息地捅破窗紙，再取出事先準備好的竹桿，用吹刺的方式將帶毒的荊棘刺吹到正伏案整理詩稿的溫庭筠身上。溫庭筠由此中毒，伏倒在案上，正符合昆叔所描述發現他時的情形。

魚玄機和尉遲鈞聽了，均覺得有理。三人便埋頭在地上苦找了一通，希望能發現荊棘刺的痕跡，結果卻令人失望。裴玄靜思索片刻，又道：「只要能有仵作來驗屍，應該能在溫先生身上發現荊棘刺。即使丟了，他身上也應該有外傷的傷口。」魚玄機為難地道：「昆叔肯定不會同意驗屍。」裴玄靜道：「只要報官，縱然昆叔不同意，他也無可奈何。」

正商議著，蘇幕來找三人吃晚飯，便預備趁吃飯的機會說服昆叔。果如魚玄機所料，昆叔一聽就堅決反對，說是眾人還是懷疑他。原來溫庭筠自半個月前開始整理詩集，從未出書房一步，吃住都在那裡，而飯菜茶水均由昆叔親自操持後端到房中，伺候他吃完再行收走。末了，昆叔怒道：「下毒？這裡半個月來一個人都沒來過……」他突然頓了頓，似乎想起什麼，刻意望了一眼魚玄機，見她正在凝思，便續道，「誰會來這裡下毒？說到底，你們就是懷疑我！先生身體不壞，那是因為上天有靈，佛祖保佑！」

裴玄靜道：「即使無法在食物中下毒，但如果有人跟適才大山兄弟一樣，從圍牆爬進來，溜到書房的窗外，用類似『吹刺』的方式，將帶毒的針或者其他東西射到溫先生身上，便很容易造成外傷中毒。」尉遲鈞道：「這樣推斷，確實能解釋書房的窗戶上有手指捅開的圓洞，也能解釋溫先生為何閉門而死。」昆叔一時愕然，半晌才問道：「是誰？是誰做的？」

尉遲鈞忖道：「看起來，適才爬上牆頭的大山兄弟嫌疑最大。這二人就住在附近，熟悉環境，能夠悄無聲息地溜進來。會不會是他們貪圖貴府財物……」說到這裡，連他自己也不相信了起來，溫府破落寒酸至此，能有什麼財物引來外人垂涎？一念及此，不由得又想起銀菩薩閉門失竊事件。他知道裴玄靜從未在意，並且已然將銀菩薩佈施給法門寺，可是事情發生在自己府邸，盜賊迄今未能找到，不免耿耿於懷。

但他這話卻提醒了昆叔，遲疑問道：「會不會是為了那件……寶物？」他這話是向魚玄機問的，她當即會意，這才恍然大悟，急忙朝書房奔去。進去後直奔案桌後的牆壁，那上面掛著一張「杜陵遊客」的橫幅字，揭開字幅，牆上露出了一個暗格。她從中取出一個黑木盒，打開一看，裡面空空如也，一時怔住。

眾人一窩蜂跟了進來，昆叔一見此情形，跌足道：「果然沒有了。」尉遲鈞見那木盒為上等檀木所做，沉香馥郁，盒子本身便名貴異常，裡面的物品諒來非同小可，便問道：「這裡面原本裝的是什麼？」

昆叔躊躇著，似乎不大願意說出那寶物到底是什麼。魚玄機卻順口接道：「是九鸞釵。」蘇幕大奇，問道：「莫非就是昔日為南朝潘妃潘玉兒所擁有的九鸞琥珀釵？」魚玄機點頭道：「正是。」尉遲鈞歎道：「早聽聞這件寶物工巧妙麗，殆非人工所製，九鸞九色，世所罕見，想不到原來落在溫先生手中。」

裴玄靜感覺魚玄機手中的木盒形狀十分熟悉，似在哪裡見過，只是一時又想不起來。魚玄機卻突然想起書架第三層原來放有一個玉獅子，向昆叔證實，果是如此。看來玉獅子也被同一人偷走，只留下了一個印跡。

九鸞釵的失竊終於令昆叔開始相信溫庭筠是被他人下毒害死，而不是所謂的上天顯靈。眾人急於知道真相，決定由裴玄靜指揮崑崙檢驗屍首體表，看是否能發現外傷。昆叔雖不斷哀聲歎氣，卻也不再反對。

崑崙本是胡人，大字不識一個，也不像中原人那般對死人有諸多禁忌，乾脆麻利地解開了屍首的衣服，舉燭一照，先是驚訝地叫道：「胸口橫著好大一道印記。」裴玄靜一看，便道：「這是壓痕，並非傷口。溫先生當時正伏案寫作，突然中毒後，身體自然前傾，伏在桌子上，胸口緊靠案桌邊緣，造成了這樣的印記。」一語既畢，旁人均望著她，驚訝之餘，也多幾許佩服。

然而，驗屍的最終結果還是令大家失望，溫庭筠身上別說傷口，就連傷疤也極少，只在額頭和嘴角發現有疤痕，但看起來也已經是陳年舊傷。昆叔見狀，自愧不該讓他們折騰先生的身體，又開始落淚。

當崑崙重新為溫庭筠戴好帽子時，裴玄靜忽留意到屍首頭髮中有一些細微粉末，她猛然想了起來，這粉末與書房案桌右首桌面的灰塵很像。她趕回書房驗證，果然是同一類，不但在放置茶壺、茶杯的那一處格外明顯，甚至右側的地毯上也發現了一些。再仔細查看，這些粉末似乎並非普通灰塵，莫非這就是毒藥？

外面天幕依舊一片漆黑，山腳下卻隱約傳來公雞打鳴聲，天就要亮了。殘月朦朧，曉風寒冷。眾人折騰了一夜，身心俱是疲憊，商議著先各自休息，等到天明再去報官，等待官府的人來處理。

裴玄靜卻根本沒有心思入房休息，她自己悄悄提了一個燈籠，逕自到書房內外忙活了好一陣。接著又到院落中仔細尋找著什麼。

又過了大半個時辰，天開始濛濛發亮，整個溫府籠罩在一片騰騰霧氣中。朦朧靜謐之餘，又多了幾許奇詭神祕。裴玄靜查看完宅內，又來到宅外，總算有所發現後，才略略舒了一口氣。

這是一個相當清爽的早晨。山風溫柔地迎面拂來，又欲言而止地掠過耳邊。薄霧時散時聚，跟隨著腳步流轉不定。更多的霧氣正徐徐地飄離地面，朦朦朧朧地浮向空中。東邊山頂上已經出現了發白的曙光，朝陽即將升起。朝霧一層層散去，遠山的輪廓越來越清晰。隱隱約約的山巒深處，飛起了幾聲鷓鴣的啼鳴。

眼前景色如此令人怡然，而背後的宅邸卻隱藏著如此多的往事和哀傷。裴玄靜本不是個輕易動情之人，也忍不住深為歎息，低聲吟道：「冠蓋滿京華，斯人獨憔悴。孰雲網恢恢，將老身反累……」

只聽見有人在背後接道：「千秋萬歲名，寂寞身後事。」她回過頭去，魚玄機正走過來，道：「娘子，這次真要多謝你。」裴玄靜道：「你我之間，不必說這個謝字。」魚玄機點點頭：「如此，我便當娘子是知己了。不過現在我得趕回長安一趟。」裴玄靜大為意外：「鍊師現在就要回長安麼？」魚玄機道：「嗯，我有點事情……」只聽見有人道：「誰也不准走！」語氣甚是威嚴。

回頭一看，一名差役正與大山兄弟一起沿山道上來。適才開言的正是差役，走過來道：「我是鄠縣縣衙的差役董同，大山兄弟來報溫庭筠死因可疑，你們幾個來歷不明，在縣尉到達之前，你們誰都不可以離開。」

尉遲鈞與蘇幕、崑崙趕將出來，見官差已到，還以為是魚玄機趕早去報了官，不由得道：「來得好快。」大山道：「再不快點來，恐怕你們早跑了。」滿臉淨是得意之色。

魚玄機看了他一眼，不無譏諷地道：「你倒是惡人先告狀了。」大山忙道：「差大哥，這位美貌鍊師是後來來的。那位小娘子和兩個波斯胡佬是之前來的，有嫌疑的是他們三個。」

董同上下打量著一身道士服裝的魚玄機，愕然道：「原來你就是魚玄機。」他不問便即猜到魚玄機的名字，可見早已久仰大名。

裴玄靜卻道：「差大哥來得正好，我找到大山兄弟盜竊的證據了。」眾人尚在驚愕中，大山已經大喊了起來：「胡說八道！」裴玄靜緩緩道：「你們兄弟，本來是昆叔臨時請來幫忙的。大前天晚上，溫庭筠被人下毒害死……」

董同大吃了一驚，問道：「什麼？溫庭筠是中毒死的？」他昨夜在縣衙當值，接到大山兄弟報案，說是溫庭筠死因可疑，因溫庭筠是朝廷命官，不得不重視，是以一早便派人向住在城外的縣尉李言呈報，又聽大山說有形跡可疑的人住在溫府，擔心出了岔子，便不等李言到來，自己先趕將過來。但內中情形，大山也說不清楚。他哪裡知道大山兄弟不過是想興風作浪，趁機撈點油水，如今聽到溫庭筠是被人害死，不由得十分驚駭。心想：「這下可糟了。剛巧今日京兆尹要來本縣巡視，出了這麼大的案子，這還了得！」

他不知道裴玄靜即是縣尉夫人，見她老成持重，看上去較之油腔滑調的大山更為可信，便問道：「娘子適才說的證據是什麼？」大山道：「差大哥，你可不能聽她胡說！」董同嚴肅地道：「是不是胡說，要聽過了才知道。」

裴玄靜道：「當天晚上，溫庭筠死在書房中，昆叔發現後，不得不去找住得離溫府最近的大山小山兄弟幫忙。大山兄弟本來不答應，但昆叔答應付給報酬，於是大山兄弟先趕到鎮上的棺材鋪，與棺材鋪的夥計抬了棺材到溫府。就在大山兄弟到書房幫昆叔抬出溫庭筠的屍首時，大山看上了書架上的玉獅子。但當時抬著屍首，手不方便，來不及拿。後來裝殮好屍首後，大山兄弟假裝離開，但大山不久又翻牆進來，到書房窗戶外，用手捅破窗紙窺探，見房內無人，便悄悄溜進去，拿走了那隻玉獅子。書架一直沒有打掃過，留下了一個印跡。」大山連聲道：「胡說！胡說！」

裴玄靜也不理睬，續道：「過了一天，就是昨天，大山又帶著自己的孩子來到溫府，藉口要給昆叔幫忙，其實是想看還有沒有其他可以順手牽羊的東西。他在書房的暗格中找到了木盒，偷走九鸞釵。雖然也愛那盒子，無奈不便藏在身上，只得捨棄。結果出來時，剛好遇到我們。當時，他一看到我們，便立即去摸胸口。這其實是一種本能行為，他懷中藏著偷來的寶物，當然生怕人發現。」

蘇幕聽到此處，突然想到銀菩薩失竊的那晚，張直方說要去咸宜觀請魚玄機到宴，她追出去不遇，回來時剛好撞見，結果張直方莫名其妙地向腰間摸去。當時她還以為他是要拔腰間的佩刀，現在想起來似乎又不是，他更像是在拍懷中的什麼東西，而且極符合裴家娘子所言的本能行為。莫非他懷中……這怎麼可能？一時之間，她幾乎不敢往下想了。

卻見大山氣得臉發綠，也全然沒了平日的口舌伶俐，只是嚷道：「胡說八道！胡說八道！」裴玄靜道：「大山一看到尉遲王子和隨從都是胡人後，便換了一副神色。」差役和大山兄弟都很驚訝，打量著尉遲鈞，均想：「原來他還是位王子。」

裴玄靜接著道：「也許是想從王子殿下身上揩油水，也許是還想在溫府揩油水，這對兄弟打算晚上來這裡，剛好昆叔因為受到懷疑，找他們來作證。事情完後，他們並沒有立即離開，而是躲在院子外面，伺機下手。不料剛好被起夜[4]的趙叔撞見……」

大山惱羞成怒地道：「這些都是娘子自編自造的謊話！你有什麼憑據？」裴玄靜道：「牆頭、窗下都有你們兄弟倆的腳印。」大山道：「你怎麼知道是我們的？」裴玄靜道：「溫先生死的當晚，下過一場小雨雪，你和你弟弟連夜趕來，帶泥土的腳印就留在書房。這些腳印跟牆頭、窗下的一模一樣。」

大山還待強辯，魚玄機道：「多說無益，不如讓差大哥去你家搜一下，只要找不到玉獅子和九鸞釵，不但可以還你清白，我也願意當面向你道歉。」大山立即漲紅了臉，連連擺手道：「不行！不行！我們又沒偷東西，憑什麼要搜我家？」

董同本來還對裴玄靜的推斷半信半疑，但大山這句話太有欲蓋彌彰的意味，反而令他起了疑心。大山見董同突然轉了態度，狐疑地瞪著他，終於有些心虛起來，支吾著道：「差大哥，咱們可是鄉裡鄉親的，你寧願相信這個來歷不明的女子，也不相信我？」

一旁尉遲鈞忍不住插口道：「她可算不上來歷不明的女子……」有人朗聲接道：「不錯，她正是內子。」聞聲望去，李言已經帶著仵作及數名差役趕到。

局面突然有些戲劇化了。之前本來只有尉遲鈞和魚玄機相信裴玄靜的話，但隨著她身分的表露，不由得不讓人對她刮目相看，尤其她的推斷有理有據，便開始信服。就連聞聲而出的昆叔得知她是緱氏縣令裴升之女、又是本縣縣尉李言夫人後，敵意也隨之少了許多。

李言等人到來後，裴玄靜向丈夫和眾人詳細複述了一遍經過和推斷。在場人中不乏辦案的老差役，均無任何異議，仵作更是對縣尉夫人的見識深為推許。

李言素知妻子能耐，便逕直派董同帶著兩名差役押著大山兄弟下山去村裡搜查，看能否找到贓物。又派人仔細搜集了相關物證，仵作驗明屍首頭髮中的粉末與案桌、地毯上的粉狀物是同一種物質，而且茶杯的茶水中，也可以斷定死者確實喝過這種粉末。然而用銀針檢驗，並不變色，似乎表明這種粉末並無毒性。

裴玄靜道：「據我所知，有幾種毒藥不能用銀針來檢驗。」仵作道：「娘子說得極對，可是那些都不是普通的毒藥，絕非尋常人能得到。而且像溫先生這樣，面容雖死猶生，沒有任何變色，我當了三十年仵作，還從來沒有見過，真是奇事。」魚玄機問道：「無論怎麼說，飛卿中毒而死是可能的了？」仵作望了她一眼，遲疑了一下，終於還是點點頭。

照目前的情況看來，溫庭筠身上沒有任何外傷，只能是食水中毒，那麼唯一有機會在茶水中下毒的就只有昆叔了。可是他為什麼要害死自己的衣食父母主人呢？他常年住在半山，又怎麼能得到如此奇珍的毒藥？

昆叔看上去少了許多呆滯，大概案情的進一步明朗驚醒了他。他看上去有很重的心事，幾次望向魚玄機，欲言又止。在場所有人都注意到了，除了正在沉思的魚玄機本人外。最後還是李言按捺不住，先問道：「昆叔，你是不是想到什麼？」斜睨了魚玄機一眼，又道，「放心，有我在這裡，你大可不必顧慮。」

昆叔似受到了鼓勵，終於期期艾艾地開口道：「其實，並不是沒有外人來過，先生死的前一日，李億李員外來過……」

一聽到「李億」這個名字，魚玄機頓時從自己的世界中驚醒過來，她的臉龐因為震驚而顯得格外生動，原來美人生氣也是一道風景。

昆叔見狀忙道：「我本來想告訴魚鍊師的，可是又顧慮鍊師你……」深深歎了口氣。這一歎當中，自然有無窮無盡的惋惜和憐憫意味。

在場眾人也大多聽說才子佳人的故事，而眼前的魚玄機就是活生生的女主角。魚玄機似乎注意到一干人若有若無的試探目光，默默低下了頭，重新陷入靜思當中。

在李言的要求下，昆叔開始講述李億來訪的情形：大約半個多月前，李億突然上門拜訪。他與溫庭筠本是舊識，但已經多年不見，是以最初見面時，溫庭筠很高興。但不知道什麼緣故，二人在書房大吵一架。李億當時恨恨而去，那副表情，讓昆叔以為他從此再也不會踏進這裡半步。孰料就在溫庭筠去世的前一天，李億又再次出現。不過這次他只與溫庭筠在書房短短交談了幾句，便離開了。

李言道：「如此看來，李億有重大謀殺嫌疑。」一直沉默的魚玄機忽然恢復了生氣，插口道：「不，他絕對不會。」

裴玄靜很為她這種決絕的口氣驚訝，自從那晚在三鄉驛，國香原原本本告訴她魚玄機的故事後，她便認為自己是瞭解她的——那個為了前程拋棄她的男人，在她心目中應該早就沒了位置，她離開李億後的生活便是明證。或許她之前廣闊交遊、遊戲於宴會間時，尚有報復李億的心理，但之後的銷聲匿跡，恰好是她內心平靜、回歸自我的呈現。可是為什麼在目前這樣的情形下，她還要如此態度堅決地為李億辯解呢？

魚玄機大約看出了裴玄靜及眾人的困惑，便平靜解釋道：「我絕不會袒護李億。不過我瞭解他，他對飛卿一直心存感激。」李言冷笑道：「是感激溫先生把你介紹給他當妾罷？」

魚玄機驚訝地望了他一眼，沒有回答，只報以同樣的冷笑。倒是其他人很驚訝李言的這句話，不知道他為何對一個受過傷害的美貌女子如此冷嘲熱諷，這其中當然也包括他的新婚妻子裴玄靜。她詫異地望著丈夫，彷彿才第一天認識他。

幸得昆叔及時打破了難堪，道：「我每天都要刷洗茶杯、茶壺，李億員外前一天才來，不大可能下毒。」李言道：「也許是慢性毒藥，溫先生死前的一天便已經中了毒。」裴玄靜緩緩道：「但若是這樣，便解釋不了溫先生死前喝的茶水含有不明藥物。」李言重重看了妻子一眼，道：「不明確是不明，未必就是一種藥物，更未必是一種毒藥。」已經頗有賭氣的口吻。

正爭執不下間，只聽見門外有人揚聲叫道：「京兆尹到！」

話音未落，京兆尹溫璋已然大踏步走了進來。他一身紫色公服，衣服上紋繡著無枝葉散答花，腰間圍著一根十三的金玉帶，表明他的官階是從三品。左腰懸掛著一個玉袋，裡面自然裝著須臾不離身的官印。

他背後還跟著數十名隨從，陣勢極大，李言派去搜查大山兄弟家的差役董同也在其中。這麼多人一起湧將進來，原本空曠的大廳立即顯得狹小。

人雖然多，現場卻寂靜無聲。尤其差役們井然有序，各自垂首肅立，大氣都不敢出。這當然是因為京兆尹在場的緣故。

李言身為畿輔縣尉，是京兆尹的直接下屬，自然對溫璋相當熟悉。此公出身名門，是唐初名臣溫大雅六世孫，卻素來主張用嚴刑酷法，凡他經手之案，手段之殘酷，量刑之逾重，令人膽戰心驚，但也由此贏得剛直不阿、執法如山的美名。他初任京兆尹時，長安城中有不少惡漢無賴，不顧「身體髮膚，受之父母，不敢毀傷，孝之始也」的古訓，公然將自己的毛髮髡掉，剃成光頭；又在身上刺青，即在皮膚上刺字或文上圖案。其中以一個住在大寧坊名叫張幹的惡漢最為囂張，他叫人在自己的雙臂上刺了兩句話，右臂上是「生不怕京兆尹」，左臂上則是「死不畏閻羅王」，公然向京城最高負責官員京兆尹發出挑戰信。這幫人也確實作惡多端，打架鬥毆，搶劫路人，還將毒蛇帶進酒肆，以放蛇要脅店主，訛詐錢財。負責地方治安的長安縣尉和萬年縣尉都拿他們沒辦法，京兆府派人追捕，他們便躲到熟識的神策軍兵營去。自唐德宗「涇卒之變」後，神策軍一直為宦官所控制，長安惡霸和富戶為了逃避徭役、尋求庇護，往往想方設法地列名神策軍中。這些人大多只是每月納課，實際上並不入伍。溫璋上任京兆尹第三天，便以迅雷不及掩耳之勢抓捕了有名有姓的所有惡漢，其中最凶惡的三十名當場被杖殺，並陳屍街頭示眾，其中也包括那位「生不怕京兆尹」的張幹。剩餘的則被強行炙去刺字和文身，即用艾條直接燒烤皮膚，疼得那群惡漢哭爹喊娘。這件事後，京城治安大為改觀，溫璋名聲大噪，人們都說，不管是誰，只要為非作歹，撞到溫璋手上，便休想逃脫。

這位嫉惡如仇的京兆尹，不僅令惡漢不寒而慄，其下屬也多敬畏有加，而李言更是如此。不為別的，只為他大婚當天，因銀菩薩失竊事件耽誤了行程，臨近正午才從長安出發回鄠縣，由於著急趕路，竟然衝撞了溫璋的儀仗。唐朝京兆尹權勢很大，每次京兆尹出巡總有龐大的儀仗隊伍，前呼後擁，威風凜凜。甚至還有兩名手中各執長竿、在前面趕開路人清道的青衣小吏，稱為「喝道伍佰」。要是有人沖犯了儀仗，要麼被拘押，要麼被當場杖打。當年韓愈任京兆尹，詩人賈島剛好到長安參加科舉考試，在驢背上想到兩句詩：「鳥宿池邊樹，僧敲月下門。」又想將「敲」換成「推」字，猶豫不定時，便在驢背上伸出手來回做推敲的姿勢，結果未曾留意前方道路，莽撞地衝進韓愈的儀仗，倒也從此留下一段「推敲」的佳話。當日李言也是類似情形，雖然請罪時為自己做了辯解，溫璋也特別開恩沒有計較，但他那冰冷嚴厲的眼神還是令李言不寒而慄——李言真切感受到這位上司未當眾責罰，並非因為他像昔日韓愈那樣寬厚，而是他當時還有別的事情更為急切，所以這也意味著，日後的某一天，他可能還會進行追究。

果然，溫璋一進來毫不理睬李言的見禮，只將目光逕直投在魚玄機身上。李言忙道：「這位鍊師是……」溫璋冷冷道：「大名鼎鼎的咸宜觀觀主魚玄機。」隨即走向裴玄靜，問道：「聽說是娘子發現了溫庭筠被人下毒害死？」李言見此情形，更加惴惴不安，如此寒冷的天氣，額頭竟然微微出汗。

當日李言無意中衝撞溫璋儀仗時，裴玄靜已經見過這位冷面冷言的京兆尹，但她並不似丈夫那般畏懼其權勢，只是平靜地道：「是我與魚鍊師、王子殿下一道發現的，不過還只是懷疑，並沒有十足的證據，未能肯定茶杯中的粉末就是毒藥，也沒有發現疑凶，甚至連凶手到底如何下毒也未能發現。」

溫璋早已經從差役董同口中得知事情經過，似已成竹在胸，沉聲道：「讓本尹來告訴你們罷，疑凶遠在天邊，近在眼前。」一轉身，將目光投在昆叔身上。

眾人猶在愕然間，昆叔結結巴巴地問道：「尹君竟然也懷疑是我？」只是他這次的神態，已經不似之前被裴玄靜懷疑時那般反應劇烈，大概已經見怪不怪了。

溫璋冷然道：「正是你！」頓了頓，又道，「不過，獨木不成林，單弦不成音，你只是同謀而已，真正的主謀另有其人。」

眾人無不面面相覷，一時不能領悟到他的言外之意，溫璋便乾脆地指著魚玄機道：「她才是主謀。」

自從溫璋一進大門，魚玄機便已經感覺到他盛氣凌人的敵意，可是萬萬料不到他會指認自己為凶手，一時呆在當場，說不出話來。倒是昆叔最先為她鳴不平：「尹君可不要亂說，魚鍊師只在三個月前來過這裡。」

這裡絕大多數人對溫璋又敬又畏，大氣也不敢出，偏偏昆叔卻是幾個例外之一。看上去，他對官府中人有極大不滿之處，大約也是沾染了溫庭筠憤世嫉俗流韻的緣故。溫璋卻連連冷笑，似是自恃身分，不屑辯駁對方的話。

裴玄靜正欲開言，李言暗中扯了扯她的衣襟，示意她不可再招惹京兆尹。一旁尉遲鈞察言觀色已久，見此情狀，暗忖還是自己出面比較方便，便問道：「尹君這麼肯定，可有什麼憑據？」溫璋反問道：「王子殿下難道不知道麼？」尉遲鈞不知他所指何意，便搖了搖頭。

溫璋道：「那好，本尹就從頭道來。」一指靈柩，又道，「這位溫庭筠溫先生，是我大唐極為有名的詩人，成名已久。而這位魚玄機，自小就苦戀這位大詩人，之後更是成為溫先生的記名弟子。當然，實際上，她是想成為溫夫人……」

這並非什麼新鮮的故事，在場聽過的人不在少數，但從堂堂京兆尹口中說出來，卻別有一番意味。眾人目光一起投在魚玄機身上，她卻始終很平靜，彷彿並沒有聽進溫璋的話，也沒有感受到他咄咄逼人的氣勢。

溫璋續道：「但由於此女的出身，出自大名鼎鼎的平康坊，溫先生始終無法接受她。不僅如此，為了擺脫她的苦苦糾纏，還將她介紹給當時任補闕的狀元李億做妾。只是，李億也很快拋棄了她。此女從此對溫先生和李億懷恨在心，恨不得殺二人而後快……」

裴玄靜不顧丈夫阻攔，忍不住插口問道：「尹君這樣下結論，可有真憑實據？還是僅僅為個人推測？」

溫璋對她貿然打斷自己的話頭很是不滿，但對方畢竟只是個女子，因而沒有發作，只道：「娘子安心聽本尹說完！之後，魚玄機便在長安咸宜觀出家，仗著自己有幾分容貌才華，寫下『魚玄機詩文候教』紅紙告示，豔幟高張，導致好好的一個道觀，成了長安著名的風月場所，堪比平康坊。一年前開始，這位魚玄機突然閉門謝客，開始從良了，成為長安的又一大奇聞。據說是因為李億又回到她身邊。後來又有人說，那個人不是李億，而是一個容貌酷似李億的落第書生。不管這個人是真李億，還是假李億，不久後也神祕消失了。」頓了頓，又道，「本尹倒認為這個人就是真李億，他可能想就此回到魚玄機身邊，不過卻被魚玄機趕走了。」

他黑著臉滔滔不絕，旁人也不敢隨便發問。只有尉遲鈞暗中同情魚玄機，道：「這些事情我也曾略有耳聞，不過當事人的是是非非，始終難以為外人所明。何況這些都是陳年舊事，與溫先生一案並無直接關聯，又能說明什麼呢？」

溫璋對這位于闐王子倒還算客氣，勉強耐著性子解釋道：「李億重新來到咸宜觀找魚玄機，她該高興才對，為什麼將他趕走了呢？說明魚玄機從來沒有忘記過仇恨！對李億如此，對溫庭筠也是如此！所以，溫庭筠被毒害一案，肯定是魚玄機和昆叔串通好的傑作。」

裴玄靜道：「尹君所言，自有道理，但這些推斷前後並無內在的根本聯繫，前面的因，不一定能成就後面的果。如此輕率斷案，如何能讓人心服口服？」李言料不到妻子竟然敢當面頂撞京兆尹，阻止不及，只好亡羊補牢，忙道：「內子信口胡說，冒犯了尹君，還請尹君念在她女流之輩……」

溫璋卻似乎很重視裴玄靜的話，一擺手打斷了李言，道：「在一個獨立於半山的封閉宅邸，其間沒有外人到來，溫先生卻離奇中毒而死，唯一可能的凶手只能是他身邊的人——昆叔。這一點，娘子應該沒有疑問罷？」裴玄靜不以為然地道：「可是昆叔沒有殺人動機。沒有因，又何來果呢？」溫璋道：「所以本尹才說是昆叔與魚玄機共謀——魚玄機有動機，昆叔有時機。」

裴玄靜卻搖了搖頭，又舉出另一條她新發現的證據：她曾用院子裡找到的小螞蟻分別試過書房茶杯與茶壺中倒出的水，發現了一個極為奇怪的現象——那就是只有茶杯中的水有毒，茶壺的水並沒有毒，這顯然排除了昆叔下毒的可能性。因為昆叔往書房送去茶水時，必然是一壺熱茶水加上一個空茶杯。如果他要下毒，一定會選在只有他一人的廚下動手，將毒藥落在茶壺中，這才是萬無一失之策。他又怎麼會冒著被當面揭破的風險，下毒在茶杯中呢？原來早上的時候，她在書房中忙前忙後、忙進忙出就是為了證實這個。

這一證據極為有力，溫璋一時無語。裴玄靜又道：「尹君進來這裡，才一會兒功夫，連溫先生的屍首和中毒現場都沒有看過，就急著下判斷結論，是不是有些武斷呢？」

溫璋一怔，面色陰沉得更加厲害。李言正惶恐不安之時，卻聽見他決然道：「那好，本尹就看看受害人的屍體和現場再說。」逕直走到靈柩旁，只那麼微一探身，便立即露出震驚無比的神色，看來他尚不知道溫庭筠屍首不壞之事。

尉遲鈞道：「尹君發現了什麼？是不是覺得屍首面色如生非常怪異？」溫璋沒有答話，一時陷入沉思。

裴玄靜上前道：「請尹君立即下令緝拿李億，他目前有很大的嫌疑。」溫璋很意外，問道：「娘子怎麼會這樣認為？」裴玄靜道：「李億在溫先生死前一天來過這裡。昆叔曾說李億沒有下毒機會，因為昆叔每天要換洗茶杯、茶壺，我本來也這樣認為。但適才聽了尹君的高論後，我認為李億有很大嫌疑。」溫璋道：「噢？說下去！」裴玄靜道：「尹君之前提到，是溫先生將魚玄機介紹給李億的……」她略帶歉意地看了一眼魚玄機，接著道，「以魚玄機這樣才貌的女子，李億應該欣喜若狂才是，但不久就將魚玄機休掉，聽說是因為李妻裴氏嫉妒魚玄機。對於這樣的結果，李億未必會感激溫先生罷。加上昆叔說半個多月前，李億曾到這裡與溫先生大吵一架。溫先生死前一天，李億又再次出現。這些應該都不是巧合。」溫璋道：「嘿嘿，聽起來有點道理。那麼，李億是怎麼在人不知鬼不覺的情況下下毒作案的呢？」

溫璋這句話並無奇特之處，但正因為他說得太過順暢，反而引起裴玄靜的特別留意。之前，他的態度非常肯定，一心認定是魚玄機和昆叔合謀，不過，自從他看過溫庭筠的屍首後，神態和語氣均有了微妙的變化。他適才提及「下毒作案」，聽起來，這位京兆尹已經完全確認溫庭筠是中毒而死，他或許早已肯定那些粉末就是毒藥。果真如此的話，他一定知道一些她所不知道的情況。

這些想法不過轉念之間的事。她頓了頓，便繼續說明李億作案的經過：「當時溫先生一個人在書房，李億多次來過這裡，熟知情況，完全可以在昆叔不知道的情況下溜進書房。即使溫先生發現，然他與李億熟識，自然也不會叫喊，於是李億便趁機往茶杯中下毒。」

眾人聽了連連點頭，就連李言也覺得妻子的推測合情合理。唯獨溫璋一再搖頭，連聲道：「不對，不對。」他那種顯得很有把握的樣子，更加深了裴玄靜對於他知情的懷疑。

裴玄靜問道：「那麼，尹君有何真知灼見？」這一句「真知灼見」，聽得溫璋心中甚是受用，但口中卻道：「真知灼見？之前本尹的真知灼見不是已經被娘子判斷為武斷麼？再也沒有了。」

這句話甚不合他京兆尹的身分，眾人不知道這句話是反諷還是他意，正各自琢磨之間，魚玄機忽問道：「尹君好像已經知曉溫先生中的是什麼毒，可否能將詳情告知？」原來她如同裴玄靜一般，也早留意到溫璋之前的話中有不同尋常之處。

溫璋一愣，本能地答道：「本尹可沒說過知道毒藥詳情。」一語即畢，這才意識到適才問話的人是魚玄機，當即重重咳嗽了一聲，問道：「書房在哪裡？本尹要去查看。」

當即一干人簇擁著溫璋來到書房，溫璋卻命眾人留在房外，只叫李言與裴玄靜和自己一道進去。李言見這位厲名遠揚的上司對自己一直不理不睬，但卻似乎很看重妻子，也不知道是該歡喜，還是該憂慮。

尉遲鈞與魚玄機並沒有跟著眾人前去書房，而是雙雙來到院落中。魚玄機原先看上去滿腹心事，懨懨不樂，但出來吸了幾口寒氣，頓覺神清氣爽許多。忽然發現眼前的梅花開得如此妍麗。不過，最搶眼的並非那一朵朵舒張的花瓣，而是中芯的黃色花蕊，根根花鬚在花盤上高挑著，昂揚著，娉娉嫋嫋，搖曳多姿，充滿了生趣。

突然一陣風刮來，幾片梅花被吹落樹梢。花瓣旖旎婉轉，飄落在魚玄機肩頭，她卻惘然不覺。尉遲鈞略微猶豫，還是走上前來，伸手輕輕幫她撣掉。魚玄機感激一笑，剛巧看到一片花瓣落在尉遲鈞頭上。她突然想到什麼，如被雷震，一下子駭然呆住。尉遲鈞見她神情突然有異，忙叫道：「魚鍊師！」魚玄機不及回答，急忙奔向書房。

溫璋正在四下查看，忽見魚玄機貿然闖入，大為不滿，剛要發話呵斥，卻見她神色極為緊張，逕直走近案桌後，仰首翹望。湊巧此時，一陣冷風吹進書房，屋梁上飄下些灰塵，些許掉進了茶杯，些許落在案桌上，還有一些飄到地毯上。她仔細查看，發現這些灰塵正是在溫庭筠頭髮中發現的同一類粉末。再仔細觀察屋梁，似乎有一小洞，剛好對準案桌右首的捧燭銅人。她喃喃道：「我終於知道凶手是如何下毒了。」

一旁李言脫口問道：「是如何下毒？」他聲音甚大，外面的人也聽到了，急於知道究竟，一窩蜂擠到門戶窗口處。尉遲鈞和昆叔更是不顧溫璋禁令，自行走進了書房。溫璋也不理睬，只是好奇地望著魚玄機，似乎很想聽聽她下面怎麼說。

魚玄機指著桌上的粉末道：「這些粉末最早在飛卿的案桌上發現，茶水和他的頭髮中也有……」李言道：「可是這些粉末到底是哪兒來的？」魚玄機道：「風帶來的。大家請看頭上，屋梁上有個小洞。」眾人抬頭一看，果然如此。昆叔甚是困惑，奇道：「好端端的，哪兒來的洞？這裡山貓極多，向來沒有老鼠的。」

裴玄靜已然明白究竟，道：「昆叔說過，溫先生死後這書房就再也沒動過，現在大家看到的情形應該就是案發時的情形。」魚玄機點點頭，又道：「請大家再看書桌右首的燭臺……」又問道，「昆叔，這燭臺一直是這樣放的麼？」昆叔答道：「對。這兩件捧燭銅人都是老玩意兒，非常重，一直放在那裡，從來沒有人動過。」

魚玄機道：「大家再看，右首捧燭銅人的上方，是不是正對著屋梁上的小孔？」昆叔道：「是啊……可是這能說明什麼呢？」魚玄機道：「剛好能說明飛卿確實是被人下毒害死的。」隨即向眾人詳細解釋下毒經過。

原來下毒的凶手事先經過周密計畫，而且手段極為巧妙：他事先趁昆叔與溫庭筠不在書房之時，利用房中的人字雙梯爬到屋梁，在早已經算計好的位置挖了小洞，再將毒藥，也就是眾人幾次發現的不明粉末裝在小洞中，外面用蠟封住，而下面的捧燭銅人剛好對著小洞。每天晚上，溫庭筠都在書房讀書飲茶，炬燭高燃，蠟燭的熱氣上升，小洞外的蠟層反覆受熏，慢慢變軟。終於有一天，蠟層被熔化，毒藥也隨之從屋梁上掉了下來，落在溫庭筠的頭髮上，飄入了茶水中。

本來，之前裴玄靜僅因屍首不壞、便斷定溫庭筠中毒而死的結論，並不能令大多數人信服，但如今經魚玄機一解釋，許多疑點解開了，眾人恍然大悟，這才對溫庭筠是被害死的深信不疑，更是發出一片驚歎和感慨聲。一時之間，也不顧溫璋在場，各自竊竊議論了起來：

「原來是這麼回事。」

「這般巧妙，誰能想得到啊。」

「要不是魚鍊師細心，溫先生就這麼白死了。」

「到底是誰這麼狠心哪。」

「昆叔肯定沒有嫌疑了，要是他下毒，哪用得著費這麼大的勁。」

「對啊對啊。」

「尹君適才推斷魚玄機和昆叔共謀，也就不成立了。」

「我看這兇手非同小可，說不定還能飛簷走壁。」

「上去也容易，那邊不是有架梯子麼？」

「到底是誰幹的啊？」

裴玄靜道：「兇手顯然對溫先生的生活習慣和書房佈局均十分瞭解，肯定是熟人。溫先生生前有沒有什麼結怨甚深的仇家？」魚玄機道：「飛卿生前恃才傲物，蔑視權貴，結怨極多。但我實在不知道誰會這麼狠心，非要置他於死地。」說罷苦苦思索著。

裴玄靜歎了口氣，仰頭望著屋梁，突然有所感觸，婉轉吟道：「『別來清宴上，幾度落梁塵？』只是這梁塵未免……」魚玄機聽了很是驚訝，問道：「娘子如何知道這句詩？」裴玄靜道：「我聽國香提過。」魚玄機更是驚奇：「原來娘子認識國香。」裴玄靜點點頭，道：「這個說來話長……」

溫璋一直仰頭盯著屋梁上的小洞，突然問道：「李少府，你知不知道大約需要多少天，蠟燭的熱氣才能熏化那個小洞的封口？」李言答道：「這應該與封蠟的厚度有關。」溫璋點點頭：「你上去查看一下。」

李言便從角落搬梯子過來，放置好後爬了上去，仔細查看小洞邊緣殘留的蠟油。溫璋頗為著急，問道：「情形怎樣？」李言爬下梯子：「據我估計，在這種寒冷的天氣裡，大概要十五天。」又招手叫尉遲鈞道，「王子殿下，勞煩你過來瞧一瞧。」

尉遲鈞好開酒宴，對這類生活細節最是熟識，譬如勝宅一個晚上下來要耗多少燈油蠟燭，宴前一掃客人名單便能心中有數。他走過來，照樣爬上去看了一眼，點頭道：「誠如少府所言，至少要十五天。」

裴玄靜當即醒悟這十五天的關鍵所在，問道：「溫先生死前一天，只有李億到訪過。那麼，半個月前呢？」眾人將目光一起投向昆叔。

昆叔知道事關重大，一邊努力回憶著，一邊開始敍述：「半個月前？嗯……有中書省右拾遺韋保衡……」

李言與尉遲鈞交換了一下眼色，心下各自起疑，二人均與韋保衡熟識，知道他是丙戌榜的進士，當年主考官剛好是溫庭筠，是以二人有師生之名，但不久後溫庭筠即被貶出京師，以韋保衡趨炎附勢之為人，斷不會在此刻冒著牽累自己前途的危險，來與溫庭筠敍舊。那麼，到底是什麼原因促使他大老遠到這裡來呢？

溫璋卻僅僅皺了皺眉頭，似乎對韋保衡別無興趣，追問道：「除了韋保衡，還有其他人麼？」昆叔道：「嗯……還有一位叫李近仁的公子爺……」

聽到「李近仁」這個名字後，魚玄機和裴玄靜各自有了極大的反應——魚玄機顯然大吃一驚，臉色頓時煞白，適才溫璋對她極盡冷嘲熱諷之能事，也未能引起她這般大的反應；裴玄靜心中則「咯噔」一下，暗忖道：「對了對了，就是李近仁。我說看到溫庭筠書房中那九鸞釵的木盒後，怎麼感覺如此熟悉，原來早先在三鄉驛時，曾經見過李近仁手中拿過一個一模一樣的盒子。只是不知道這兩件事是否僅僅巧合，還是確實有聯繫？」

昆叔繼續又道：「……還有李億員外、李可及……」李億之前先後兩次來過溫府，眾人早已經知曉。但溫璋聽了「李可及」三個字後，卻是顏色大變：「李可及？是什麼來歷身分？」昆叔道：「宮裡來的，是個伶官，我聽先生叫他『將軍』。」

溫璋的臉色開始陰晴不定起來，周圍眾人也均奇怪李可及為何會與溫庭筠來往。這李可及是長安的大紅人，歌唱得極好，幾乎已經到了無人不知、無人不曉的地步，很得百姓愛戴，市井商賈屠夫瘋狂模仿他唱歌，呼為「拍彈」。他也很得皇帝寵愛，據說皇帝經常賜酒給他，酒罈裡裝的卻不是酒，而是一罈一罈的珍珠。

李言問道：「還有其他人麼？」昆叔：「嗯，還有一個叫陳韙的，是個樂師……」尉遲鈞失聲道：「陳韙？那不是韋保衡時常帶在身邊的那名吹笛樂師麼？」昆叔道：「正是他。在長安時，他便經常來拜訪先生，學習音律。」

由於魚玄機偶然發現了凶手的下毒手法，凶手下毒的期限又往前推了半個月，因而憑空冒出五名疑凶，案情頓時明朗起來，凶手無非是五個人中的一個。

裴玄靜問道：「這五個人都跟溫先生是什麼關係？」昆叔道：「除了李近仁我是第一次見到外，其他人都跟先生熟識，在長安的時候，我就經常見到他們。」

李言問道：「你還記得他們來的準確時間麼？」昆叔道：「都是半個月前後的時間來的，韋保衡和李近仁是同一天來的，但是並沒有遇上……後來是李億，然後是李可及和陳韙，也是同一天來的，沒有遇上。」

裴玄靜則考慮得更為周詳，萬一十五天的期限不甚準確，封蠟熔化需要更長的時間，也許還會有疑凶僥倖遺漏，便又問道：「如果再把時間延長一些，最近一個月內，有哪些人到訪過？」昆叔搖搖頭：「沒有人了。聽娘子這麼一問，我還真覺得巧，怎麼就那一、兩天之內的日子，大家都趕著來了？」

李言道：「這樣看來，從時間上來說，這五個人都有重大嫌疑……」他突然意識到有上司在前，不該擅自下結論，急忙徵詢地望向溫璋，溫璋卻沉默不語。

當場一時陷入難堪的沉默中，還是尉遲鈞叫道：「尹君！」連叫了三聲，溫璋方回過神來，「噢」了一聲，也不繼續問案，只皺了皺眉頭，道：「天色不早，本尹也該趕回長安了。」若無其事地走出幾步，又回身交代道：「李少府，你負責協助昆叔安葬溫先生。」李言躬身應道：「是。」又遲疑問道：「那麼溫庭筠這件案子……」溫璋道：「上交到京兆府，鄠縣不得私自處理。」不待李言應聲，便大踏步走出書房。

昆叔飽經世故，已經看出溫璋如此吩咐處置，隱有不了了之之意，追到他背後著急地叫道：「尹君，你可不能虎頭蛇尾。無論怎麼說，先生與你可是有同鄉之誼！」

眾人這才知道原來溫璋與溫庭筠同為太原祁縣人。唐人對同鄉、同窗、同年[4]情分素來格外看重，正以為會有所轉機，溫璋卻只是揮了揮手。以他一貫的辦事風格，如此表示，便是典型的敷衍、不欲追查。

魚玄機等人面面相覷，差役董同走過來，拿出一隻玉獅子交給昆叔，道：「這個玉獅子是在大山兄弟家中搜出的。」昆叔急問道：「沒有發現其他東西麼？」董同道：「再沒有其他東西。我去的路上仔細審問了大山兄弟，他們也只說拿了玉獅子。是不是溫先生家裡還丟了其他值錢的東西？」

尉遲鈞正欲提九鸞釵之事，卻聽見昆叔道：「還丟過一方玉鎮紙，不過那是半個月前的事了。」董同道：「沒有發現什麼玉鎮紙。不過，小山供認他們兄弟溜進書房，本來不是要偷玉獅子，而是要偷一支釵……」

昆叔大吃一驚，問道：「他們兄弟怎麼會知道九鸞釵？」董同道：「原來那釵叫九鸞釵，大山兄弟大概也不知道這個名字罷。據小山講，他們兄弟有一次到溫府幫工，偶然見到溫先生在書房中把玩一支寶釵，金光四射，五彩斑斕，一望便是珍稀之物，因而特別留心。他們親眼看到溫先生將寶釵收到牆上的一個暗格中，便起意要找機會偷走這支釵。溫先生死後，他們到溫府幫忙，溜進書房，從暗格中取出一個盒子，卻是空的。後來才順手拿了那隻玉獅子。」裴玄靜道：「也許是下毒的凶手拿走了玉鎮紙和九鸞釵。」

昆叔雖不願意明說，卻是連聲歎氣，顯見那九鸞釵分外重要。魚玄機安慰道：「不過是身外之物。飛卿人都不在了，要來九鸞釵又有何用。」便從昆叔手中取過玉獅子，搬過梯子重新放回書架，剛好與空處印跡吻合。她心中有事，急於趕回長安，就此告辭。尉遲鈞也欲回長安，便道：「我正好也要回去，不如與魚鍊師同行，一路上彼此有個照應。」魚玄機對這位于闐王子素有好感，當即應允道：「甚好。」

裴玄靜自與丈夫低聲商議了幾句，李言露出不解之情，卻又無可奈何。她便走過來對魚玄機道：「鍊師，上次行程匆匆，未能仔細遊覽咸宜觀，我想與你一道返回長安，如何？」魚玄機知她名為遊覽，其實有意助自己找出真相。經歷了這一天一夜，二人感情更覺親密，道謝已然嫌多，便道：「自是求之不得。娘子大駕光臨，咸宜觀定然蓬蓽生輝。」李言欲說些什麼，猶豫了一下，終於還是未開口。

眾人來到門外，才發現晴朗的天已經變得陰霾。鉛雲密佈，猶如灰黑帷幄，似有一場大風雪即將來臨。

臨別之際，昆叔突然捉住魚玄機的手，欲言又止。魚玄機道：「昆叔放心，我一定會將飛卿之死查個水落石出。如果您想來長安，咸宜觀隨時歡迎。」昆叔點點頭，卻始終哽咽著說不出話來。

尉遲鈞與崑崙、蘇幕自到山下村子取了馬匹，魚玄機與裴玄靜則依舊乘坐趙叔的馬車。一行人漸行漸遠，當半山腰那處孤零零的宅子最終從視線中消失時，魚玄機終於忍不住潸然淚下。裴玄靜握緊她的手，安慰道：「鍊師不要太過傷心。為今之計，還是找出真相最要緊。」

溫熱的掌心如漣漪層層蕩開，帶來幾絲及時的慰藉。魚玄機心中一陣溫暖，感激而會意地點了點頭。確實，找出真凶要緊。她心中有許許多多的疑問——韋保衡、李近仁、李億、李可及、陳韙，這五個名字反覆在她腦海中出現，除了陳韙外，那四人她均熟識。到底是誰，非要置飛卿於死地呢？會不會真的就是他？這些天來，她夢中時常驚悸，莫非也是因為他？

除了李億外，其他四人裴玄靜也均見過，她也在反覆思索著，到底會是誰下的手？本來按照目前的情形來看，李近仁嫌疑最大，他並不認識溫庭筠，卻毫無緣由地出現在溫府，手中又曾經有過一模一樣的檀木盒。可是早先在勝宅時，她便已看出此人暗暗鍾情魚玄機，而魚玄機對他的態度，也與別人格外不同。他們在宴會上雖然沒有言語交談，但眉目之間自有一種默契。關係到了這個地步，自然非同一般，李近仁又怎會下手殺害心愛女人所敬愛的恩師呢？照她看來，倒是韋保衡最為可疑。她與這位世家公子一道玩過葉子戲，感覺此人工於心計、性格陰狠，著實是個不能小覷的人物。突然又想到溫璋莫名其妙的態度轉變，為何不願意深入調查這件案子，不免疑問更深，忍不住問道：「京兆尹為何處處針對鍊師？」魚玄機道：「他對我素有偏見。一年前，不知道是誰在咸宜觀牆外用染料塗刷，寫下了『生不畏京兆尹，死不懼閻羅王』的字樣，京兆尹為此沒少找咸宜觀的麻煩。」

二人正交談間，忽聽到車外蘇幕叫道：「那不是黃巢公子麼？」掀開車簾一看，果然是黃巢騎著他那匹驃悍的飛電在前面。

這黃巢去年秋試未能及第，頗受打擊，一氣之下也不回山東老家，而是與同樣落第的舉子杜荀鶴結伴到紫閣山紫閣寺借讀，發誓今秋一定要金榜題名。紫閣山是終南山的一座聞名山峰，傳說「旭日射之，燦然而紫，其峰上聳，若樓閣然。白閣陰森，積雪弗融。」其實就在鄠縣境內，距離杜陵極近。寺中生活清苦，像黃巢這般手腳大方慣了的富家子弟自然難以忍受，然而他之前信誓旦旦，倘若半途而廢，豈不是有違信諾，是以一直苦苦支撐。這一日實在無聊，乘飛電出山，預備去長安大快朵頤一頓，想不到剛巧遇到魚玄機一行。

黃巢乍然聽說魚玄機在後面的馬車中，不免又驚又喜，特意上前來招呼，態度十分恭敬。魚玄機已經知道當日銀菩薩一案錯懷疑了黃巢，是以也客氣地答禮，幾人便結伴一道返回長安。

一路上，黃巢聽尉遲鈞說溫庭筠被人下毒害死一事，不免十分詫異。在他內心深處，其實不大瞧得上溫庭筠，其人行事未免太過放蕩不羈，但聽聞魚玄機與他關係非同一般，愛屋及烏之下，言辭中還是對他被害深表遺憾和同情。又不免對凶手行徑一番譴責，當得知京兆尹溫璋似乎並無徹查之意時，忍不住勃然大怒道：「這還了得！」

這倒不是黃巢為討好魚玄機故意作偽，實是他真情流露，他生平最恨有冤不能伸、有仇不得報之事，每每遇上，總要為之打抱不平。又斬釘截鐵地道：「魚鍊師請放心，如今凶手就在那五人當中，我一定助你找出真凶，查明真相，讓那京兆尹也無話可說。」頓了頓，向尉遲鈞道：「殿下，這五人中除了李億外，其餘四人我都是在你的酒宴上遇見。」

說者無意，聽者有心，這句話似一句機鋒，一下子提醒了尉遲鈞，他開始覺得銀菩薩失竊案與溫庭筠被毒殺案隱隱有聯繫；或者是事，或者是人，只是他略略深入一想，便是一團迷霧，無論如何也撥不開。

剛出鄠縣境內，突然又發現京兆尹溫璋一行堵在前面，原來溫璋的馬車壞了，正在修理。但道路被阻，趙叔馬車無法通過，眾人也不得不停下來休息。裴玄靜遙見溫璋站在前面，叉手而立，似在凝思什麼事情，突然一陣衝動，躍下馬車，走過去道：「尹君有禮了，我有幾句話想說，不知道尹君可有興趣一聽？」

溫璋重重看了她一眼，皺緊眉頭，道：「娘子請講。」裴玄靜道：「久聞尹君是位性情耿直、剛直不阿的有才之臣，不料今日一見，卻很是失望。」這話說得極為大膽，溫璋的面色一下罩上了寒霜，冷然道：「噢？」

裴玄靜道：「我看得出，尹君不怎麼喜歡魚鍊師，不過，情緒應該與案情無關。君官任京兆尹，眾所周知，這個官實在不好當。自從漢武帝太初元年設立這個官職以來，京兆尹從來就不是一個輕鬆的差使。輦轂之下，天子身邊，各種勢力矛盾盤根錯節，人際關係則更加錯綜複雜，用杜牧在〈阿房宮賦〉中所寫的『各抱地勢，鉤心鬥角』來形容，再合適不過。西漢時，穎川太守黃霸在全國省級官員政績考核中名列第一，調任京兆尹，幾個月後就因不稱職而離任。他重新回到穎川主持工作，依然治理有方，為時所讚。可見京兆這方水土不是人人都能服的。白居易有詩云：『京師四方則。王化之本根。長吏久於政，然後風教敦。如何尹京者，遷次不逡巡。請君屈指數，十年十五人。』從元和元年到元和十年，十年之內，竟然有十五人擔任京兆尹的職務，更換頻率可謂相當驚人。管理京兆這樣一塊地方相當不容易，但自尹君上任以來，京兆府治理得很好，甚至整個京師風氣為之一轉。」

這些話中的掌故，大多是裴玄靜嫁到京兆以來聽丈夫李言所講，想不到今日得以派上用場。她長篇大論、引經據典半天，實則為了點綴最後一句。畢竟千穿萬穿馬屁不穿，溫璋聽到最後一句，果然十分舒服受用，他臉上的黑氣漸消，眉頭也慢慢舒展開來。

裴玄靜卻又話鋒一轉，道：「可是我不是很明白，為什麼尹君明明知道溫先生是被毒害的，卻仍然打算草草結案呢？」溫璋冷冷道：「本尹可沒有說過要草草結案。」

裴玄靜道：「大家都看到了，尹君有意放棄調查。這不是打算草草結案、不了了之麼？我看得出來，尹君還是尊敬同情溫先生的，不然不會特意交代我夫君協辦後事。可是如果讓溫先生這樣名滿天下的大才子死得不明不白，後事辦得再風光，又有何用？何況這也不是尹君一貫雷厲風行的作風。」

溫璋一時沉默起來，之前咄咄逼人的風度也隨之黯淡許多。過了許久，才長歎一聲，似有極重的難言之隱。

裴玄靜道：「如果尹君實在不方便調查，可以將知道的事情告訴我。」溫璋凝視著她，終於遲疑道：「我曾聽說宮中有一種祕製奇藥，叫做『美人醉』，是特地供殉葬宮人服用的。據說宮人服用這種『美人醉』後，死時毫無痛苦，而且面容能保持栩栩如生，就像活著的時候一樣。」

裴玄靜這才恍然大悟，難怪溫璋一見到溫庭筠的屍首就完全轉變了態度，原來他已經猜到死者中了美人醉的奇毒。

溫璋見她不語，以為她還不明白，便放低聲音道：「『美人醉』是宮廷祕製，十分珍貴難得。本尹敢說，朝中大臣絕大多數人連名字都沒聽說過。」裴玄靜問道：「那凶手是怎麼得到的？」溫璋冷笑一聲，答非所問地道：「宮廷祕藥，本尹都沒有辦法弄到。」裴玄靜頭腦「嗡」的一聲，當即道：「宮中……那不是只有李可及麼？難怪……」

她終於明白為什麼溫璋一聽到李可及的名字後就大異常態，他已經懷疑李可及就是下毒的凶手。不僅如此，李可及與溫庭筠無怨無仇，而且同樣愛好音樂，沒有任何謀殺的動機，因此溫璋懷疑他其實是受當今皇帝的指使，因為李可及深受皇帝寵幸，是皇帝的心腹。這也驗證了昆叔之前一直叫喊──皇帝不會放過溫庭筠的話。而溫璋知道追查李可及勢必牽扯上皇帝，他自然沒有這個膽子，所以才想不了了之。

一切只在一念之間，她轉瞬便已想得清楚明白，因之前久聞溫璋大名，對他期待很高，一面是震驚，一面是失望，只道：「久聞尹君執法如山、秉公理案，今日方知聞名不如見面，不過也是一個畏懼強權的人而已。」轉身便即離開。

溫璋叫道：「娘子請留步。」走近身來，低聲道：「美人醉一事事關重大，娘子務必不可透露他人知曉，連『美人醉』的名字都不可提及，否則只會招來殺身之禍，徒然牽累無辜。」裴玄靜知道宮廷事密，高深莫測，當即悚然而驚，又問道：「尹君為何又要將其中內情告知我？」溫璋道：「本尹見娘子不是普通人，正有一事相求。」

一旁魚玄機已然猜到裴玄靜定然為了飛卿的案子去向溫璋請命，遠遠見到二人密密匝匝地交談，還是甚為好奇。

又過了一會兒，裴玄靜折轉回來，尉遲鈞、黃巢上前詢問究竟，裴玄靜道：「京兆尹已經答應要調查溫先生的案子，不過要悄悄進行。」魚玄機很是詫異，問道：「娘子如何能說服京兆尹？」裴玄靜道：「這可不是我的功勞。我想還是京兆尹自己也想知道真相罷。」當下眾人無語，裴玄靜也按溫璋事先叮囑，絲毫不提美人醉一事。

又等了大半個時辰，溫璋的馬車終於修好，然而眾人卻已經錯過夜更，城門關閉，不及趕回長安，當晚只得一同留宿城外的客棧。

黃巢夜宿難眠，乾脆穿衣出門，轉過牆角，卻發現魚玄機正站在院落中發愣。他望著那窈窕的背影，發了好一陣子呆，又聽見她緩緩念道：「憶君心似西江水，日夜東流無歇時。」似乎在夢中囈語。黃巢終於忍不住一陣腦熱，輕輕叫道：「鍊師！」卻見魚玄機沒有反應，只是木怔怔地看著牆頭。

黃巢順著她的眼光望去，發現牆頭露著一名男子的腦袋。黃巢一驚，喝道：「是誰在那裡？」瞬息之間，那腦袋已然不見。黃巢從不懼事，正欲追出去，卻聽魚玄機叫道：「黃公子！」他當即站住，只聽見魚玄機柔聲道：「夜深了，公子請早些安歇罷。」便若無其事般回了自己房間。

黃巢一時困惑不已，茫然呆立在當場。也不知道過了多久，忽感到臉上一片冰涼，一摸卻什麼都沒有。抬頭一看，點點雪花正輕柔地飛舞著，盤旋而下。

這一夜，漫天雪花飛揚飄逸，紛紛灑灑，大地銀裝素裹，影影綽綽的長安城也陷入了靜謐安祥，天地終於渾為一體。

1 古代「少」、「小」二字通用。
2 喪服名，「五服」中最慎重的喪服，用最粗的生麻布製作，斷處外露不緝邊，表示毫不修飾以盡哀痛。
3 即今日的法醫。
4 夜裡，為了大小便而起床。
5 同榜進士。

卷四　雪夜凶殺

咸宜觀後牆上從右往左清晰地寫著「生不畏京兆尹，死不懼閻羅王」，字跡極為潦草，不成章法。坊正王文木剛好仰天躺在「生」字底下，半邊身子都掩在雪地中，額頭到鼻子上有一道明顯的血跡。腦後也有少許血跡，已經成為血冰。

京兆府位於長安光德坊內，毗鄰西市。唐朝中期以前，京兆尹都住在自己的私宅，每日必須步行辦公。大中年間，唐宣宗特批兩萬貫錢，同意當時的京兆尹韋澳在京兆府辦公院內營造官邸，之後的京兆尹便開始住在京兆官邸。

不過，京兆府最引人注意的並非豪華壯麗的建築，而是南大門前一尊很有些歷史的彩色塑像，這正是昔日「塑聖」楊惠之為著名優伶留杯亭塑造的像。楊惠之原本與吳道子同學繪畫，師法張僧繇，後因吳道子功成名就，得了「畫聖」的稱號，他便棄畫專攻雕塑，其所塑人物合於相法，極為傳神。留杯亭像成當日，他飾以衣裝，將塑像背對大街，京兆人一望背影，便認出是留杯亭，其神巧如斯，令人歎為觀止。後世廟宇常見的千手觀音像，也是由楊惠之所創。

本來，這樣一個優伶的形象擺在門前，實在不合京兆府地位，歷屆京兆尹對此也頗有微詞。只是這塑像是天寶遺物，傳說一旦移動此像，京兆尹就會被罷免，跟門下省的政事堂「會食之床」一樣，有非比尋常的象徵意義，因而無人敢動它分毫。裴玄靜隨同溫璋來到京兆府時，第一眼也留意到這尊奇特的留杯亭像，雖然歷經風雨的洗刷，但樣貌依然完好，尤其那人物的吟唱神態，十分逼真。聽說了它的來歷後，裴玄靜便立即聯想到李可及，甚至想道：「當今聖上如此寵幸李可及，會不會將來也讓人給他塑像留念？可惜，盛唐風光不再，如今再也沒有楊惠之這樣的人物了。」

一旁溫璋多少猜到她的幾分心思，正欲說話，宮中有人送來皇帝下達的敕書。溫璋忙命人領裴玄靜進去，自己將使者迎到京兆府正廳堂。敕書中，皇帝語氣頗為嚴厲，要求京兆府儘快破獲飛天大盜一案。這飛天大盜已經在長安折騰了數月，搞得人心惶惶，尤其被盜者多是權貴，長安、萬年二縣和京兆府均備受壓力，前幾日侍御史李郢甚至還為此彈劾溫璋辦事不力。之前京兆府已然調集長安、萬年兩縣大量人手，案情卻始終毫無進展。現在連皇帝都下敕書，若是再一無所獲，恐怕他這個京兆尹的官位也岌岌可危，坐不了多久。

送走使者後，即使手段強硬如溫璋這般人物，也陷入一籌莫展的境地。他不由自主地將目光投向左側的牆壁。

京兆府雖是地方衙署，卻建制頗大，一磚一瓦都很費心思。正廳的上首牆上，畫有山水壁畫。左右兩側的牆壁，則題有密密麻麻的「廳壁記」，內容無非是敍述官秩創置及遷授始末，也就是說，歷屆京兆尹均要在這兩面牆上留下履歷。溫璋目下所凝視的便是這些前任的履歷政績，那麼他自己呢？將來會有什麼樣的「廳壁記」寫到這牆上？會不會最後的收筆是「因未能捕獲飛天大盜而去職」？這可是他絕對不願意看到的。

正思忖發愁間，忽有差役進來報道：「尹君，鄠縣縣尉李言求見。」溫璋奇道：「來得好快！」命人叫他進來。又命人去請正在查閱案情的裴玄靜出來。原來昨日溫璋所言「一事相求」，便是請裴玄靜協助調查飛天大盜一案。他辦事、用人經常不拘常理，昨日在溫府一見，深覺裴玄靜並非常人，後來剛巧又在歸途遇見，便邀她相助。

李言進來見過禮，垂首問道：「尹君連夜派人召見下臣到京，不知道有何要事？」溫璋道：「溫庭筠的案子，就交給你負責。本尹已經派人到廣陵徵召李億到京，並知會吏部，很快就會有消息。」

李言愕然不已，又見有人引著妻子從側堂出來，更是莫名驚詫。溫璋便說明有意請裴玄靜相助查案之意，又道：「案情上，你該多聽你妻子的意見。」李言看了一眼妻子，應道：「是。」

裴玄靜卻尚在疑惑，問道：「尹君為何……」突然外面一陣急鈴聲打斷了話頭。一旁差役道：「是府外的懸鈴響了。」這懸鈴是溫璋上任後所設，即在京兆府屋簷下掛一銅鈴，凡京兆轄區內有不平之事者，均可到此拉鈴告狀。

溫璋素來重視懸鈴告狀者，認為這才是真正的民生，當即站起身來，皺眉道：「出去看看，多半又是來狀告飛天大盜的。」正要趕將出去，卻見大將軍張直方直闖進來，連聲嚷道：「我家昨夜被盜了！」

溫璋本人並非科舉出身，也是靠門第出仕為官，不過他胸懷大志，素來不喜張直方這種白食朝廷祿米的世家公子，又見他不經通報即擅自闖入，當即冷笑道：「將軍居住的永興坊非等閒之地，金吾衛士雲集，將軍本人也武功高強，身手了得，那盜賊如何能輕易闖入得手。」張直方不滿道：「尹君這是什麼話？我昨晚不在永興坊中，住所財物被盜，難道京兆府不該管麼？」

只聽見外面鈴鐺又一陣狂響，溫璋便道：「既然如此，將軍居住的永興坊屬於萬年縣管轄，這就請將軍去宣陽坊的萬年縣衙報官罷。」也不理睬張直方如何怒氣沖天，逕直率人趕了出去。

到了府門一看，除了兩名把守大門的差役，簷下的懸鈴處並沒有其他人。溫璋問道：「告狀的人呢？」差役也一臉茫然，答道：「我們也沒有看見。」

眾人四下查看，發現確實並無他人。溫璋怒氣頓生，恨恨地道：「是什麼人，敢到京兆府來亂拉懸鈴搗亂？下次你們可得留意了，抓住他，一定打他板子。」門差喏喏應了。

溫璋轉身正欲進府之時，懸鈴又狂響起來。裴玄靜畢竟習武，目光銳利，叫道：「是隻烏鴉！是那隻烏鴉撞鈴！」眾人一看，果然是一隻烏鴉正用嘴啄住繩子，來回不停地扯動。

一名差役道：「這可邪門了。大清早的鈴響，竟然是隻烏鴉來搗亂。」正欲上前將烏鴉趕走，溫璋叫道：「等一等！」見那烏鴉依舊扯動鈴繩不止，道，「這隻烏鴉撞個不停，一定是遭了什麼傷心事。本尹估計，一定是有人掏走牠的小烏鴉，母子連心，牠不得已，才前來京兆府訴冤。」

眾人面面相覷，只覺得京兆尹如此斷言未免太過離奇，令人匪夷所思，不過均畏懼溫璋聲威，無人敢出言反駁。

卻見那隻烏鴉陡然停止撞鈴，飛到溫璋頭上，拍了拍翅膀，似乎表示同意他的話，突然又飛走了。正愕然間，溫璋一揮手道：「走，我們跟去看看。」

一行人便跟隨烏鴉前行，那烏鴉在前面盤旋飛翔，似在引路一般。若不是親眼得見，實在令人難以置信。出了西邊的金光門後，又往前走了一刻，終於來到城外一片樹林裡，烏鴉盤旋在一棵樹旁不再前進，還「嘎嘎」地叫個不停。

眾人定睛一看，果如溫璋所料，樹上一個鳥窩被人掏空了。而那個掏走小烏鴉的人還沒走開，正在樹下休息，手裡還玩弄著一隻小烏鴉。那小烏鴉羽毛還沒有長全，掏鳥人卻有意捉住牠的雙腳，讓牠空撲騰翅膀，看著牠「嚶嚶」哀鳴的樣子取樂。

裴玄靜見那小烏鴉十分可憐，很是生氣，搶上前喝道：「快把小烏鴉交出來！」掏鳥人玩得入迷，這才留意到有人到來，當即站起身來，惡狠狠地道：「你這個小娘子想幹什麼？這小烏鴉是我掏到的！」又見她背後還有其他人，聲勢才略略弱了些，問道：「你們是……」溫璋也不多說，喝道：「將他拿下！」

兩名差役應聲走上前去。掏鳥人一見到官府的人，頓時蔫了半截，老老實實地將小烏鴉交給裴玄靜。裴玄靜小心翼翼捧著小烏鴉，爬上樹幹，將小烏鴉細心放進鳥窩，隨即躍將下來，身手極為敏捷。溫璋有些驚訝地看著她。李言一直極為留意上司的神色，忙解釋道：「內子祖父是武狀元，內子也略會一點武藝。」溫璋點點頭，道：「原來如此。」

只見那隻前去撞鈴的烏鴉撲騰著翅膀飛進鳥窩，「嘎嘎」叫著，似在向眾人表示感謝。裴玄靜感歎道：「烏鴉的愛子之心，實在感人。」轉身責備掏鳥人道，「你幹麼拆散人家好好的母子？」掏鳥人卻不以為然地道：「不過是隻烏鴉！要不是大烏鴉逃走了，我一定將牠們一鍋都燉了！」裴玄靜怒道：「你這個人好惡毒！」李言從未見到妻子如此生氣，忙道：「夫人不必生氣，尹君在此，自會處置。」眾人一起轉向溫璋，聽他示下。

掏鳥人聽說眼前這位紫衣大官就是令人聞名色變的京兆尹溫璋，只覺一股怯懼從心底冒起，當場嚇得跪倒在地。溫璋早有主意，當即道：「烏鴉雖不是人，但母子親情，與人同理。烏鴉被此人迫害，前來官府伸訴，求助於官，此事本來就有些異乎尋常。這個掏鳥人有意掏走小烏鴉，拆散烏鴉母子，殘害弱小……」一邊說著，臉上黑氣漸盛。掏鳥人聽他越說罪名越嚴重，忙一邊叩頭，一邊哀懇道：「小人知錯了。不過，尹君，說到底，牠究竟只是隻烏鴉而已。」他不說還好，溫璋一聽他的辯解，登時勃然大怒，喝道：「掏鳥人行為惡劣，不能寬容，判處死刑，立即執行！」

在場的眾人都大吃一驚，就連掏鳥人也愣住了，似乎全然不能相信。李言還以為自己聽錯了，問道：「尹君是說死刑麼？」溫璋怒道：「怎麼，你還要本尹再說一遍？」掏鳥人聽了，這才癱倒在地上，號啕大哭起來。

李言雖然畏懼溫璋，但心想：「畢竟是一條人命，說不得，還是要冒險一試。」於是壯著膽子道：「可是我大唐律法沒有相關的條文規定，到底要如何處置掏鳥人。況且現今已是春季，我朝律令，每歲立春後至秋分，不得決死刑。即使尹君判處掏鳥人死刑，也該等到秋後處決。」溫璋怒氣更盛，道：「大唐律法是沒有相關的法律條文可以治這個掏鳥人的罪，但這件事屬於靈異事件，烏鴉竟然會告狀！這樣的事件，如果處理不當，會影響天子和上天的關係，因此必須從嚴從重從快判決。來人，立即將此人押回京兆府，驗明正身後，按惡逆處罪，押往西市斬首示眾。」

旁人見他聲色俱厲，不敢再做任何辯白。當下有兩名差役上前，執住掏鳥人臂膀，將他半拖半拉地帶走。走出老遠，猶自能聽到他聲嘶力竭的哭聲。

便在此時，另有一名差役飛奔而來，躬身稟道：「尹君，親仁坊發生了命案，西門坊正王文木昨夜被殺了。萬年縣縣尉杜智已經到達，特命小的來請尹君示下。」裴玄靜訝然道：「親仁坊？那不就是咸宜觀與勝宅的所在地麼？」差役道：「王文木正是死在咸宜觀的後牆外。」裴玄靜匆忙望了李言一眼，道：「我們去看看！」不待丈夫回答，便抬腳朝親仁坊趕去。

原來當日早上魚玄機一行與溫璋一道進城，隨自各奔東西。裴玄靜因溫璋吩咐，要到京兆府閱覽瞭解飛天大盜案情，也隨同溫璋前往。不料魚玄機一行剛與裴玄靜分手，便遇上長安的一大幫人當街玩耍「乞寒之戲」。

乞寒之戲是一種源自西域康國的玩冬遊戲，不畏寒冷的人們脫下衣服，光著上身走上街頭巷尾，各執盆罐，互相潑冷水、投爛泥、追逐嬉鬧取樂，其中還間有旋轉如風的胡舞，所以又稱為「潑寒胡戲」，自唐初傳入中原以來，在京師十分盛行，一度被認為是勇者的遊戲。當年發動「安史之亂」的罪魁禍首安祿山、史思明二人均好乞寒之戲，以致後來曾有人以此為由向皇帝上書，要求禁止這種遊戲。

這日剛剛下過大雪，道路本已泥濘不堪，「乞寒之戲」的冷水潑處，均結成冰珠，車馬更加難行。魚玄機一行人好不容易穿過沸騰的人流，所乘坐的馬車卻因為道路太滑，陷進了溝裡，車者趙叔也誤打誤撞被一乞寒少年拿雪球擲中，一頭栽下車來，摔傷了腿。幸好有尉遲鈞、黃巢、崑崙、蘇幕同行，眾人費了九牛二虎之力才將他連人帶車送回家去，由此耽誤了不少時辰。

到達親仁坊時，卻見已經有不少金吾衛士和差役站在那裡，萬年縣縣尉杜智滿臉疲倦，正強打精神，向南門坊正詢問著什麼，一見魚玄機便道：「魚鍊師，你回來得正好！」忽見到尉遲鈞主僕竟然與魚玄機一道，後面還跟著山東貢生黃巢，頗為驚訝，但他有公務在身，無暇閒話，只略微點頭招呼，便續道：「魚鍊師，坊正王文木在你們咸宜觀後牆外被人殺了！因為下雪的緣故，屍體剛剛被發現！」頓了頓，又道：「還有人在你們咸宜觀外的牆壁上寫了字……」

魚玄機不等他說完，便急忙朝咸宜觀奔去。只見咸宜觀後牆外圍聚集了不少人，有差役，有金吾衛士，也有趕來看熱鬧的閒人。綠翹與一名紅衣女子也遠遠站在一旁。魚玄機匆忙趕將過來，本自擔心綠翹有事，見到她安然無恙，這才長舒了一口氣。

那紅衣女子一見到魚玄機，立即興奮了起來，遠遠便叫道：「魚姊姊！」魚玄機一見到她，也是喜出望外，上前握住她的手，問道：「國香，怎麼是你？什麼時候來的？」國香道：「我昨日才到長安，來咸宜觀找你，綠翹說你出遠門，我便在咸宜觀住下，結果今早起來逛一逛，回來才聽說這裡出了命案。」魚玄機道：「到底是怎麼回事？」綠翹道：「我們也不知道事情究竟。適才萬年縣縣尉帶人來敲門，我才知道王老公死在咸宜觀外頭。」

魚玄機忙擠過人群。只見咸宜觀後牆上從右往左清晰地寫著「生不畏京兆尹，死不懼閻羅王」，字跡極為潦草，不成章法。「王」字下有一個小小的木桶，裡面裝滿白色的染料，因天氣寒冷，已然凝固。木桶旁邊還有一把刷子。坊正王文木剛好仰天躺在「生」字底下，半邊身子都掩在雪地中，額頭到鼻子上有一道明顯的血跡。腦後也有少許血跡，已經成為血冰。

魚玄機一見那牆上的筆跡，便覺得十分熟悉。綠翹跟將過來，也道：「鍊師，字跡與一年前的一模一樣，肯定是王文木幹的。」

杜智已經帶著南門坊正、尉遲鈞等人跟了過來，問道：「為什麼說是坊正老王做的？」綠翹氣憤地道：「王文木總是來我們咸宜觀找鍊師借錢，從來都是有借無還。而且也不是幹什麼正經事兒，全拿去買酒喝了，每次都喝得醉醺醺的。一開始鍊師還借給他，後來咸宜觀一度快維持不下去了，哪還有錢借他。他借不到錢，就不停地在門外埋怨鍊師。我忍不住，出來數落了他幾句。從此以後，王文木每次到咸宜觀外的時候都要罵罵咧咧的，均是些不堪入耳的髒話。」

杜智皺眉道：「王文木身為坊正，竟然會做出這等事？」似乎不大願意相信。尉遲鈞忙道：「這點我可以作證，實情確實如此。」

魚玄機前天離開親仁坊時還見過王文木，今日回來便已經陰陽相隔，頗有人生無常之感，心想人死為大，便有心為他開脫，道：「其實最近一陣子，王老公已經好多了。」

綠翹冷笑道：「鍊師別以為他突然變成什麼善人了，還不是因為李近仁李君主動送了他一筆錢！」魚玄機大感意外，問道：「李近仁給過王老公錢？」綠翹自覺失言，後悔不迭地道：「唉，本來李君叫我不要告訴鍊師的，都怪我一時氣憤，還是說漏了嘴。」魚玄機默不作聲，若有所思。

綠翹又道：「這還沒過幾天！昨日王文木又來觀外罵人了。」杜智奇道：「昨日？」綠翹道：「嗯。就在國香到來之前。不過當時李近仁李君也在咸宜觀裡，他全聽見了，可以替我作證，我可沒有冤枉他。說實話，王文木這種人死了倒也清靜！」

杜智道：「可是目前的局面明顯對你們咸宜觀不利。」綠翹奇道：「難道還會有人懷疑是我殺了他麼？」杜智看了一眼魚玄機，不再說話。綠翹見縣尉如此神色，更覺驚訝，問道：「杜少府不會連鍊師也懷疑罷？她昨晚可是不在觀裡。」

一旁黃巢忙道：「對，魚鍊師昨晚與我們一行住在城外客棧，我和王子殿下都可以作證。」尉遲鈞也道：「魚鍊師昨晚確實跟我們在一起。」杜智見眾人誤會他懷疑魚玄機殺人，忙道：「不是，我不是這個意思……」魚玄機忽插口道：「我知道杜少府的意思，綠翹有嫌疑，李近仁有更大的嫌疑……」綠翹道：「不可能！李君昨晚住到勝宅中去了！」頓了頓，又不服氣地道，「要說嫌疑，那我還可以說昨晚在這親仁坊區內的所有人都有嫌疑呢！」

杜智正待再解釋，只聽見有人叫道：「讓一讓……」赫然是李言的聲音。魚玄機驚喜地回過頭去，果然看見裴玄靜與李言一道擠過人群走來。

國香一見，也大為歡喜，叫道：「裴姊姊，你也來了！」

裴玄靜乍然見到國香，很是意外，但她來不及閒話家常，只是點頭回應，便逕自走到圍牆下，仔細勘察牆上的字跡和雪地上的屍體。國香奇道：「裴姊姊在做什麼？」魚玄機道：「她在尋找破案的蛛絲馬跡。」李言任憑妻子作為，只將杜智拉到一旁，竊竊私語。

當下眾人站在一旁靜靜地看著裴玄靜，只有國香一刻也不得閒，忙著告訴魚玄機她來長安後的經歷：「魚姊姊你不知道，我昨日一到長安，便看到一位年輕漂亮的公子被惡人拿石頭擲中額頭，血流了一臉。大正月的，莫名其妙挨了一石頭，可真夠倒楣的，不過人還好，沒什麼大事兒。有人認出他是右拾遺韋保衡，要幫他到萬年縣報官……」

魚玄機心思全然不在這裡，只是心不在焉地聽著，陡然聽到「韋保衡」三個字，登時留了神，問道：「那後來呢？」國香道：「後來可就更奇怪了，路人好心要幫他報官，卻被他粗暴地拒絕了。後來他的隨從趕過來扶他，也被他不耐煩地甩開手。」

魚玄機道：「那隨從是不是二十來歲、身材瘦弱？」國香道：「是啊，原來魚姊姊也認識他。」魚玄機道：「他應該是韋保衡府中的樂師陳韙。」一時之間，不由得又想起下毒害死溫庭筠的凶手——韋保衡、李近仁、李億、李可及、陳韙，到底是誰呢？

國香猶自絮絮叨叨，繼續講她的經歷：「……我突然發覺肚子好餓，怕挨不到咸宜觀，於是就在路邊找了家館子，吃完才知道長安的尖饅頭[1]這麼貴，我帶的錢根本不夠付帳。店家還解釋之前並非如此，說是去年關中大旱後，長安的糧價突然翻了五倍，他們也不得不跟著漲價。難怪我來長安的路上，遇到那麼多人以橡實為食。哎，當時真是羞也羞死了，我都不知道該怎樣脫身，想報出魚姊姊你的名號，又怕丟了你的面子。幸好我命大福大，遇到一位年紀跟我差不多的小娘子，她幫我付了酒帳。對了，她還說要再找我玩，我就告訴她我住在咸宜觀。魚姊姊你不會怪我罷？」魚玄機隨口答道：「當然不會。你一來就能結識如此見義勇為的朋友，這是好事。」

國香笑道：「是啊。她人很好的，我們不過萍水相逢，她還送給我一條手絹。」一邊說著，從衣袖中取出一條紋路精緻的手帕，炫耀道：「好看罷？」魚玄機道：「好看。」突然意識到什麼，取過那條手帕看了看，驚訝地道：「這是紋布巾。」國香奇道：「紋布巾？很名貴麼？怪不得梅靈送我的時候，她那個隨從還想阻止，好像很捨不得的樣子。」魚玄機失聲道：「你說她叫梅靈？那她是不是姓李？」國香道：「是啊，魚姊姊認識她麼？」魚玄機心想：「李梅靈便是當今皇帝愛女同昌公主，她送給你的這條手帕紋布巾是稀世珍寶。既然公主沒有表露真實身分，那麼我也不便拆穿。」於是便道：「不，不認識。」

國香不知內情，又道：「梅靈那個隨從，樣子很奇怪，老是愁眉苦臉的，不過說話的聲音卻好聽極了。」魚玄機暗想：「那便是李可及了。只是不知道這二人怎麼會到尋常飯館吃包子。」便問道：

「他們也是到那裡吃飯麼？」國香搖了搖頭：「不是。那個隨從好像在向夥計打聽什麼事兒，大概是有人在那家飯館喝醉酒，說要賣什麼物事，而梅靈想買，所以特來詢問。」

魚玄機心想：「勞煩同昌公主親自尋訪的東西，肯定非同小可。」她突然意識到什麼，靈光一現地問道：「那小娘子想買的物事是不是叫九鸞釵？」國香也不能十分肯定，道：「好像是罷。我聽那隨從跟梅靈提了很多名字，什麼鷓鴣枕、翡翠匣、火蠶綿的，好像其中也有九鸞釵。」

魚玄機心中頓時如同翻江倒海，忖道：「鷓鴣枕、翡翠匣、火蠶綿這些都是同昌公主擁有的寶物，她唯獨沒有九鸞釵。看來真是李可及下毒害了飛卿，他一心想要得到九鸞釵以討好公主和聖上。果真如此的話，我自當為飛卿討回公道。只是不知道為何那九鸞釵又落到他人手中。」她心中疑問甚多，以她乾脆的性格，恨不得即刻就去找李可及問明真相。

又聽見國香續道：「還有奇事在後頭呢。我出飯館的時候，又遇到了韋保衡和他的隨從，還聽見他跟梅靈的隨從打招呼，好像叫他『江軍』什麼的，原來他姓江。」魚玄機心想：「是將軍，哪有什麼江軍。」當下也不說破，任她說下去。

國香道：「不過後來就很順利了，我問了路，找到咸宜觀，一敲門，卻是個男的，嚇了我一大跳。後來才知道他叫李近仁，是特意送食盒來給魚姊姊的，不過魚姊姊不在，盡數進了我和綠翹的肚皮……」魚玄機駭然地望著她，這個毫無心計的女子，竟然在到達長安後短短一會兒功夫，便遇到除了李億之外的所有疑凶，這是意外巧合？還是冥冥中的某種註定？

她正要詳細詢問，卻見裴玄靜已經檢查完現場，走過來向眾人道：「雖然大雪將凶手腳印這些重要痕跡都掩蓋了，但還是留下一些蛛絲馬跡。」

杜智已經聽李言說京兆尹溫璋讓裴玄靜協助查案的情況，他雖然並不如何瞭解裴玄靜，但一名弱質女流之輩能得京兆尹如此器重，料來必有過人之處，便客氣問道：「娘子有何發現？」裴玄靜道：「坊正王文木應該是到咸宜觀的牆外來刷字，意外遇到凶手，凶手為滅口，才殺了他。」

南門坊正不知道裴玄靜的身分，他雖然與王文木關係一般，但畢竟同為坊正，頗有兔死狐悲之感，不免懷疑地問道：「娘子憑什麼這麼說？」裴玄靜道：「大家看，王文木的右手和左手手掌上沾了白色染料，因此在木桶的手柄和刷子上都留下了清晰的白色掌紋。從手柄和刷子的掌紋來斷定，王文木應該是左撇子。」南門坊正道：「對，左撇子這一點我可以證實。但這也不能說明這些字就是老王寫的。」

裴玄靜道：「請再看他的臉上和前胸的衣服，都有斑斑點點的白色染料，那是他在仰頭刷字時留下的。尤其能說明問題的是，他是左撇子，左臉和左邊衣服上的塗料要比右邊的多。」眾人一看，果然如此，頓時無不嘆服。

杜智也開始對眼前這位嬌弱的娘子刮目相看，又問道：「那娘子如何得知王文木是因為偶然遇到凶手而被殺的呢？」裴玄靜道：「這一行字，從右往左，並無奇特之處。但剛好王文木是左撇子，刷完最後一個字『王』的時候，左臂自然會往左收回——也就是說，『王』字最後一橫該有一個鉤，跟上面的兩橫一樣。但這個『王』字的最後一橫卻沒有刷完。這表明王文木刷到這裡的時候聽到了什麼，來不及寫完，因此落在最後的是個點。」

杜智道：「也許他聽到有人走過來。」裴玄靜點點頭：「正是如此。王文木聽到不尋常的動靜後，擔心自己被識破，於是將木桶和刷子扔在牆角，走過來查看究竟。當他走到『生』字這裡時，剛好遇到了凶手……根據傷口處的殘痕來看，凶器應該是一根木棒，長不過尺，寬不過寸，凶手就用這件凶器，迎頭敲擊王文木的頭，王文木仰天倒下。這個時候，他本來還沒死，只是失去了知覺，但因為天氣寒冷，他在外面已經待了很長一段時間，倒在雪地後，很快就被凍僵了，無法動彈……」

南門坊正半信半疑地道：「娘子說老王是凍死的？」裴玄靜道：「最後的死亡原因如此。當然，直接的凶手仍然是那個給了他當頭一棒、將他打暈的人。」

南門坊正愣了愣，突然指著綠翹嚷了起來：「是她殺的！就是她殺了老王！」綠翹剛要辯駁，魚玄機拉了拉她，搖搖頭，示意她不必跟南門坊正一般見識。

果聽杜智問道：「坊正這麼肯定，可有什麼憑據？」南門坊正道：「綠翹經常跟老王吵架，大夥兒都知道的，這就是憑據。」裴玄靜道：「可是你應該知道綠翹腿不方便罷？」南門坊正道：「當然知道了，是被李億那個惡老婆裴氏打瘸的麼！」他突然意識到什麼，「也是喲，綠翹腿不方便，不大可能殺死老王。」眾人見他自說自話，很快就自己將自己駁倒，都一起哄笑了起來。

南門坊正深感受到嘲笑，更加不甘心，便指著魚玄機道：「那肯定就是魚鍊師殺的！老王有一次跟我說，他曾經看見魚鍊師用一種很奇怪很可怕的眼光看著他，嚇得他背上都出了一身冷汗。」國香忍不住插口道：「眼光能殺人麼？恐怕是這王老公自己心裡有鬼罷？」眾人再次哄笑起來。

南門坊正漲紅了臉，氣急敗壞地道：「就如你們所說，老王是到咸宜觀來刷字，那更加說明魚鍊師有殺人的動機和嫌疑！人就死在咸宜觀外，絕對跟魚鍊師脫不了干係！」尉遲鈞道：「我與黃公子都可以證明，魚鍊師昨天晚上不在長安城。如果坊正還不相信，可以到京兆府向府尹求證，昨夜他跟我們住在同一家客棧。」聽到他搬出了京兆尹的名頭，南門坊正這才蔫了，訕訕地縮到人群中，不敢再說話。

裴玄靜道：「凶手不會是咸宜觀的人。他會武藝，是個練家子。」杜智見她態度相當肯定，不由得頓生自慚形穢之感，當即問道：「娘子憑什麼這麼判斷？」裴玄靜道：「杜少府請看死者傷口的位置，棒剛好打在額頭正中。傷口周圍瘀痕很小，可見手法拿捏得恰到好處，力道不輕不重，剛好把死者打暈，卻不致命，只有高手才能做到！」

李言道：「也許他本來的目的並不是要殺人，而是要將王文木擊暈，才好從容逃走。」杜智道：「凶手也有可能完全是誤打誤撞的普通人，在驚慌失措的狀態下，用棒打了王文木，因為力道不夠卻沒打死。」裴玄靜道：「普通人很難用一根寬不過寸的木棒一下就將人擊倒。少府請看，王文木是直挺挺地倒下的，可見這迎頭一擊又狠又準又快。」又歎了一口氣，惋惜道：「可惜，大雪將腳印掩蓋了，不然的話，應該能找出更多蛛絲馬跡。」

國香插口道：「昨晚我就聽到外面有動靜，叫醒了綠翹，綠翹卻說是風聲，非不讓我出來。要不是她攔著……」綠翹道：「要不是我攔著你，說不定你現在跟王文木一般，躺在那裡了。」國香本來還想埋怨綠翹不該攔阻自己，聽她這麼一說，確實有道理，這才不吭聲。

杜智奇道：「昨夜大雪，天氣奇冷，一般人都恨不得縮在家裡，誰也不會平白無故地大半夜出門。老王大冷天跑出來，自是為了報復咸宜觀。那麼殺死他的凶手是為了什麼而來呢？」眾人也覺得蹊蹺，站在雪地裡議過一回，卻無結果。人群也開始慢慢散去。杜智命人將王文木的屍首抬走，打算返回萬年縣衙再說。裴玄靜卻要求留在咸宜觀，李言不便勉強，便囑咐了妻子幾句，自己前去京兆府。

黃巢也想跟裴玄靜留在咸宜觀，哪怕多看一眼魚玄機也是好的，但卻不便開口，便對尉遲鈞道：「殿下，要不你我也留下來，看有什麼能幫到魚鍊師。」尉遲鈞尚在躊躇中，裴玄靜忽道：「若是二位能留下，那真是再好不過。」魚玄機聽她如此說，有些意外，只好道：「就怕勞煩了殿下和黃公子。」黃巢忙道：「只要鍊師不嫌我們打擾便好。」極為謙恭，大有巴結討好之意。魚玄機看在眼中，心中已有幾分明白，只佯作不知。尉遲鈞便吩咐崑崙、蘇幕將各人的馬匹先牽回勝宅，再多送些食物到咸宜觀來。

裴玄靜又特意向魚玄機說明，京兆尹命她從旁協助調查溫庭筠一案之事，魚玄機點頭道：「如此甚好。飛卿和王老公的案子都與咸宜觀有關，我也不能坐視不管。」隨即招呼眾人往觀裡走去，自己則走過去挽起裴玄靜的手，悄聲交談著。

黃巢對魚玄機的一言一行極為留意，只覺她這句話頗為古怪，暗自想過一回，悄悄拉住尉遲鈞問道：「殿下可聽到，魚鍊師適才說溫庭筠和坊正王文木的案子都與咸宜觀有關？」尉遲鈞道：「老王與咸宜觀有關，是因為死在咸宜觀外，咸宜觀的人又被認為有殺人的動機和嫌疑。而溫庭筠的案子……」一時遲疑，莫非是因為她與溫庭筠的私人關係，所以才這般說？當下低聲說了自己想法，黃巢卻道：「我猜她說溫庭筠之死與咸宜觀有關，是說與咸宜觀某個人有關。」尉遲鈞道：「如此可就說不通了，咸宜觀只有魚鍊師和綠翹兩人……」

正悄悄瞎議論著，忽見南門坊正從後面追來，叫道：「魚鍊師！」魚玄機正忙著將從國香口中得知的九鸞釵一事告訴裴玄靜，不及回應。綠翹之前被南門坊正胡亂攀誣，已經十分不快，以為他又要來滋事，當即厲聲喝道：「你又來做什麼？」南門坊正怯生生地道：「有件事……」

魚玄機已然走過來，問道：「什麼事？你是不是想到了什麼？」南門坊正道：「我昨夜當值，半夜在坊內巡視的時候，遇到過李近仁李君。當時他正朝咸宜觀方向走來……」眾人大吃了一驚。魚玄機急問道：「你能肯定麼？」南門坊正道：「絕對不會錯。李君經常來咸宜觀，我認得準他。」國香突然道：「我也想起來了！」

原來她昨夜沒有睡實，今日一大早又被城中開門的鼓聲敲醒，便乾脆起床，出來後看到外面下過一場大雪，白茫茫一片，不免興奮異常，打算好好欣賞長安的雪景。不料當時西坊門尚未打開，四處找不到西門坊正王文木，好幾個人都等在那裡，其中就有李近仁。後來有人認定王文木一定是昨夜喝醉酒了，於是找來南門坊正，這才開了門。結果李近仁焦急異常，甚至不等坊門完全打開，便搶先閃身出去，離開得十分匆忙。現在回想起來，他的形跡著實可疑。

黃巢道：「如此看來，李近仁確實有很大的嫌疑。」尉遲鈞道：「聽起來令人難以置信。李兄為何要殺死王老公？」黃巢看了一眼魚玄機，道：「當然是為了咸宜觀。」魚玄機已然明白他話中之意，只道：「如果真是李近仁殺人，為何他一大早還要等在西門？他應該知道王老公已經死了，西門沒有坊正應門才是。」這句話甚為有力，黃巢一時答不上來。卻聽見裴玄靜道：「也許他起初只是想教訓一下王文木，所以將他打昏在地，卻料不到王文木已然在外面凍了很久，身子早是半僵，這一倒地，就再也沒能起來。」頓了頓，又道，「我知道李近仁身懷武藝，這點恰好也與殺死王文木的凶手相符。」

眾人都覺得裴玄靜的推斷十分有理，就連一心想出言維護李近仁的尉遲鈞也沒了話說。只有魚玄機搖頭道：「我不相信。李近仁是個習慣用金錢來解決事情的人，絕不會用武力……」一語未畢，陡然呆在那裡。眾人順著她的目光望去，驚訝發現適才議論的重要人物李近仁正站在後面不遠處。

一進咸宜觀，魚玄機便請眾人到廳堂坐下，卻單獨將李近仁一人叫到書房。此舉理所當然惹來眾人疑慮，懷疑的焦點開始集中在李近仁身上。尉遲鈞回憶起昨日在鄠縣時，當魚玄機聽到昆叔提到李近仁時曾神色大變，又是驚詫又是緊張的樣子。裴玄靜則提到在三鄉驛遇到李近仁時，見他手中抱著一個跟溫庭筠府中裝盛九鸞釵一模一樣的木盒。這一點，實在太過巧合，不由得不令人生疑。

黃巢心繫魚玄機，早已經看出這李近仁也是魚玄機的愛慕者，忍不住插口道：「會不會是李近仁為了魚鍊師而殺人？我的意思是，他不但殺了西門坊正，還殺了溫庭筠。」口中說著，心中卻想：「為了她，我斷然也會這樣做。」一時之間，內心充滿了虛幻的柔情蜜意。

裴玄靜一聽便即會意黃巢所指，當即道：「如果說李近仁為了魚鍊師殺死王文木，倒是合情合理。但魚鍊師對溫先生尊敬有加，李近仁若是加害，絲毫不能討好魚鍊師，因而說他為了魚鍊師而下毒害死溫庭筠的說法並不能成立。」

綠翹正為眾人端茶水進來，聽了這話大吃一驚，顫聲問道：「溫先生被人害死了？」尉遲鈞道：「是啊，你還不知道麼？」綠翹搖了搖頭，道：「前日有人來給鍊師送信，鍊師看了信後也沒說什麼事，就說要出遠門，然後便匆匆走了。原來……原來是溫先生過世了……」咬了咬嘴唇，加重語氣問道：「是誰下的毒？」裴玄靜搖了搖頭：「目前還不知道。」綠翹急促地問道：「那鍊師為什麼單獨找李君到書房？」眾人均搖頭，也表示對此不解。

綠翹越來越惴惴不安，臉色一陣紅一陣白的。國香聽過她曾為保護魚玄機被主母裴夫人打瘸腿的故事，知道她與魚玄機情若姊妹，便自告奮勇地站起來：「綠翹你別擔心，我這就去書房看看魚姊姊和李近仁談得怎樣了。」也不等眾人回應，便一溜煙地跑向書房。

書房位於咸宜觀的最西側，佈置得頗為雅致。南面靠窗半桌上放置著一個盛滿水的淡青色瓷器，裡面斜插著數枝梅花；西首擺著一張琴桌，上有一張梅花斷紋的古琴；上首擺著一張長案，案上堆滿了書本、詩籤、扇面，及文具。幾個古錦斑斕的坐墊散放於地上，悠然意遠。

房內二人卻沒有坐下，均憑窗而立，各自一臉肅色。魚玄機緩緩地道：「近仁，承蒙你一年來關愛，多方照顧咸宜觀，我一直很感激。然而人命關天，我只想問你，到底是不是你殺了人？」李近仁道：「原來鍊師懷疑是我殺了西門坊正。」他話雖如此，卻絲毫不覺意外，不動聲色的態度反而更加令人起疑。

魚玄機卻道：「不……不是……我沒想過你會殺了王老公。我是說，飛卿的死……」她開始有些局促不安起來，實在不願意直接質問李近仁是不是凶手，她知道眼前這個人默默為她做了太多，她實在不該懷疑他的。

李近仁卻依舊溫和平靜，問道：「鍊師是想說，是不是我下毒害了溫庭筠，對麼？」魚玄機道：「原來你早知道飛卿死了。」心中的懷疑不由得又加重了幾分。李近仁卻自有一套說辭，解釋道：「我前日聽綠翹說鍊師匆匆出門，昨日在咸宜觀等了鍊師一整天，依舊不見人影，甚是牽掛，所以今日一早趕到京兆府，想求熟人打探，卻意外聽說溫先生被毒殺的事。」

既然話頭已起，魚玄機便不再忌諱，直截了當地道：「可是你半個月前去過鄠縣溫府！當我聽昆叔說你去過時，你不知道我有多驚詫！我知道你對飛卿一向有很深的偏見。」說到後來，她的情緒明顯變得激動。李近仁問道：「所以鍊師就懷疑是我殺了溫庭筠？」

她驚疑不定的目光審視著他的臉，但他出人意料地平靜，沒有任何不安。她似乎也受到了感染，感到一種安慰，起伏不定的心神開始平靜下來。

國香已然悄悄溜到書房外。她好奇裡面二人到底在談些什麼，因而到門外便刻意放輕腳步。只聽見李近仁道：「既然鍊師認定我有動機，一口認定我就是凶手，我也沒有辦法。」語氣甚是平和。魚玄機道：「你不是一直很討厭飛卿麼？」李近仁答道：「嗯，確實如此。」

國香聽了大吃一驚，心想：「難怪魚姊姊一開始就懷疑李近仁，原來他跟溫先生早就有宿仇。」再凝神靜聽，又聽見魚玄機道：「我想親口聽你說——你沒有殺飛卿。」李近仁深深歎了口氣，道：「就算我說了，在鍊師內心深處，真的會相信麼？」

國香只覺得這二人對答甚有玄機，她心思簡單，也想不明白這些。但書房裡面再無動靜，陷入了長久的沉默。這沉默有一種可怕的感染力，竟然帶動門外天真的國香也黯然神傷了起來。她想了想，便離開書房往廳堂走去。

崑崙與蘇幕從勝宅取來一些食物和酒水，送到咸宜觀廳堂。眾人早已經餓了，也學著尉遲鈞的樣子，各自將尖饅頭與肉乾用木箸夾著，拿到炭火盆上邊烤邊吃，倒也香甜可口，別有一番風味。

崑崙還帶過來一個特製的酒爐，下有爐灶，可加入木炭，上有酒，特地用來熱酒。幾杯熱酒下肚，身子立即熱了起來，尉遲鈞甚至解開了外套。他又特別推薦大家吃一種被稱為「銀餅」的食物，說是乳酪膏腴所製，也是傳自西域，就連當今皇帝都十分喜愛，一天要食用十幾枚。

黃巢聽了很是好奇，便取了一枚銀餅，只吃一口，便覺得味道極怪，滑膩中有股酸味，好不容易就著尖饅頭才吃完。他一直不見甘棠，早就十分詫異，特意問起，才知道尉遲鈞預備返回于闐，而按照貞觀二年唐太宗敕書，胡人歸國，不得攜帶漢婦女，因而尉遲鈞已經事先做安排，將甘棠送給大將軍張直方。

黃巢一聽大為驚訝，不由得多看了蘇幕兩眼。倒不是他對蘇幕有意，而是那日他明明親眼見到張直方與蘇幕更為親密曖昧。不僅他奇怪，就是尉遲鈞也甚為不解。以往張直方每每到勝宅來，總是與蘇幕調笑，不見如何與甘棠親昵，料不到他卻只要了甘棠。

尉遲鈞又暗中品度著黃巢，心想此人性情不錯，又志在功名，是個可以託付蘇幕的合適人選，便道：「黃君若是不嫌棄……」黃巢當即會意，生怕他說出下面的話徒增蘇幕尷尬，忙道：「幸得我是漢人，意中人也是漢人，可沒有殿下這樣的煩惱。」

他如此說，尉遲鈞只得哈哈一笑。蘇幕心中明白，自感難堪。裴玄靜正要圓場，卻見國香走了進來，目光顯出幾許木然，幾許迷亂，不由得十分納悶，問道：「怎麼了？」國香只是搖搖頭。又見李近仁與魚玄機前後腳跟了進來，神色亦各見落寞，便不再追問。

裴玄靜仔細斟酌半晌，終於還是開了口，向李近仁道：「李君，我有幾個問題想問你。」李近仁已經聽魚玄機提過她的身分，便點點頭。眾人的目光一起落在他身上，屋裡一下寂靜得可怕。李近仁卻絲毫不亂，儼然流露出江東富豪穩若磐石的派頭。

裴玄靜問道：「李君會武藝，對罷？當初我們在三鄉驛有過一面之緣，你的僮僕丁丁曾經提過。」李近仁道：「嗯。我是商人，沒一點武藝傍身，怎麼敢走南闖北？」黃巢插口道：「凶手剛好是個練過武藝的人。」尉遲鈞卻辯解道：「這說不定只是巧合。」

裴玄靜道：「南門坊正昨晚看到李君來過咸宜觀，時間大概就在坊正王文木遇害的時候。這一點，蘇幕也可以證實。」蘇幕點了點頭：「我聽府裡的人提了。」又補充道：「不過，門房說李君只是出去走走，散散酒氣。奴家也決計不相信他會殺人。」

裴玄靜道：「會不會是李君出來走走的時候，剛好看到坊正王文木正在咸宜觀牆上刷字，所以一氣之下殺了他？」李近仁搖了搖頭：「我沒有殺他。」

黃巢道：「那你為什麼深更半夜來到咸宜觀？」言語頗有敵意。李近仁看了他一眼，還是平靜地回答道：「昨晚夜禁後，我在尉遲王子家中借宿，不料王子殿下並不在家，幸好勝宅的僕人熱情招待我。本來我酒飽飯足後即刻睡下了，突然想到白日在咸宜觀遇到的國香娘子很可疑……」

國香大詫：「我可疑？我有什麼可疑的？」李近仁道：「你自稱是鍊師的朋友，但綠翹並不認識你。」魚玄機道：「國香確實是我的好姊妹。我們在鄂州時結識的。」李近仁點點頭：「不過當時我並不知道，擔心綠翹一個人在觀裡，便想來看個究竟。路上，我確實看到南門坊正，不過卻沒有打招呼。到了咸宜觀後，我本來是要敲門進去的，但又怕綠翹已經睡下，就站在外面聽了聽，沒有動靜，便離開回勝宅了。」

國香道：「可是我早上明明看到你匆忙離開。」李近仁道：「敲門鼓一響，我就起來了，再次來到咸宜觀，結果看到牆上的字……」黃巢道：「那西門坊正的屍首呢？」李近仁道：「當時我沒看見。昨夜雪下得很大，他的屍體可能被雪蓋住了。」黃巢還要再說，裴玄靜卻點了點頭。

李近仁道：「我擔心綠翹遭了意外，正想進去時，卻聽見裡面綠翹在跟國香說話……」裴玄靜道：「所以你就匆匆走了？」李近仁道：「嗯。」

國香道：「我猜李君你急忙外出，應該是趕著出去找魚姊姊，對不對？」她在書房外偷聽到幾句話，已經感覺這個男人與魚玄機有種不同尋常的親密關係，她單純活潑，心中容不得事，便逕直問了出來。

眾人均大感意外，李近仁卻沉默不答，顯然已經默認。黃巢則莫名其妙地對這個男人產生了一股厭惡之情，心中竟然隱隱巴不得他就是殺人凶手。

眾人胡亂吃了一些食物，崑崙和蘇幕收拾妥當後自行離開。綠翹重新提了一大壺菊花熱酒進來，以助眾人禦寒。這菊花酒又稱長壽酒，須釀一年之久。每每菊花盛開時，並採莖葉，雜黍米釀造，至翌年九月九日始熟，才可飲用。

綠翹身姿豐腴，自有一種動人顏色，只是瘸了一條腿，行動頗為不便。魚玄機急忙迎上前去，欲接過酒壺。綠翹笑道：「還是讓我來罷。你們繼續談你們的。」她走過去，最先為李近仁倒了一杯溫酒。李近仁抬頭看了她一眼，微微點頭，以示感謝之意。

綠翹已經知曉眾人均懷疑是李近仁殺死王文木，又道：「請恕我多一句嘴，李近仁君一直關照咸宜觀，他決計不會害我們的。試想如果真是他殺了坊正老王，他為何還要將屍首留在咸宜觀後牆外？」這句話甚是有力，眾人聽了心頭均是一凜，暗暗稱是。

裴玄靜想了想，便道：「既然李君說沒有殺王文木，那麼這件案子暫且放在一旁。李君，我想問你，你為什麼在半個月前去鄠縣溫府？」李近仁道：「我是特意去拜訪溫先生的。」裴玄靜道：「是出於什麼目的呢？」李近仁道：「當然是仰慕溫先生的才學。」他特意加重了「才學」兩個字，反倒聽起來很有些牽強附會。

裴玄靜又問道：「李君是第一次拜訪溫先生罷？」李近仁點了點頭。裴玄靜道：「李君到長安經商兩年有餘，為什麼溫先生在長安任國子助教時，你不去拜訪，偏偏在溫先生被貶後，才去偏僻的鄠縣溫府拜訪呢？」李近仁一呆，頭一次露出了茫然的表情。

魚玄機一直緘默不語，在目前的情形下，她雖然焦灼萬狀，卻實在不便開言。她已經強烈地預感到，真相就要浮出水面。那麼，如果眼前這個人真是凶手，她又該怎麼做呢？

李近仁沉默片刻，終於道：「我一直來往於江東和京師之間，忙碌於生意。半月前，我再次來到京師時，突然聽說溫先生早已經被貶出京師，心想若是再不去拜訪，等他到隨縣赴任，便來不及了，所以才臨時起意。」

他的口氣很平穩，如同敍述別人的故事一般。只有魚玄機從他那淡漠的眼神中看出了一絲哀傷和無奈，正是這一點，再次令她本已暗淡的疑心再次濃厚黏稠了起來。

裴玄靜道：「就李君一個人去的麼？」李近仁道：「我那天沒有騎馬，而是乘車，同去的還有車者萬乘。」這萬乘，裴玄靜原也認識，正是當日駕墨車到河南迎親的專業車者。

裴玄靜先看了一眼魚玄機，這才道：「這件事……我是說李君去鄠縣溫府的這件事，還告訴過別人麼？」李近仁立即會意了裴玄靜的意思：「沒有，魚鍊師也不知道。」

魚玄機幾次欲言又止，一旁黃巢忍不住問道：「魚鍊師，你是不是有什麼要說的？」魚玄機道：「我……」望了李近仁一眼，又道，「沒什麼……」

便在此時，前院有人大力敲門，高聲叫喊道：「國香！國香！」國香驚訝地道：「哎呀，是梅靈的聲音。她果真來找我了！」起身便往大門奔去。魚玄機急追出來，叫道：「國香，她是……」

卻見國香已經拉開大門。李梅靈披一襲金色貂皮斗篷，天真爛漫，笑語盈盈地站在門口。背後尚跟著一人，正是李可及。魚玄機當場呆住，不知道是否該告訴國香對方是公主身分。

眾人聞聲從廳堂出來，尉遲鈞認得李梅靈，不由得失聲道：「那不是……」裴玄靜早已從魚玄機口中得知李梅靈是皇帝愛女同昌公主一事，急忙「噓」了一聲。尉遲鈞會意，便不再多說。

卻見李梅靈上前握住國香的手，笑道：「國香，你果然在咸宜觀，我是特意來看你的。」國香渾然不知對方身分，喜不自勝，忙道：「快進來！快進來！」拉著她的手，到魚玄機面前道：「魚姊姊，這就是我跟你提過的梅靈。」

魚玄機一時不知該如何稱呼，正躊躇間，卻聽見李梅靈道：「魚鍊師，我久聞你的大名，今日一見，果然神姿風采，令人覬慕。」

魚玄機見李可及向她搖了搖頭，知公主不喜身分被當場揭穿，便道：「娘子過譽了。清貧之地，就請進屋喝杯熱茶罷。」李梅靈甚是高興，道：「那我就不客氣了。」她是公主身分，早就習慣了凡事以自己為中心，也不招呼他人，便自笑嘻嘻地進了廳堂。裴玄靜趁機將國香拉到一旁，低聲叮囑了幾句，國香乾脆地點頭道：「好，我知道了。」

眾人進來後，國香一一介紹。除了魚玄機、裴玄靜和尉遲鈞，旁人均不知道李梅靈的公主身分，但見李可及對她極為恭敬，甚至不敢在她面前坐下，以他的將軍身分尚且如此，諒此女非同小可，是以也相當拘束。

李梅靈一時記不清這麼多人的名字，只覺得這麼多陌生人擠在一間屋子裡相對，甚是無趣，便問國香道：「這咸宜觀有什麼好玩的地方麼？」裴玄靜向國香使了個眼色，國香笑道：「聽說這後院有梅花，我帶你去看。」李梅靈道：「梅花？只聽說咸宜觀的菊花黃金印很特別，梅花麼……」露出了很不以為然的樣子。裴玄靜道：「咸宜觀的梅花可不是普通的梅花，比菊花還要特別。」李梅靈依舊是小女孩心性，登時來了興趣：「是麼？那我一定要去看看。」上前挽了國香的手便走。

李可及叫道：「娘子……」正欲跟出門去，魚玄機叫道：「李將軍請留步。」李可及回身問道：

「錬師有事麼？」魚玄機道：「我們有很重要的事要問李將軍。」李可及猶豫了一下，雖然看上去不大情願，但還是退了回來。

李近仁見狀便站起來，道：「既然錬師還有客人，那我先告辭了。」裴玄靜道：「你還不能走。」李近仁一愣，問道：「怎麼，已經確認我就是疑凶了麼？」裴玄靜道：「李君請不要誤會，是我還想再多瞭解一些情況。」

魚玄機心想：「若是由我來問李可及，多有不便之處，不如將他交給裴玄靜。」裴玄靜也是一般的心思，暗忖道：「這李可及涉及美人醉，深宮事密，凶險萬分，案情明朗之前，決計不能讓旁人知曉，也不能讓尉遲鈞和黃巢無辜捲入這場風波。」便向魚玄機使了個眼色。二女已然極有默契，魚玄機當即知意，道：「這樣，我先送王子殿下和黃公子出去。綠翹，你陪李近仁君到書房等我。娘子，這裡先交給你。」

尉遲鈞已然明白魚玄機不欲自己參與此事，出來後便趁機告辭，順便邀請黃巢到勝宅做客。黃巢的心思全在魚玄機身上，當然捨不得就此離開咸宜觀，但魚玄機已然明確下了逐客令，卻也不便多留。

黃巢轉念又想：「她現在滿心想的都是要抓住害死溫庭筠的凶手，若是我能幫到她，一定能令她對我刮目相看。凶手無非是五個人中的一個，李可及、李近仁、韋保衡、陳韙我都見過——李可及陰陽怪氣，不是爽快的男人，我真懷疑他根本就是個太監；韋保衡容貌英俊，看上去是翩翩公子，其實是個繡花枕頭，只知道趨炎附勢；他那個隨從陳韙更是膽小猥瑣，畏主如虎；李近仁倒是平和大方，為人很好，三鄉驛讓房一事，我本不知情，他還特意重重酬謝了我。四個人都不像是凶手。倒是那個未曾謀面的李億十分可疑，聽說他與溫庭筠、魚玄機關係極為錯綜複雜，溫庭筠死前又與他爭吵過，凶手多半就是他了。他本在廣陵為官，既殺了人，多半已經畏罪潛逃，逃回鄂州老家，不如我先趕去鄂州問個明白。若查明他就是凶手，便將他捉來長安，親手交給魚鍊師，她必定從此對我青眼有加。」

他本是性情豪爽之人，想到便要做到，當即與尉遲鈞一道回了勝宅，取了飛電，又向尉遲鈞借了一些盤纏，便即告辭，也不告知所往之地，自奔鄂州而去。

魚玄機等眾人一走，廳堂內登時只剩下裴玄靜、李可及二人。李可及似乎意識到情況不妙，先自神色不定地問道：「請問娘子，適才那李近仁所說的疑凶到底是何意？」他剛剛出宮，便逕直來到親仁坊，尚不知道坊正王文木雪夜被殺一事。

裴玄靜目光炯炯審視著他，反問道：「難道李將軍不知道麼？你自己也是疑凶之一。」李可及茫然不解，怔了半天，才遲疑地問道：「娘子的意思是……」

裴玄靜直截了當地道：「溫庭筠被人下毒害死，現下有五個疑凶，李將軍你就是其中一個。」她急速說完，刻意觀察對方的反應和神色。

李可及顯然嚇了一大跳，但表情更是驚呆駭絕，瞪大了眼睛，嚷道：「娘子是說溫先生被人害死了？這怎麼可能？半個月前我還見過他！怎麼我還成了疑凶？」

裴玄靜便詳細說了凶手如何在屋梁上下毒的經過，最後道：「因此，凡是半個月前到過溫府的人都有嫌疑。」李可及依舊不能相信，痛心疾首地道：「這怎麼可能？半個月前，我還在鄠縣見過溫先生呢，他還答應為我寫一首新詞。」

裴玄靜的語氣突然變得凌厲，問道：「李將軍半個月前為什麼要去拜訪溫先生？」李可及道：「我想請溫先生寫幾首新詞。」

裴玄靜道：「只有這個目的？」李可及聽她語氣不善，極度不悅起來，怒氣沖沖地道：「敢問娘子是在替你夫君查案麼？為什麼這樣質問我？」裴玄靜道：「正是。我已經得到京兆尹溫璋的許可，負責調查此案。」

李可及怒氣稍解，沉默了一會兒，心中反覆權衡著利害得失，終於還是道：「我酷愛音律，與溫先生志趣相投。他在京師為官時，我們就經常來往，極為投緣。上次去鄠縣拜訪，一則是想索求幾首新詞譜唱，二則是告訴他，我已經將他的〈達摩支曲〉和〈更漏子〉重新譜了曲。」

裴玄靜想到起初魚玄機在溫庭筠書房翻閱書稿時，放在最上面一頁的確實就是〈達摩支曲〉，能提及這一細節，可見李可及所言不虛。但這會不會只是李可及表面的目的呢？

李可及見她沉吟不語，更加急於為自己洗脫，道：「溫先生死了我很震驚。可是我不明白，你們怎麼會懷疑到我頭上。」裴玄靜道：「不為別的，只因為溫先生中的是美人醉的奇毒。」

李可及大為意外：「美人醉？」隨即喃喃道：「原來是美人醉。」轉為緊張的神情，加速了語氣，焦急地問道：「娘子能肯定溫先生確實是死於美人醉麼？」

他這句話無異引火焚身，更引人懷疑。裴玄靜決意嚇他一下，道：「要不然你怎麼會成為首要疑凶？李將軍，是不是你迫於壓力，不得不這麼做？」她言外之意，自然是想問，究竟是不是皇帝指使他這麼做。

李可及本不是聰明伶俐之人，但對宮廷政治卻十分敏感，一聽到這句婉轉的問話，竟立即會意，粗暴地喝道：「不可胡說！」但見裴玄靜並無畏懼退縮之意，依舊目光爍爍，盯著自己，不由得開始不自然起來。

李可及猛地站了起來，道：「我該去尋回我家娘子了。」頓了頓，又叮囑道：「娘子萬萬不可胡說！美人醉一事，也切莫對他人提起。」裴玄靜一怔，他卻已經打起簾子出去了。

此刻，李梅靈正與國香到後院觀賞梅花，見並無奇特之處，不過是普通的庭梅，遠不及宮苑梅園中的灑金梅和金錢綠萼珍貴，便道：「國香，改日我帶你去宮苑看會變顏色的灑金梅，那才是真正的天下奇花。」

國香也是頭一次來後院，只覺一切都甚為新奇有趣。在她看來，賞花並不重要，與什麼人在一起才重要，她也不知道灑金梅的珍奇之處，隨口應道：「好啊。」突然留意後院牆上有什麼東西，正欲走過去查看，卻被李梅靈拉住：「我們還是去看大殿的壁畫，那可是吳道子真跡，古樸而有神韻，可比這裡的梅花強上太多。」

於是便往大殿而去。二女一般天真單純，很是合得來。一路上，國香猶自惦記著裴玄靜的交代，可是實在不知道該如何啟口，便直接問道：「梅靈，我聽人說，長安有種奇藥，叫做美人醉，你知道麼？」李梅靈隨口答道：「美人醉？當然知道，上次我還特意向韓宗劭要過一些。」

國香自然不知道韓宗劭就是當朝大名鼎鼎的御醫，她只一心想幫裴玄靜打聽出李可及是不是與美人醉有關，以幫助魚姊姊早日找到毒殺溫先生的凶手，又問道：「聽說那是一種奇藥，你要那藥做什麼？」李梅靈癟了癟嘴，漫不經心地道：「奇藥？有什麼稀罕的，我才不要呢，是替李可及要的。」

國香大喜過望，正待再問，大門處又傳來叩門聲。李梅靈少女心性，頑皮頓生，立即自告奮勇地道：「我去開門。」奔過來用力扯開大門。卻見韋保衡站在門口，他一身白衣，雙手拎著一個紅漆禮盒，憑雪而立，更顯英俊不凡。

李梅靈頓時又驚又喜，道：「是你呀。」韋保衡認出她是昨日在飯館見過、與李可及一道的女子，卻不知對方身分，見她相貌平常，以為只是梨園的普通女伶，只是略微點頭道：「原來你也在這裡。魚鍊師在裡面麼？」

李梅靈見他正眼都不瞧自己一眼，目光直接探向觀內，顯然是迫不及待想見到魚玄機，心中微微失望，便道：「魚鍊師在裡面。」

國香奔過來，一眼便認出韋保衡是昨日在大街上被人用石頭擲中之人。他刻意戴了一頂帽子，壓得低低的，以掩蓋住額頭上的傷。國香奇道：「你不是那個……」韋保衡卻睬也不睬她，逕直往觀內走去。

李可及到後院找不到李梅靈，生怕有閃失，急急出來，雪地路滑，收勢不住，迎頭與韋保衡撞了個滿懷，禮盒也滾落在一旁，糕點食物撒了一地。

韋保衡見費盡心思以討好佳人的禮物全然泡湯，不由得勃然大怒，一把抓住來人，喝道：「你走路怎麼不長眼……」一語未畢，已然認出對方是李可及，急忙鬆了手，賠笑道：「原來是李將軍。不好意思，不好意思，適才有沒有撞到將軍？」李可及冷然道：「沒有。」走過去叫道：「娘子，我們還是趕緊走……」

卻見裴玄靜已然走了出來，叫道：「韋公子，你來得正好。」韋保衡自然難忘這位在牌桌上擊敗過自己的同窗夫人，忙上前招呼道：「裴家娘子原來也在這裡。」裴玄靜開門見山地道：「韋公子，你半個月前是否曾經到鄠縣拜訪過溫先生？」韋保衡的神色立即警覺起來，問道：「娘子問這個做什麼？」他如此答話，又是如此神情，自令人疑竇叢生，就連一旁的李可及也冷冷地瞧著他。韋保衡不悅地道：「你們這是……」

魚玄機等人已經聞聲從書房出來。韋保衡一見，忙上前道：「魚鍊師，我今日是專程前來拜訪你的。」一邊望向地上的食物，有些尷尬地道：「可惜禮盒被打翻了。」

魚玄機哪有心思與他家長裡短，緊盯著他，逕直問道：「韋公子，你是否半個月前到過溫府？」韋保衡見她發問，態度自與回答裴玄靜完全不同，想了想，才道：「是半個月前麼？不記得了。反正是有過那麼一次罷。」他對魚玄機的敵意態度多少有些失望，但還是不由自主地為她的美貌所吸引。

裴玄靜問道：「韋公子，你為什麼要去溫府？」韋保衡一臉不快，道：「娘子這是怎麼了？我去不去溫府跟你有什麼關係。」裴玄靜道：「溫先生被人下毒害死，你也是疑凶之一。」

最先震驚的是李梅靈，驚叫道：「什麼？溫庭筠死了？」韋保衡愣了一愣，這才驚訝地問道：「是真的麼？」裴玄靜道：「當然是真的！」韋保衡似乎還不大相信：「娘子不是開玩笑？」一旁的國香最見不得男人婆婆媽媽，忍不住喝道：「人命關天，誰有空跟你開玩笑！」

韋保衡嚇了一跳，片刻的驚詫後，又長長舒了一口氣，這才狐疑地問道：「這跟娘子有什麼關係？你又不是官府中人。噢，是了，你是在幫李言查案。」裴玄靜道：「正是。韋公子，你到底為什麼而去？有什麼目的？」韋保衡面色一沉，敷衍地道：「沒什麼目的，就是去看看溫先生。溫先生如此才華，卻英年早逝，我也很痛心。可是娘子這般問話，與審問犯人無異，令人不快。即便你夫君李言在此，也斷然不會如此。」

魚玄機正欲開言，一名差役出現在大門口，重重咳嗽了一聲。眾人一起回過頭去，只聽見他大聲叫道：「京兆尹傳咸宜觀觀主魚玄機、李近仁、李可及、韋保衡，就溫庭筠被毒殺一案到京兆府中問話。另外，還邀請裴家娘子前去觀堂。」李梅靈剛要說話，李可及拉了她一下，搖搖頭。

眾人聽了無不面面相覷。裴玄靜上前問道：「那陳韙呢？」差役道：「陳韙？噢，那名樂師，李少府已經將他帶到京兆府了。各位，這就請罷，別讓尹君久等。」眾人一時無語，紛紛跟差役走出大門。

國香道：「裴姊姊，我也要去。」裴玄靜正有話問她，便點了點頭。國香上前挽了裴玄靜的手，悄聲將詢問到李可及與美人醉的事告訴了她。她卻沒有絲毫詫異，似乎早在意料之中，只是再三叮囑千萬不可透露給他人知曉。國香奇道：「也包括魚姊姊麼？」裴玄靜道：「當然不包括魚姊姊了，她不是你最信任的人麼？她也是我最信任的人。」國香道：「那我現在就去告訴她。」轉頭卻並不見魚玄機的人影，不覺失聲問道：「魚姊姊人呢？」

原來魚玄機剛要出大門時，被綠翹悄悄拉到一旁，低聲問道：「鍊師，溫先生……真的……真的是死於美人醉麼？」

魚玄機真真正正地大吃了一驚：「美人醉？飛卿是死於美人醉？」急切地抓住綠翹的胳膊，「綠翹……你是怎麼知道的？」綠翹道：「裴家娘子問李可及將軍話的時候，我偶然在門外聽到的。」

魚玄機如遭雷擊，叫道：「天哪！」一時之間面色慘白，呆若木雞，更覺得手腳冰涼，胸口憋氣得厲害，幾近窒息。

綠翹急忙扶住她，勸慰道：「鍊師，你千萬要保重身子。」魚玄機急吸了幾口氣，才道：「綠翹，你也猜到是他，對不對？」綠翹遲疑不答。

魚玄機道：「我真是糊塗，我早該想到的！」綠翹道：「鍊師不要太介懷了，也不一定就是李……做的。」她突然意識到魚玄機不願意聽到這個名字，及時將後面的字吞了回去。

魚玄機一時間激動起來，堅決地道：「是他！肯定是他！從鄠縣到長安，這一路，我感覺到他就在我附近遊蕩……」又道：「上次裴家娘子的銀菩薩失竊，就有人在咸宜觀外見過他。」綠翹驚愕異常，道：「原來是他想陷害咸宜觀，難怪一計不成……」

一語未畢，國香已然蹦跳著踏進大門，問道：「魚姊姊，你和綠翹在談誰呢？」魚玄機一驚，勉強鎮定下來，只搖了搖頭。國香又道：「我們趕緊走罷，裴姊姊正在外面等著你呢！」魚玄機輕輕歎了口氣，向綠翹搖搖頭，便與國香一道離去。

綠翹目送她們走遠，這才掩好大門。突然，她想到什麼，急忙往屋裡跑去，但因為腿瘸十分費勁。倏地腳下一滑，便摔了一跤。她掙扎著爬起來，剛剛站直，又因為身子沒站穩而摔倒在雪地裡。她捶打了幾下自己不爭氣的腿，眼淚禁不住地流了下來，淒愴而無所適從的樣子，在寒風雪地中顯得格外楚楚可憐。

1 指包子。

卷五　美人醉

屍首被小心翼翼地挖了出來，一名差役撕下自己的一片衣襟，撣掉屍首面上的泥土。只聽見「啊」的一聲慘叫，國香已然暈了過去。魚玄機及時扶住她，可是自己也神情慘澹，直愣愣地盯著那具屍首，搖搖欲墜。

「美人醉語園中煙，晚華已散蝶又闌。」走在大街上的時侯，魚玄機突然想起李賀的這句詩。美人醉，表面如此優雅浪漫的名字，背後卻是冷冰冰的死亡意味。於她而言，更是牽連著太多回憶。她完全沉浸在自己的思緒世界裡，傷感與哀愁清晰地寫在臉上，就連裴玄靜和國香也不忍打擾她。

不知何時，李近仁悄然走到她身旁，關切地問道：「鍊師沒事罷？」魚玄機搖了搖頭，道：「我已經知道你是清白的。」李近仁道：「噢？是不是裴家娘子又發現新的線索？」魚玄機有些詫異他的平靜：「你好像一點也不意外。」李近仁淡然道：「有什麼好意外的，我本來就是清白無辜的。」魚玄機看了他一眼，低下頭：「之前多有得罪，實在抱歉。」李近仁道：「這沒什麼要緊。」頓了頓，又道，「一直來不及對鍊師說，我這次回江東，託名醫為鍊師開了些藥，已經交給綠翹，鍊師身上那些舊傷……」魚玄機道：「不礙事。」又謝道：「費心了。」

沉默良久，李近仁才遲疑道：「鍊師託的那件事我也問了，綠翹的腿傷到了筋骨，時間又拖了這麼久，恐怕是治不好了。」魚玄機神色黯然，歎息道：「綠翹為了救我才弄成這樣。她還這麼年輕，卻要瘸腿一輩子。是我害了她，我實在有愧於她。」李近仁溫言道：「鍊師並沒有害她。愧疚的人也該不是鍊師，而應該是李億的夫人裴氏。」

魚玄機一時默然。對於這個女人，她實在有太複雜的情感，她本該恨她的，正是因為她，才使昔日的纏綿蜜意、婉轉柔情盡付流水，使自己與所愛的人天各一方，相愛不能相守。可是說到底，裴氏又有什麼錯呢？她雖然出身名門，門楣顯赫，歸根結柢不過是一個想要留住丈夫心的可憐怨婦。她的惡語、她的狠毒、她的棒打鴛鴦，不過是為了不讓別的女子分享自己名正言順的丈夫而已。如果真的有錯，那就是老天爺錯了，讓她與李億相逢得太遲了。

忽不知怎的，又想起五年前，一日與李億一道打完馬球後到慈恩寺戲場看合生戲的情形。合生戲是長安極為流行的歌舞戲劇，只有一生一旦二人表演。那場戲中，生、旦分別交替唱道：「今生今世花同命，漫只說鴛鴦交頸，好與你割臂同盟一寸心。偶然相見便勾留，身世茫茫萬斛愁。同是飄零是客，青衫紅袖兩分頭。」當日李億還評點說，這戲最妙之處，就在「偶然相見便勾留」一句，恰似他二人當年初逢於崇真觀的情形。

李近仁不知她正情懷緲緲，見她沉思不語，以為是思及溫庭筠一案，便問道：「鍊師已經猜到凶手是誰，對麼？」魚玄機道：「我只知道有一個人有美人醉。」李近仁道：「美人醉？」魚玄機道：「是一種奇藥，我曾經跟你提過的。」李近仁道：「嗯，我還記得。」魚玄機意味深長地看了李近仁一眼，二人再無話說。

李梅靈幾次想與國香走在一起，都被李可及拉住。他反覆考慮後，還是悄悄問道：「公主，他們有沒有問你關於美人醉的事？」李梅靈道：「有啊，國香問過了。」李可及心中一涼，著急地道：「那公主是怎麼回答的？」李梅靈道：「當然是說我找韓宗劭要過一些，然後給你了。」李可及後悔莫及地歎了一聲。

李梅靈猶自不解，問道：「怎麼了？莫非是我說錯話了麼？」李可及忙道：「沒有，要怪只能怪我自己。我真沒料到裴家娘子會知道美人醉，也沒料到她正受京兆尹所託，在追查溫庭筠的案子。」

李梅靈好奇地道：「那如果有人再問我，我還是這麼說麼？」李可及思忖片刻，道：「嗯。這樣，公主就說，曾經聽我提過要向韓御醫要美人醉，但公主並沒有參與。」李梅靈道：「可是確實是我向韓宗劭要的美人醉。京兆府派人找來韓宗劭一對質，不就清楚了麼？」李可及道：「韓宗劭知道輕重，絕對不敢說出是公主找他要美人醉。」

李梅靈尚在遲疑：「可是……」李可及道：「此事事關重大，我實在不想牽連到公主。」李梅靈不以為然地一噘嘴，道：「如果說是我要的，他們反倒不敢拿你怎麼樣。」李可及道：「可是那樣的話，聖上愛女心切，一定會參與進來，事情就變得複雜了，不知道要牽累多少人。」李梅靈道：「我懂了，就依你說的辦。」遲疑了一下，又問道，「李可及，真的是你用我給你的美人醉，毒殺了溫庭筠麼？」李可及反問道：「公主你認為呢？」李梅靈道：「嗯，我不相信你會這樣做，你一直視溫先生為知己。可是……可是，如果是父皇吩咐你，你也不能拒絕的。我知道……父皇一直不喜歡溫庭筠，曾說過終有一天要殺了他。嗯，他是大才子，名動天下，難以公開治罪，派你暗中除掉他自然是最好的方法。」

李可及聽了，不禁駭然，忙道：「公主千萬別胡說！」四下望了一眼，見其他人都距離甚遠，這才放了心。又再三叮囑道：「公主，這種話再也不能說了！對任何人都不能說！」李梅靈道：「嗯，我知道輕重。」回頭望了一眼正與裴玄靜交談的國香，道，「我想到後面去找國香玩。」李可及生怕她又說漏什麼話，忙阻止道：「千萬別去。裴家娘子受命調查案情，她們正討論案情呢！」

李梅靈有些失望。便在這個時侯，韋保衡突然回過頭來望了她一眼，她頓時紅了臉，露出羞澀之色，低下頭絞著衣角。李可及瞧在眼中，也不動聲色，其實他早已看出公主對儀表堂堂的韋保衡有意，不過假裝毫不知情而已。

韋保衡卻只是回頭偶然一望，並非留意李梅靈。一路上他甚至顧不上與心儀已久的魚玄機搭訕，而是緊緊纏著差役，不停追問為什麼他會成為疑凶。差役本來置之不理，後來被問得實在不耐煩了，喝道：「韋公子自己都不知道，我哪裡知道！去了大堂，你直接問尹君不就知道了！」韋保衡碰了一鼻子灰，灰溜溜地嘀咕幾句，見無人睬他，這才無語。

進得京兆府大堂，眾人意外發現除了鄠縣縣尉李言和疑凶樂師陳韙外，溫府老僕昆叔也在堂下等候。魚玄機一見急忙奔過去，問道：「昆叔，您怎麼來了？」昆叔道：「昨日你們走後，尹君忽然派人來接我，說是審理先生一案，會需要我的證詞。」

魚玄機道：「那飛卿的後事……」李言插口道：「鍊師請放心，我都已經安排好了。」魚玄機朝他微微點頭，表示謝意。李言卻頗為冷漠，不予理睬，轉身向妻子走去。魚玄機心下揣度他如此待己，多半是因為他堂兄李凌的緣故，看來男子比女子更不容易忘記過去。

裴玄靜之前已經與其他幾名疑凶交談過，正忙著詢問現場的最後一人陳韙。陳韙到京兆府時已經得知事情經過，很是痛惜，道：「溫先生還在長安的時候，我就多次拜訪求教音律。後來溫先生不幸被貶出京城，住在鄠縣養病，我還去探望過一次，時間就在半個月前……」便在此時，有人高聲叫道：「京兆尹到！」一大批差役湧出，環站四周，眾人當即肅然站定。

溫璋大踏步走了出來，目光如鐵，先落在李可及身上，隨後依次打量各人。眾人都低下頭，尤其以韋保衡最為慌亂。溫璋這才招手，叫裴玄靜道：「今日便由娘子負責審案。」裴玄靜莫名其妙：

「我？」其他人也都大吃一驚。李言忙道：「這如何使得？內子並非官府中人，並不熟悉律法。何況此案涉及朝廷命官，案情重大，還望尹君親自聆視為上。」溫璋道：「本尹說使得便使得。何況裴家娘子只是負責問案，旁邊有書吏記錄，一切律法流程自有本尹做主。」李言不敢再強辯，只拿眼望著妻子，期盼她竭力請辭為妙。

不料裴玄靜只問道：「尹君為何如此？」溫璋道：「本尹仔細分析過案情，還是覺得魚玄機嫌疑最大。可是娘子曾說本尹對她有偏見。仔細想想，本尹確實對她很反感，但就算摒除了偏見，本尹還是認為她是毒殺溫庭筠的最大疑凶。」

眾人目光一起落在魚玄機身上，各自有不相信之色。裴玄靜道：「尹君可不要忘記，正是魚鍊師揭穿了凶手下毒的過程。」溫璋道：「本尹就知道娘子要這樣說。既然如此，為公平起見，避免落人話柄，不如由娘子來審案。娘子曾經助尊公緱氏縣令破過奇案，又是最先發現溫先生中毒之人，整個案情也就數你最清楚。」

裴玄靜心中一時揣度不透溫璋的真實用意，不知道他真的是為了問案公正，還是不願意與李可及這些有來頭的人為敵。但事已至此，推辭無益，便道：「如此，我便恭敬不如從命了。」李言聽到妻子答應，不由得長歎一聲，神色極為沮喪。

裴玄靜先大致介紹如何意外發現溫庭筠是中毒而死，道：「這是一種叫做美人醉的奇毒，人中毒後會在愉悅中死亡，而且屍體不壞。」溫璋料不到她一上來便不顧忌諱，說出了美人醉的名字，大為意外，但料到她如此做，必有深意。在場眾人則大多第一次聽到美人醉的名字，很是嘖嘖稱奇。

裴玄靜又道：「我們花了很長的時間來找凶手下毒的方法。後來還是在尹君的協助下，才發現凶手的巧妙玄機。他是將毒藥用蠟封在溫先生書房中的屋梁上，過了十五天左右，封蠟被案桌旁蠟燭的熱氣熏化，毒藥粉末掉入溫庭筠的茶杯，他便在不知不覺的狀態下中毒而死……」她刻意用一種奇詭的語氣，且說得極慢，到最後一句時，堂上眾人竟然都各自不自覺地抬頭看了一下屋頂，只有李近仁例外，依舊是那副泰然自若的安詳神態。

裴玄靜道：「根據蠟熔化時間來判斷，凡是在半個月前到過溫府的人都有嫌疑。一共有五個人，李近仁、李可及、陳韙、韋保衡四位都已經在這裡，只缺一個李億。」溫璋道：「我昨日就已經派人快馬加急到廣陵傳喚李億，很快就該有消息了。」

魚玄機本來處在一種迷離的狀態中，似乎心神完全不在這裡，聽到溫璋的這句話後，突然露出驚惶的奇怪表情，竟然不由自主地回頭向門口望去。溫璋一直刻意觀察她，順著她的目光望去，卻並無異常之處。

裴玄靜續道：「大家已經很清楚案情了，凶手就在這五個人當中。現在就請被懷疑的人依次說明自己到鄠縣拜訪溫先生的目的、準確時間，以及見面談了些什麼、什麼時候離開等等。」

眾人從沒有見過如此問案的方法，均感好奇。溫璋卻暗暗稱讚，知她因無法取得更多證據之時，便有意如此，想從各人的話中找出破綻，推測出真正的凶手。其實他這次破天荒讓裴玄靜問案，也隱有此意。

裴玄靜道：「韋公子，根據昆叔的說法，你是第一個到達的，就由你先說。」韋保衡訝然道：

「我先說？」裴玄靜點點頭：「請儘量將經過說得詳細些，細節越多，便越能為自己洗脫嫌疑。」韋保衡驚疑不定，就是不肯開口。

溫璋嘲諷地問道：「怎麼，韋保衡，你有什麼不方便說的麼？」一旁國香忍不住插口道：「咳，當然是先說先吃虧了。」韋保衡當即漲紅了臉，道：「不是……那好，我先說了……那一天是臘月二十三，剛好是祭祀灶王爺的日子，小年，所以我記得很清楚……」裴玄靜徵詢地看了看昆叔，昆叔點點頭，表示確認無誤。

韋保衡道：「我聽說溫先生離京後在鄠縣養病，還沒有到隨縣上任，就想趁著小年的機會去拜訪一下。那一天，我特意起了個大早，等西市一開市，買了些糕點後，就馬不停蹄地到了鄠縣。當時，昆叔正在掃年，出來接了糕點，便直接領我到溫先生的書房……」頓了頓，續道，「可是溫先生正忙著整理詩稿，因此我簡單問候幾句就出來了。」

裴玄靜道：「講完了？」韋保衡看上去很有些心慌神亂，極不自然地道：「講完了。」昆叔補充道：「本來我留韋公子吃午飯，他卻不肯，逕自上馬便走了。」裴玄靜思忖片刻，點了點頭，道：「下一位。」

下一個輪到李近仁。他波瀾不驚地述道：「我一直很仰慕溫先生的才學，但因為一直來往於江東和京師，忙於生意，沒有機會去拜訪。半月前，我聽說溫先生被貶出京師，心想若是再不去拜訪，等他到隨縣赴任，就來不及了，所以才臨時起意前去拜訪。我跟韋保衡韋公子是同一天到達。不過我是午後到達的，並沒有遇到韋公子。」昆叔道：「確實如此。韋公子離開後不久，李君便到了。」

李近仁續道：「我到達時，溫先生剛剛吃完飯，昆叔領著我到書房，等了一小會兒，溫先生才進來。我們聊了大概半個時辰，其間昆叔進來上過兩次茶，然後我便起身告辭。」裴玄靜問道：「你們聊了些什麼話題？」李近仁淡淡道：「都是些廣陵舊事。我是廣陵人，溫先生恰好在廣陵住過很長一段時間，對我故鄉的風土人情很是熟悉。」眾人一時無語。

第三個該輪到李億，但人不在，便該到第四個到達溫宅的李可及。李可及道：「我本是伶官，素來欽佩溫先生在音律方面的造詣才華，跟溫先生一直保持著來往。他在京師為官的時候，我隔三岔五地會到他府上拜訪，向他請教一些音律方面的事……」溫璋突然不無諷刺地道：「可是溫庭筠被貶出京師後，你卻只去了一次！」

李可及心想：「聖上厭惡溫先生，我自然有所顧慮，不敢再與他走得太近。難道你溫璋就敢去麼？枉稱你們有同鄉之誼。」心中如此想，表面卻不予理會，繼續道，「那日是臘月二十四，因為我出來得早，路上人不多，馬騎得快，所以早早就到了鄠縣。到達之時，溫先生才剛剛起床不久，我們在書房簡單談了一些詞曲的事務。我特意拜託他寫一首新詞給我，又將我新譜的〈達摩支曲〉和〈更漏子〉唱給他聽。他很是喜悅……我們聊了很久，一直到午飯時間，我才離開。」

裴玄靜問道：「既然已經是午飯時間，你為什麼不留下來吃午飯？是溫先生沒有留你麼？」李可及道：「不是……溫先生留過。」溫璋道：「那你為什麼急忙離開？你不是說跟溫先生很談得來麼？」李可及道：「我出來了半天，擔心宮中有事，萬一聖上要找我，可就麻煩了。」溫璋冷笑道：「恐怕李將軍是怕聖上發現你與溫先生來往罷。」李可及沉默不語。

一旁李梅靈忍不住插口道：「才不是呢。我可以作證，父皇一刻也離不開李可及的。」眾人一時呆住，驚詫地望著她。李梅靈渾然不知已經說漏了自己的身分，再次強調道：「我確實可以作證呀，你們幹麼都這般望著我？」

濃重的疑雲又再次在魚玄機心頭浮起，她知道李可及也有可能得到美人醉，不由得將狐疑的目光投過去，卻發現李可及正用一種奇怪的眼光凝視自己。

國香聽到李梅靈竟然是金枝玉葉的公主，不由得萬般詫異，如此也便說得通了，難怪她能輕而易舉地得到美人醉。又想起來該告知魚玄機，李可及透過公主得到美人醉一事，悄悄走過去，附耳講給魚玄機聽。魚玄機登時震撼不已，再望李可及時，他已經側轉頭去，刻意不對著自己。凶手原來近在咫尺，她的臉上驀然泛起一層紅暈，抑或憤怒，抑或激動，她自己也說不清、道不明。

裴玄靜生怕李梅靈公然表露公主身分後，攪亂了案情，正想著該如何把她打發走。卻聽見溫璋使勁一拍驚堂木，叫道：「肅靜！下一個！」陳韙便走上前來，敍述道：「我是韋府樂師，跟李可及將軍一樣，很仰慕溫先生的音樂才華。溫先生在長安時，我就曾經多次拜訪，可以稱得上是半個弟子。」昆叔道：「先生確實大力稱讚過陳韙小哥，認為他在笛子方面很有天賦。」

陳韙道：「慚愧！我記得那天是臘月二十四，我出來時遇到大批人到長安辦年貨，路上很不好走，馬根本就跑不起來，所以我一直到下午申時才到鄠縣。我們在書房談了一些音樂方面的事，我見溫先生有些疲倦，因此沒有聊太久，大概一盞茶的功夫，我便告辭了。」

至此，在場四名疑凶都陳述完畢，卻沒有發現任何疑點，昆叔也確認他們各自並沒有說謊。溫璋徵詢地望著裴玄靜，欲看她下一步如何作為。卻見她凝思片刻，逕直走到韋保衡面前問道：「韋公子，你是去年溫先生主考的丙戌榜的進士，對麼？」韋保衡道：「正是。」裴玄靜道：「聽說這一榜考生有舞弊事件發生，雖然未得查證，但後來溫先生也因此被貶。韋公子可知其中內情？」韋保衡道：「這個……我不知道……」突然發現昆叔正以一種奇怪的眼光看著他，一時間不由得慌亂了起來。

溫璋目光如炬，一直從旁仔細觀察眾人舉動，當即問道：「昆叔，你是不是有什麼想說？」昆叔回過頭來，愣了愣，才道：「噢……沒有……」

裴玄靜又問道：「韋公子，你頭上的傷是怎麼來的？」韋保衡一驚，這才知道帽子不知道什麼時候已然歪到了一旁，露出額頭上的傷口，忙扶正帽子，重新遮蓋好傷口，道：「噢，昨天……昨天不小心撞到牆。」國香卻立即揭破他：「你撒謊！我明明看見有人用石頭砸你！」韋保衡料不到當場竟然有人看到昨天的糗事，不由得分外尷尬，支吾道：「嗯……是……是有這麼回事……」強作的鎮定下，顯然有著難以擺脫的恐懼與不安。

溫璋依舊窮追不捨，喝道：「你為什麼要撒謊？」他聲色俱厲，韋保衡更加驚惶起來：「因為……因為……」一時找不到合適的說辭，便向陳韙使了個眼色。陳韙忙道：「韋公子昨日出門，莫名其妙地被人扔了一石頭，砸中額頭。大正月的，這種事太過晦氣，所以，韋公子不願意旁人知曉。」一邊說著，一邊小心翼翼地看著韋保衡的眼色，顯然對他很畏懼。韋保衡道：「正是如此。」又瞪了陳韙一眼，似乎對他沒有及時出來解圍很不滿。

裴玄靜道：「韋公子可認識拿石頭扔你的人？」韋保衡忙道：「不認識，當然不認識。」昆叔便在這個時候不屑地癟了癟嘴。

裴玄靜望了昆叔一眼，卻沒有追問，而是走向李近仁，問道：「臘月二十三，李君到鄠縣去拜訪溫先生，應該是你跟溫先生的第一次見面，對罷？」李近仁點了點頭。裴玄靜道：「那就是說，第一次見面，也就是最後一次見面。」李近仁又點點頭。裴玄靜道：「你是五名疑凶中唯一只見過溫先生一次的人，你對此怎麼看？」李近仁一怔，最終還是搖搖頭。

溫璋突然插口道：「李近仁，你是一個商人，應該對詩詞歌賦沒什麼興趣罷？」李近仁恭敬地道：「回尹君的話，確實沒有。」溫璋道：「那你為什麼要去拜訪溫庭筠？你們既沒有共同話題，又不是很熟，你突然去那麼偏僻的溫宅拜訪，不是很奇怪麼？」

眾人目光灼灼，一起落在李近仁身上。卻聽見他答道：「我在廣陵聽說了溫先生的許多故事，這次來京師，聽說溫先生被貶出京師，想到他也許再也不能回來，所以才臨時想去拜訪。」

裴玄靜心想：「你的目的當然不只如此，肯定還有魚玄機的關係。」也不挑明，又轉向李可及，問道：「李將軍是不是曾經向人索要過美人醉？」李可及見她一上來就說出美人醉的名字，心知對方若不是已經證據充足便是不知禁忌，然而眼下情形已然避無可避，只好答道：「我確實曾經向御醫韓宗劭索要過一瓶美人醉。」

此言一出，當場一片譁然，就連一直不動聲色的溫璋也對他直認不諱感到驚訝。國香剛想指出他說謊，幸被魚玄機及時拉住。魚玄機更是心想：「李可及自承其事，自然有恃無恐。看來的確是他下的手，以他的為人性格，做這樣的事只有一個可能——幕後兇手是皇帝。看來我之前全然想錯了兇手。」裴玄靜心想：「李可及的確是個聰明人，知道不能輕易牽扯出同昌公主。」

只聽見溫璋一拍桌子，叫道：「來人，立即去傳御醫韓宗劭到堂。」當即有數名差役應聲奔了出來。

裴玄靜又問道：「李將軍可知那美人醉本是劇毒之藥？」李可及搖搖頭：「這我可不知道。」裴玄靜道：「那你要美人醉做什麼？」李可及道：「我只聽說這是種奇藥，心中好奇得很，想看看它到底是什麼樣子。」溫璋冷笑道：「哪裡會有對毒藥好奇的人！是不是你毒殺了溫庭筠？」李可及倒也冷靜，只是連連搖頭。

裴玄靜道：「如果李將軍你沒有殺人，那麼你手上的美人醉呢？」李可及漠然道：「扔了。再奇它也是毒藥，我哪敢留在自己家裡。」裴玄靜道：「可是你適才明明說不知道美人醉是毒藥。」李可及一時怔住。裴玄靜道：「將軍明明知道是毒藥，卻特意向韓御醫索要了一瓶，是不是想毒害什麼人？」李可及終於明白言多必失，當即閉緊嘴唇，不再發一言。

眾人見狀，不由得都開始相信李可及就是下毒兇手，就連李梅靈也狐疑地望著他。甚至站得離他近的人，都不自覺地挪動腳步，盡可能遠離他。

陳韙見裴玄靜轉向自己，忙咳嗽一聲，問道：「是不是到我了？」韋保衡重重看了他一眼，他立即低下頭，不敢再說。裴玄靜道：「你之前已經陳述得很清楚，我亦沒有問題再問你。」陳韙和韋保衡均大感意外，不由得對視一眼。

裴玄靜道：「我已經問完案情。各位請稍候。」隨即向丈夫李言和溫璋使了個眼色，溫璋會意，站起身來，三人一起步入後堂。

溫璋迫不及待地問道：「你們覺得誰是凶手？」裴玄靜道：「看起來李可及嫌疑最大，到目前為止，只能證明他手中擁有過美人醉奇藥。」

李言道：「但是韋保衡和李近仁拜訪溫先生的動機不明，肯定不像他們自己所說的那樣簡單，也難以擺脫嫌疑。」溫璋道：「理由呢？」李言道：「韋保衡神色一直慌裡慌張，而且他自己說的很可能不是真的。國香明明看到他被人扔石頭，他卻說是撞上了牆。我與他同窗多年，深知他的性格及為人，他是睚眥必報的那類人，如今當街被人用石頭砸破額頭，應該暴跳如雷才對，國香卻說他堅持不肯報官，這不是太奇怪了麼？」裴玄靜道：「只有一種可能，韋保衡認識朝他扔石頭的人，並且他虧欠了對方，所以才忍氣吞聲。」李言點了點頭，又道：「李近仁也非常可疑。他始終不動聲色，鎮定自若，這般冷靜實在不像常人所有。尤其當玄靜提到凶手於屋梁下毒時，所有人都不自覺地抬頭看屋頂，只有他例外。」

裴玄靜問道：「尹君的看法呢？」溫璋道：「本尹認為李億和魚玄機的嫌疑最大。」裴玄靜與李言大為驚奇。溫璋道：「本尹之前懷疑是魚玄機和昆叔共謀作案，現今我懷疑李億和魚玄機共謀作案。」

裴玄靜道：「李億確實有重大嫌疑，五名疑凶中，只有他先後兩次出現在溫庭筠的書房中——一次是半個月前，一次是溫庭筠死前一天。可惜的是，他至今尚未出現。」溫璋嘿嘿一聲，冷笑道：

「他也許一直在你們身邊，你們不知道而已。」當即說明昨晚住在城外客棧之時，曾經從房間窗口看到魚玄機在院子裡與牆頭一人對視，後來被黃巢撞破，黃巢欲追之時，也被魚玄機阻止。

裴玄靜忖道：「適才來京兆府的路上，國香告訴過我，說她聽到魚鍊師提過什麼人一直在附近遊蕩，會不會指的就是李億？」李言也道：「我後來審訊大山兄弟，大山說前天晚上，也就是玄靜你們到達溫府那天，他們本來想溜進宅子撈點油水，後來被趙叔撞破，往外跑時，看見溫府附近有個男子身形。他們兄弟還以為是你們追出來了。現在一想，這人影還滿可疑的。」裴玄靜道：「夫君這麼一說，我也想起來，當時我與鍊師、還有王子殿下前去溫先生的書房時，魚鍊師曾經發現牆頭有人。我們都以為她看花了一眼，或許就是那個神祕男子。」

溫璋眼見支持自己的證據越來越多，不免得意起來。就在此時，一名差役奔了進來，躬身稟道：「尹君派去廣陵的老九已經回來了。」溫璋極為意外：「這麼快？」差役道：「只有老九一個人回來，不見李億。而且老九已經累得不行，正在喝水休息，一會兒才能上堂。」李言道：「他這麼著急趕回來，一定是有十萬火急的事！」溫璋道：「出去看看再說。」

幾人出來大堂時，卻見眾人都沉默當場，氣氛極為壓抑沉悶。只有韋保衡不知何時溜到了李梅靈身邊，二人正笑語晏晏，交談甚歡。

國香早已經等得不耐煩，一見裴玄靜，急忙迎上前問道：「裴姊姊，怎麼樣？確認誰是凶手了麼？」裴玄靜道：「目前還是不能確定。除了陳韙外，其餘四個人都有重大嫌疑。」頓了頓，又見魚玄機也走過來，便問道，「鍊師怎麼看？」魚玄機壓低了聲音，道：「我與李可及熟識，他的為人我很瞭解，他雖然一直非常欽佩飛卿，但他為人謹慎，膽子很小，如果皇帝要他去做，他不敢不做的。」裴玄靜點頭道：「我也是這麼想，李可及嫌疑最大。」魚玄機恨恨道：「但真正的兇手卻是皇帝。」她知道若皇帝真是兇手，那麼一生都將無望為飛卿報仇，忿恨之餘，不免又格外沮喪。

國香卻道：「魚姊姊，裴姊姊，你們都錯了。」二女愕然望著她，卻聽她道：「李可及自然逃脫不了嫌疑，但皇帝卻絕對沒有嫌疑。你們想啊，這皇帝真要暗中除掉溫先生的話，自己悄悄塞給李可及一瓶美人醉就好了，幹麼還要透過梅靈轉手。有哪個父親會希望自己的女兒捲入殺人案？更何況梅靈是同昌公主！」

原來同昌公主為當今皇帝長女，也是最受寵愛的公主。今上本名李漼，為唐宣宗的長子，被封為鄆王。李漼雖是長子，卻不討宣宗皇帝的歡心。唐宣宗臨死前，將第三子夔王李滋託付大臣王歸長等人，預備讓李滋繼位。然而，宦官王宗實等殺了王歸長三人，搶立李漼為太子，李漼才由此即位。同昌公主是李漼為鄆王時所生，據說她長到三、四歲都不曾開口說一個字。有一天，她忽然歎息著向父親說出了她人生的第一句話：「今日可得活了。」眾人都不明所以，百思不得其解。恰好在這個時候，宦官王宗實派來迎接李漼即位的儀仗到了鄆王府門前。自那以後，李漼認定女兒是自己命中的福星，視為掌上明珠，千依百順。

正因為如此，國香這話如醍醐灌頂，二女當即醒悟，確如所言，皇帝決計不是幕後兇手。魚玄機明白過來，倒是輕輕舒了口氣，幸得如此，不然飛卿的冤情難以昭雪，豈不是要含恨九泉。

恰好此時，兩名差役扶著疲憊不堪的老九走了進來。溫璋道：「直接說重點罷，不必那麼多禮儀了。」老九道：「是。我昨日奉命趕往廣陵，在快到華州的東陽驛，遇到廣陵刺史派往吏部的使者，得知尹君要找的李億早已經棄官不做……」眾人大吃一驚，不由自主將目光投向魚玄機。在那一瞬間，她的眼神遲滯了一下，明顯失去了光彩。

溫璋道：「嗯，繼續說。」老九續道：「據說一個月前，李億妻子裴氏突然去世，李億傷痛之下，就此棄官不做，已然離開廣陵。我得知消息後，便連夜往回趕……」國香道：「原來那個惡婆娘死了？」驚訝中自帶著幾分歡喜。

卻聽見老九繼續道：「最奇怪的是，裴夫人死後容貌如生，在當地傳為奇談。」頓了頓，特意補充了一句，「就跟溫庭筠溫先生的死狀一模一樣。」眾人發出一陣驚呼聲。

只有溫璋面有得色，重重看了一眼裴玄靜。裴玄靜只覺得逐漸明朗的案情再次蒙上了迷霧，喃喃道：「怎麼會這樣？」

素來氣定神閒的李近仁也露出一種說不清的奇怪表情，向魚玄機望去，卻見她一臉茫然，似乎還有一點哀傷。難怪她會如此，這一切都來得太快了。

就連昆叔也深感太不可思議，連聲道：「怎麼可能？怎麼可能？」他說的不可能，自然不是說李億不可能是凶手。雖然早有諸多證據，他卻自始至終都不能十分確認先生是被人謀殺，因為他內心深處一直很崇拜先生，認為是上天顯靈，才使得先生屍首不壞。而今傳來大惡婦裴氏屍首也是如此的消息，便徹底擊敗他心中的最後一點幻想。

李言道：「看來凶手果真是李億，尹君早有先見之明，下臣十分佩服。」眾人這才知道溫璋早已斷言李億便是凶手，不由得對這位京兆尹又多敬服了幾分。更有人心想：「難怪尹君要讓一個婦道人家問案，他不過想藉此從旁觀察，尋找破綻，實在高明。」

溫璋又道：「大家可能還不知道，這個李億一直徘徊在長安附近。魚玄機明明知道，卻一直在為他掩護。可見這二人是共謀作案。」國香很是不平，道：「尹君何以這樣定論？」溫璋道：「魚玄機一直不忘李億，而李億也一直沒有忘記魚玄機，於是二人定下了周密的計畫。李億先用美人醉毒死自己的妻子裴氏，然後趕到京師，與魚玄機會合。」

裴玄靜道：「殺裴氏倒也說得通，可是他們二人沒有要殺溫庭筠的動機。」溫璋道：「起初，是溫先生將魚玄機介紹給李億為妾，但李億很快就為妻子裴氏所迫，他表面將魚玄機休掉，暗地卻送回鄂州老家，裴氏又追到了鄂州，對魚玄機打罵不已，據說侍女綠翹的腿就是在那個時侯被打瘸的。魚玄機不得不重返長安，到咸宜觀出家為女道士。對於這樣的結果，李億未必會感激溫先生。昆叔說過，半個多月前，李億曾趕到鄠縣與溫先生大吵一架。溫先生死的前一天，李億又再次出現。這一切都說明李億才是凶手。」

國香道：「李億確實可疑，但魚姊姊決計沒有捲入謀殺溫先生一事。」溫璋道：「李億如此，魚玄機又何嘗不是恨溫先生入骨呢。她與溫庭筠明明有師徒名分，但溫先生在京師的時候，她卻從來沒有過來往，便是明證。對不對，魚鍊師？」魚玄機不答，顯是已經默認。

李梅靈突然又插口道：「可是美人醉不是宮廷祕藥麼？李億官職卑微，又在外地做官，魚鍊師不過是個道士，他們怎麼可能得到美人醉？」溫璋嘿嘿一聲，道：「魚玄機可不是個一般的女人，她有很多辦法能得到她想要的東西。」

大堂一時陷入難堪的沉默。眾人怔了怔，終於明白京兆尹話中之意，一起將目光投向李可及。他自稱已經扔掉的那瓶美人醉，是不是給了魚玄機？旁人或許不知道，李言卻聽勝宅的人提起過，李可及經常出入咸宜觀。一個是宮中紅人，一個是女道士，除了用男女關係來解釋外，實在想不出還有其他原因。

正各自揣摩不已，韋保衡突然得意地插口道：「我知道李億怎麼得到美人醉的。」頓了頓，見無人主動問他，只得自己說了出來：「御醫韓宗劭是李億的親舅舅！」

便在此時，兩名差役帶著韓宗劭走進來，稟道：「尹君，御醫韓宗劭帶到！」

詢問之下，韓宗劭當即承認道：「三個月前，李可及確實向我要過一瓶美人醉。」溫璋問道：「你跟李億是什麼關係？」韓宗劭看了一眼魚玄機，大方地道：「他是我的親外甥。」裴玄靜問道：「韓御醫，李億有沒有向你要過美人醉？」

私送祕藥非同小可，給同昌公主一瓶倒也罷了，畢竟她是皇帝最心愛的同昌公主，若是承認給過外甥，那追究起來不免後患無窮。韓宗劭深知其中利害關係，是以一時遲疑。可是魚玄機早已在場，京兆尹或許早已經知曉內情，現在出了命案，知情不報，刻意隱瞞，不免罪名更重。他心中反覆權衡著輕重，終於小心翼翼地答道：「李億的確向我要過一瓶。」頓了頓，又補充道，「不過那是五年前的事了。」

李言道：「五年前，李億應該在京師門下省任補闕。」韓宗劭道：「嗯。那時候李億還跟魚……

鍊師在一起。有一天，我喝醉了，說有一種叫美人醉的奇藥，臨死的時候吃最痛快，不但沒有任何痛苦，還有如仙如醉的感覺，所以才叫美人醉。李億聽了很好奇，就想要一瓶，說是要為自己死前做準備。我一時腦熱，就答應給他一瓶。」李言問道：「李億知道這是毒藥麼？」韓宗劭答道：「當然知道。」

裴玄靜問道：「那李億應該不知道人被這種藥毒死後，身體不會腐壞？」韓宗劭躊躇起來，回想半天，才道：「當時我喝醉了，不記得有沒提過這些。不過我應該沒有告訴他這些機密，我是知道宮中規矩的。」溫璋冷笑道：「你明明知道宮中的規矩，可是還是將美人醉給了李億。」韓宗劭一時無語，低下了頭。

溫璋一拍桌子，喝道：「來人，馬上簽發公文緝捕李億！」立即有差役應聲去叫書吏辦理。

裴玄靜又問道：「韓御醫，你肯定宮中只流出過兩瓶美人醉麼？」韓宗劭點頭道：「這等奇藥宮中都是有嚴格數目的，我弄出兩瓶，已經是力所能及，費了九牛二虎之力。」

就在此時，一陣急劇的「叮噹」聲傳來，京兆府外的懸鈴又狂響起來。溫璋一揮手，立即有差役奔出去查看情由。裴玄靜突然有所感應，道：「會不會是那隻烏鴉又來了？」轉身便往外奔去。溫璋一見，立即醒悟，也急忙趕將出去。李言及眾差役莫名其妙，跟著蜂擁而出。

果見府門處一隻烏鴉正在撞鈴，甚是急促。李言大為驚奇，道：「呀，真的是早上那隻烏鴉呀！」頓了頓，又道，「是不是又有人掏了牠的小烏鴉？」溫璋哼了一聲：「掏鳥人剛剛在西市處斬，誰還有這麼大的膽子？」裴玄靜道：「或許牠是來報恩的。」

卻見那隻烏鴉停止撞鈴，在眾人頭上盤旋兩圈，拍拍翅膀便飛走了。烏鴉撞鈴訴冤的故事已經傳遍全城，眾人正驚訝間，溫璋道：「走，看看去！」竟然以京兆尹的身分，率先去追烏鴉。走出幾步，又想起案情還沒有問完，便道：「叫所有人都跟著去！」

當即有差役到大堂傳令，要案情相關人跟隨京兆尹前去追趕烏鴉。眾人只覺得這位京兆尹行事未免太過乖張，只是府尹既然有命，也不得不遵照行事。當下一干人跟隨差役出了京兆府，往西去追溫璋等人。

李近仁有意落在後頭，小心翼翼地走近魚玄機，問道：「鍊師你……」只見魚玄機臉色蒼白，短短時間內已然憔悴許多，有氣無力地道：「我不要緊。」李近仁道：「也許並不是李億員外所為……」魚玄機道：「我知道是他。當我知道飛卿死於美人醉時，就知道是他了。」神色又是惋惜又是惱怒。

李近仁道：「可是他為什麼……」魚玄機道：「他與飛卿一向彼此瞧不起！外人可能不知道，其中內情我最清楚不過。他是狀元及第，認為飛卿一生潦倒，始終沒中過進士不說，還不斷替人做槍手代考，擾亂科場。」李近仁一時難以置信，驚異地急望著她。

魚玄機道：「飛卿一生自負，他一向認為自己才華橫溢，認為即使是李億這樣的狀元也不過如此，沒有一個能及得上自己。昆叔說過，李億半個月前到溫府，與飛卿大吵一架……」李近仁道：「所以李億員外一氣之下就動了殺機？」魚玄機道：「飛卿死的前一天，他再次去到溫府，很可能就是想確認飛卿到底死了沒有。」李近仁道：「這些經過，鍊師為什麼適才不在京兆府堂上說出來？這樣便能洗清鍊師自己的嫌疑。」魚玄機聲音陡然低沉下去，無奈地道：「我實在不能說。」

李近仁沉默許久，才道：「鍊師是不願意破壞他們兩個人的名譽罷。」魚玄機默然。李近仁知道她內心深處其實想維護李億，因而不願意揭發李億是兇手，不由得歎息道：「看來在鍊師一生中，溫庭筠和李億的地位始終無人能及。」魚玄機重重看了他一眼，問道：「你真的這樣認為麼？」李近仁反問道：「難道不是麼？」魚玄機搖了搖頭，面露失望之色，卻沒有再說，轉身去追趕眾人。李近仁呆呆地盯著她的背影，猶自再回味她話中之意。

烏鴉帶著眾人來到西城外，穿過一大片樹林，落在漕渠邊上的一塊空地上，拍著翅膀「嘎嘎」叫著。眾人正納罕疑惑間，溫璋一眼便留意到地面凍土有挖過的痕跡，叫道：「那邊地下有東西，挖開看看。」差役手中沒有鋤具，便拔出腰刀挖掘。

裴玄靜見溫璋不斷催促手下，迫不及待想看地下埋的是什麼，忍不住問道：「尹君不會認為這下面就是飛天大盜埋下的寶藏罷？」溫璋的心思被猜中，不由得大為詫異，問道：「娘子如何得知本尹有如此期待？」裴玄靜微微一笑，也不回答。

土很快挖開了，先出現的是一隻手，差役道：「是具死人屍首！」國香本來目不轉睛地盯著地面，聽了不由得大駭，急忙奔過去抓緊魚玄機的臂膀，卻又按捺不住好奇心，忍不住想看看究竟。

屍首被小心翼翼地挖了出來，一名差役撕下自己的一片衣襟，撣掉屍首面上的泥土。只聽見「啊」的一聲慘叫，國香已然暈了過去。魚玄機及時扶住她，可是自己也神情慘澹，直愣愣地盯著那具屍首，搖搖欲墜。

昆叔顫巍巍地上前指認道：「他……他就是李億員外啊！」眾人一時駭異得呆住，再見魚玄機，也完全是一副不能相信眼前情形的樣子。

一時之間，在場差役無不對溫璋佩服得五體投地，他竟然能事先料到烏鴉撞鈴與溫庭筠一案有關，思慮周全地下令將所有涉案人員帶來此地，此等見識，著實不是凡人所為。

裴玄靜仔細查看了一番屍體與環境，道：「看屍首周圍的土質和積雪，李億死了至少有一天，屍首卻依舊保持得很新鮮，完全跟活人睡著了一樣。」溫璋道：「不用說，李億應該也是中了美人醉的奇毒。」

本來已經被確認為凶手的李億卻死在眼前，案情一時陷入困境。眾人不由得再次將懷疑的目光投向李近仁、李可及、韋保衡、陳韙四人。尤其是李可及，他曾經索要過一瓶美人醉，卻交代不出下落，而其他三人看起來都沒辦法弄得到美人醉，自然以他嫌疑最大。只是李可及為人謹小慎微，性情怯懦，如果不是有人共謀，他不會殺人的。而皇帝指使他殺人的可能性已經被排除。這樣一個深得皇帝寵幸、名和利都不缺的人，為什麼要去殺溫庭筠呢？如果說裴氏是被丈夫李億所殺，李億又是被誰所害呢？一個月前，裴氏最先中毒而死，其次是溫庭筠死於半個月前，再次是李億死在一天前，這其中到底有什麼關聯呢？

溫璋又提出一種新說法，認為是魚玄機要報復被人拋棄之仇，先是慫恿李億毒殺妻子，再利用李億毒殺溫庭筠，最後又利用李可及毒殺李億滅口。這樣，凡是以前有負於她的男人女人都被她一舉剷除，且有李可及做盾牌，可以輕鬆置身事外。

這種說法倒是很符合情理，時間上、以及美人醉的來源上也沒有任何破綻，順理成章，只是裴玄靜無論如何都不能相信魚玄機捲入其中。不管怎樣，照目前情形看來，李可及毫無疑問地成為首要疑凶，按理該被收監下獄，面臨嚴刑拷打的審訊。裴玄靜也知道如果李可及是凶手，魚玄機勢必牽連其中，一旦嚴刑加身，結果難以預料，因而還想努力做最後嘗試，便再次詢問李可及。不料，他一字一頓地回答道：「我沒有殺任何人。」意志極為堅決，大有不容人質疑之勢。

裴玄靜道：「那李將軍為什麼要向韓御醫索要美人醉？」李可及乾脆地答道：「好奇。好奇的人又不只我一個，李億不是也好奇地向韓御醫要了一瓶麼？」李言道：「如果李將軍沒有殺人，是不是將手中的美人醉給了其他什麼人？」李可及道：「沒有，我確實是扔掉了。」

一旁的溫璋早已經等得不耐煩，大手一揮，道：「不必再多費唇舌。來人，將李可及與共謀魚玄機拿下！」

差役正要應聲拿人之際，李梅靈已然挺身站到李可及面前，從懷中掏出一面金牌，喝道：「我看你們誰敢！」

其實眾人早知道李梅靈的公主身分，但她自己還懵然不知先前說漏了嘴，大家也佯作不知情，現下她公然亮出身分，以御賜金牌命溫璋放人，溫璋也不得不從命。一時之間，各人心中百般滋味。眼見時已近黃昏，夜更將至，一行人默默地往城門走去。

不料剛進金光門，便有路人認出李可及，叫道：「那不是李可及麼？」立即大嚷道：「大夥兒快來啊，李可及在這裡！」

金光門靠近西市，正是最繁華的路段，四方人流一下子湧了過來，將李可及團團圍住。有人高喊道：「李可及，唱一個！給大夥兒唱一個！」

唐朝素有追捧伶官的傳統。昔日唐玄宗經常在興慶宮勤政樓前的大型廣場上舉辦歌舞表演，有一名叫做念奴的宮伎歌技出色，歌聲激越清亮，據說「聲出朝霞之上，二十五人吹管也蓋不過其歌喉」。詩人元稹稱讚其「飛上九天歌一曲，二十五郎吹管逐。」每當她出場，便萬眾喝彩，道路為之壅塞，聲勢相當浩大。有一次，由於聚集到廣場上的人實在太多，負責維持秩序的金吾衛士已經無法控制局面。素以執法嚴厲出名的嚴安之緊急趕到現場後，用手中的笏板在樓前的場地上畫了一個圈，大聲宣佈：「誰敢越過這道圈，處死！」結果下了死令，人流依舊擁擠。唐玄宗只好要念奴出來演唱，亂哄哄的現場一下子就沉定下來。後世詞牌名〈念奴嬌〉便是由這位叫念奴的宮伎而得名。

這李可及正是咸通年間最紅的伶官，深受長安士民追捧。當即人流洶湧，越來越多，李可及不得已，只得站到高處，答應唱上一曲。當場一下子便靜了下來。只聽他沉聲清唱道：「星斗稀，鐘鼓歇，簾外曉鶯殘月。蘭露重，柳風斜，滿庭堆落花。虛閣上，倚闌望，還似去年惆悵。春欲暮，思無窮，舊歡如夢中。」嗓音剛柔並濟，高亢清亮，飽含濃郁的深情，尤其歌聲中自有一種輕紗般的惆悵，極貼合詞意本身。

裴玄靜本不大瞧得起李可及，但此刻聽他開口一唱，不由得佩服得五體投地，心想：「昔日白居易有詩道『古人唱歌兼唱情』，李可及聲情並茂，柔情但不矯情，難怪深得聖上寵幸。」

圍觀的人群都被深深感染打動，李可及自己的眼角也濕潤了。一曲歌畢，場中沉默良久，才爆發出雷鳴般的掌聲。更有人感到意猶未盡，大叫道：「李可及，再唱一個！」

李可及揮手止住了大家，道：「適才這首〈更漏子〉，是溫庭筠溫先生填的詞，曲子為我本人所譜寫。我唱這支曲子，是想以此紀念他，願他的冤案早日昭雪，願他的靈魂早登極樂世界……」李可及的神情真摯而悲傷，決計不似作偽，說到最後，眼淚已然止不住地滾了下來。這當眾發生在一個成年男子身上，多少顯出幾分悲情。

當場寂靜無聲，所有人都說不出話來，各自露出深沉複雜的表情。剛醒轉過來的國香早已伏在魚玄機肩上，抽泣成了一團，看上去煞是揪心。只是不知道她是在為李億哭泣，還是為溫庭筠而傷感。魚玄機也紅著眼睛，心頭一片惻然。「春欲暮，思無窮，舊歡如夢中。」這是特意唱給她聽的麼？從這一刻起，她決定不再認為李可及是兇手。

卷六　飛天大盜

到得後院，二人便交上手，一番旗鼓相當的劇烈打鬥。裴玄靜三番五次欲扯下黑衣人臉上的蒙面巾，始終未能得手。那黑衣人料不到裴玄靜一介女子，竟然武藝不弱，幾次欲擺脫她逃走，均被緊緊纏住，不能如意。

漫長的白天終於過去了。夜禁後的長安城，如同哭鬧累了的嬰孩，再次躺入大地母親的懷抱，陷入了肅穆曠古的沉睡中。陰冷漆黑的天幕，則照舊以一種深邃的神情，俯視著塵世間的一切。它已經見慣紅塵中的悲歡離合、生離死別，似乎再驚魂攝魄的故事，也難以打動它冷漠的心田。

突然，不知道什麼地方有人吹起塤來，嗚嗚咽咽，低沉而淒厲，滄桑又神祕。在這漆黑的夜裡，這不明來由的塤音顯得異常淒涼。直到樂音消失許久後，那種哀婉還在城池的上空纏繞不絕，令人驚悸。

魚玄機獨自站在咸宜觀的臥房中，對著衣櫃中的兩套碧綠色衣衫發呆，苗條纖細的身影越發顯得落拓。這兩套碧蘿衣，上面承載著她的塵緣，她的情愫，她的眷念，以及她一生中最美好的日子。而今衣在人亡，無數前塵往事——雨檻弄花，風窗展卷，脈脈含情，綿綿軟語，歷歷如在眼前，如何不令人悵懷傷情？人去情留，愁來夢杳，女子總是特別容易迷失在生離死別的痛苦，以及無盡的過往裡。她一度以為自己是多麼與眾不同，尤其在之前經歷了情感創痛後，更有從此身在半空、俯視芸芸眾生的徹悟感，不料身臨其境之時，才知道自己也不過是個普通女子。

她如此出神，心思如同灞上柳絮一般，飄飛在記憶深處，甚至連綠翹什麼時候進來都沒察覺到。綠翹將茶水放好後，才輕輕叫了聲「鍊師」，道：「國香已經睡下了。」魚玄機這才回過神來，「噢」了一聲，用衣袖擦了擦眼角淚痕。

綠翹道：「這兩套碧蘿衣真是漂亮，鍊師如果穿上它，一定很好看。」她知道魚玄機傷懷，自有意這麼說，但也確實對碧蘿衣發自肺腑的羨慕。想來這碧蘿衣應該是李億所送，不然為何這麼久鍊師一次都沒穿過、僅僅鎖在櫃中空自蹉跎歲月呢？她有些貪婪地盯著碧蘿衣，她是真的認為鍊師穿上它一定會很好看，當然她自己也想試試穿在自己身上是什麼樣子。

卻見魚玄機歎了口氣，掩好櫃門，用一把銅鎖鎖上，轉身道：「綠翹，今日發生了太多事情，我還來不及告訴你，裴夫人已經死了，跟飛卿一樣，被人用美人醉毒死了。李億也死了。」綠翹大為震撼，問道：「那……李億員外是怎麼死的？」魚玄機道：「也是中了美人醉的毒。」她盡可能地保持平靜，卻還是流露出無法掩飾的悲傷。

綠翹不由自主地用雙手捂住了嘴，面露駭然之色，驚叫道：「天哪！怎麼會這樣？」頓了頓，才顫聲問道，「這是什麼時候的事？」魚玄機道：「裴夫人是一個月前死的，李億是一天前。」突然想起一件事來，叫道，「不對……時間不對……」綠翹莫名地看著她，只聽她道，「走，我們去找裴家娘子。」

裴玄靜此刻也正在咸宜觀中，她與丈夫李言一道送國香回來，打算今晚便借宿在咸宜觀中，李言則預備等妻子安歇後到勝宅借宿。夫妻二人正在廳堂閒聊案情。李言非常贊同京兆尹溫璋的看法：李億是殺死裴氏與溫庭筠的凶手，李可及是殺死李億的凶手，魚玄機則是幕後主使。裴玄靜卻不同意，但一時確實找不到更合理的解釋說明這三人為什麼在不同時間、不同地點均死於美人醉的奇毒。

正議著，卻見魚玄機與綠翹急急趕了進來。魚玄機道：「今日在樹林中發現了屍首，娘子說他至少已經死了一天，對不對？」裴玄靜點頭道：「確實如此。」魚玄機道：「那也就是說，昨日的白天他就已經死了。可是，我昨晚明明在客棧牆頭見到他。」

李言與裴玄靜交換一下眼色，各自心想：「京兆尹與黃巢同時看到的人果然就是李億，難怪京兆尹會懷疑她。」轉念又想，「可是這樣說不通啊，李億明明已經死了，死人怎麼還會爬上牆頭？」裴玄靜道：「李億明明已經死了，昨天晚上在客棧牆頭窺望的人肯定不是李億。會不會是因為當時天色太黑，鍊師沒有看得真切？」

魚玄機一時也不能確認，心頭不由得徬徨了起來。綠翹一連聽說如此多詭異的事，忍不住插口道：「會不會是李億員外死不瞑目，借屍還魂？」她說完自己也覺害怕，只覺背上陰森森的一陣涼意，忍不住回頭向門口望去。

氣氛驀地詭異了起來。裴玄靜忙道：「鬼神之說，多係無稽之談。鍊師，你熟知溫先生性情，依你來看，誰會是害死他的凶手？」魚玄機道：「我開始不知道飛卿死於美人醉時，本來懷疑是李近仁下毒殺了飛卿。」李言、裴玄靜均大出意外，李言問道：「鍊師何以如此認為？」魚玄機卻突然躊躇起來，似有難言之隱。

綠翹道：「我來告訴你們罷。李近仁李君一直對鍊師很好，認為是溫庭筠先生和李億員外害了鍊師一生。」李言感覺有些不可思議，反問道：「僅僅如此，李近仁便想殺了溫庭筠和李億為魚鍊師報仇？」魚玄機默然不應。

裴玄靜心想：「夫君不是性情中人，自然不能理解情愛對人的巨大影響力。一個男子，真愛一個女子的話，會甘心為她做任何事情。」一念及此，突然想道，「若真是李億殺了裴氏，他定然也是為了與魚玄機在一起。只是，他這勇氣未免來得太遲了些。」

李言又問道：「鍊師知道溫先生是被美人醉毒殺後，就開始懷疑李億了。因為鍊師知道美人醉十分難得，而李億擁有美人醉，對麼？」魚玄機點頭：「我本來還以為李億是因為跟飛卿口角，一怒之下起了殺機。不過今日聽說裴夫人也是被美人醉毒死，我猜想李億可能以為是我做的……」

李言聽了很是驚訝，問道：「難道不是李億毒殺了自己妻子麼？」魚玄機搖搖頭，淡淡地道：「他的性情，是決計不會動裴夫人一根手指頭的。」她故作淡定，卻還是難掩淒然之色，大概因為她在前夫李億心中，地位始終不及裴氏重要的緣故罷。

裴玄靜卻頓覺案情有了新的發現，眼睛一亮，問道：「那麼，李億為什麼會認為是鍊師殺了裴夫人呢？」綠翹道：「那惡婆娘以前經常毒打鍊師，李億員外知道鍊師惱恨她！」頓了頓，續道，「當日鍊師差點就被她打死。我的腿也是那惡婆娘打瘸的。」裴玄靜原本不知道這些私密往事，聽了極為震驚，望著魚玄機，又望著綠翹，不知道該如何安慰才好。

魚玄機已然平靜許多，歎了口氣，道：「當年李億曾跟我提過美人醉。這藥十分機密，一般人絕不會知道。可能是他已經知道裴夫人是死於美人醉劇毒，所以懷疑是我做的。他曾經提過，裴夫人就是他的前程。既然前程沒有了，他便乾脆棄官不做，也不回鄂州找族人訴說，而單獨來到京師，目的是想親自找我報仇。」

李言問道：「李億如果是要為妻子報仇，應該到長安來殺魚鍊師，為什麼反而到鄠縣殺溫庭筠呢？」魚玄機一時也想不通這其中的關節，答不上來。

裴玄靜卻突然想到了什麼，問道：「等一等！鍊師，你是怎麼知道溫先生死訊的？」魚玄機道：

「有個鄠縣人趕來京師報的信。」裴玄靜問道：「他有沒有說是誰讓他來的？」魚玄機一怔，想了想：「沒有。不過，我以為是昆叔……」裴玄靜道：「不對。當初鍊師一進門，昆叔第一句話是：『鍊師，怎麼是你？你怎麼來了？』可見他並不知道你要來。也就是說，他並沒有請人帶信給你。」

李言一拍大腿，大聲道：「這就對上了！請人送信給魚鍊師的不是昆叔，而是李億。他也許覺得在長安難以下手，所以先到鄠縣毒殺溫先生，再找人給魚鍊師送信，打算將魚鍊師誘到鄠縣，才好下手。」裴玄靜道：「夫君所言極是。但李億沒有料到我與尉遲王子一行會意外出現在溫府，正是這個意外打亂了他的計畫。」魚玄機黯然道：「想不到他會如此待飛卿，又如此待我。」

溫庭筠一案看起來已經查明真相，正是李億毒殺了溫庭筠。不過其中疑雲依然很多，那就是裴氏到底為誰所殺？李億又是被何人所殺？

李言道：「魚鍊師一直在長安，當然沒有殺裴夫人。如果不是李億殺死妻子，那麼裴夫人到底是誰殺的呢？」裴玄靜道：「這點確實很難想得通。不過裴夫人死在廣陵，時間又在一個月前，我們無法知道更多詳情，只能暫且放到一邊。」忽然想到一事，「如果是李億殺了溫先生，那麼書房暗格後的那支九鸞釵也應該是他拿了。」

魚玄機歎道：「這九鸞釵是飛卿十八歲時，一名神祕的教坊女子送給他的，是昔日南朝淑妃潘玉兒使用過的舊物，釵上刻有『玉兒』兩個字，九隻鳳凰同時呈現出九種不同的顏色，世間罕見，珍貴無比。自古以來，奇物總是容易招致奇禍，因而飛卿從來沒有聲張過，很少有人知道九鸞釵就在飛卿手中。飛卿也收藏得很隱密，一直藏在書房的暗格中。」裴玄靜道：「但李億卻是極少數知情者。」

魚玄機點點頭，失望地歎了口氣。

裴玄靜道：「可是今日我們在李億身上並沒有發現九鸞釵，很可能是殺他的兇手取走了。」李言道：「殺李億的人會不會就是為了得到九鸞釵？」

魚玄機突然記起國香曾經提到有人在飯館喝醉酒，說要賣九鸞釵，由此還引來同昌公主，那聲言要賣釵的人會不會就是李億？抑或是殺死李億的兇手？不過按照國香所描述的時間來推斷，賣釵人出現在飯館，應該是昨日以前，而李億昨日才死，那麼，賣釵人肯定就是李億了。當下說了自己的想法。

李言肯定地道：「肯定是李億。這樣便完全連繫上了。他拿了九鸞釵，因為醉酒後太過張揚，聲明要賣掉這件珍寶，甚至還引來同昌公主打探，結果被盜賊盯上，盜賊一直尾隨其後，尋機殺死他，奪走了九鸞釵。」

裴玄靜仔細勘察過李億的屍首，留意到一些細節，卻又提出一個新的疑問：「但盜賊劫寶殺人，用刀用劍豈不更方便？李億又是如何中了美人醉呢？我仔細檢查過屍首，李億的口腔和鼻孔中均有美人醉的粉末，兇手應該是用沾有美人醉的衣袖、手帕之類，捂住了李億的口腔和鼻孔，導致李億吸入美人醉而死。」

案情重新陷入困境，幾人一時無語。還是綠翹道：「既然想不出究竟，不如先休息罷。」眾人這才意識到夜已闌珊，於是決意各自歇息。李言叮囑了妻子幾句，自離開咸宜觀前往勝宅求宿。

魚玄機毫無睡意，打算去書房收拾從鄠縣帶回來的溫庭筠詩稿。裴玄靜便一同跟隨前往。

望著一大堆詩稿，裴玄靜問道：「鍊師打算如何處理這些詩稿？」魚玄機道：「飛卿自己已經將詞整理得差不多了，我打算將他的詩與詞合成一本《溫飛卿集》。」

裴玄靜信手拿起案桌上的另一堆紙稿，仔細翻閱了數篇，問道：「這些都是鍊師的詩作罷？」魚玄機道：「我可不敢全部據為己有，最上面幾首都是綠翹作的。」

裴玄靜驚訝地道：「是麼？可是看起來……」魚玄機道：「筆跡一樣對不對？」裴玄靜道：「文風也差不多，完全看不出是兩個人做的。」魚玄機歎道：「綠翹是個非常聰明的女子。她本來出身名門，後因曾祖父捲入了甘露之變被殺，他們全家被沒入官中為奴，從此淪落。綠翹原本是裴夫人的婢女。我嫁給李億為妾後，裴夫人便將綠翹給了我，本意是派綠翹來監視我，唉……」

裴玄靜道：「但綠翹卻與鍊師一見投緣，情如姐妹。」魚玄機點頭道：「我們確實很談得來。綠翹本來不識字，但人相當聰明，跟著我識字作詩不久，便能以假亂真。旁人都分不出是我寫的還是她寫的。」深深歎了口氣，「不僅如此，綠翹對我有恩。那時候，裴夫人經常借故打我，我一度非常灰心，天天以淚洗面，全靠綠翹從旁勸慰，才挺了過來。」

裴玄靜遲疑問道：「李億就任憑裴氏毒打你麼？」魚玄機道：「裴夫人出身名門，娘家是有名的山西聞喜裴氏。李億一心思量著前途，哪裡敢得罪她？有一次，裴夫人竟然追到鄂州，操著大棒朝我打來……當時我以為自己這次必死無疑，沒想到一旁的綠翹撲了上來，替我擋了那一棒。那一棒剛好打在她的腿上，從此以後，她便成了瘸子。這件事後，我意識到人生遇合自有定數，姻緣也不可強求，這才回到長安，到咸宜觀出家做了女道士。」

裴玄靜道：「原來如此。鍊師志趣高遠，對這等負心漢子與好妒婦人，原本也不值得再放在心上。」她這話有很深的婉勸意味，結果卻反而觸動魚玄機的綿綿情絲。一時之間，她耳邊恍然又響起李可及的歌聲——「……虛閣上，倚闌望，還似去年惆悵。春欲暮，思無窮，舊歡如夢中。」

從書房出來後，裴玄靜便跟著綠翹前往東廂房。綠翹道：「東廂房原本是彩羽道友的住處。去年鍊師請畫師來修補觀內脫落的壁畫，結果壁畫還沒有弄完，彩羽就跟畫師私奔跑了。自從她走後，東廂房便一直空著……」一邊說，一邊引裴玄靜進去。又道：「娘子若有什麼需要，直接告訴我便是，我就住在對面西廂。」臨出門時，見裴玄靜悶悶不樂，便頑皮地道：「若是娘子睡不著覺，後面有個院子，種滿了梅花，娘子可以去月中賞梅。」裴玄靜自知她是好意玩笑，竟然點頭答應。

安置好裴玄靜，綠翹心中猶自惦記著魚玄機，短短幾日內，突然發生了這麼多事，生怕她會傷心而想不開，便乾脆抱了被褥，走到魚玄機臥房外道：「鍊師！」魚玄機果然尚未就寢，忙過來開了門。

綠翹道：「我怕冷，今晚想跟鍊師擠著睡，好麼？」魚玄機立即意識到她的好意，不由得分外感激，道：「多謝你，綠翹。」綠翹調皮地道：「謝我做什麼。我還得謝謝鍊師肯讓我進門呢！」走過去將被褥放在床榻上。

魚玄機幽幽道：「我知道，你是擔心我……」綠翹回過頭來，笑了一下：「我好像已經很久沒有跟鍊師擠在一張床榻上談天說地了。」魚玄機也勉強笑了一下。猛然之間，她隱隱約約覺得綠翹的話彷彿另有深意，不由怔怔地望著她，卻見她正忙著收拾床榻上的被褥，並無異常。

夜色中的親仁坊格外寂靜。此刻，一個人影正如幽靈般在咸宜觀外徘徊。咸宜觀後牆處，突然出現另一條黑影。他穿一身緊身夜行衣，頭和臉部均用黑布包住，看不清面孔。黑影點地一躍，便輕鬆翻進了後院。他似乎對咸宜觀的地形極為熟悉，逕直來到一棵梅花樹下，從腰間取出一把小鏟子，彎下腰來，剛挖了一下積雪，突然聽見牆外有動靜，急忙停下。後牆外，幽靈般的人影正悄然經過。

黑衣人凝神靜聽，見牆外再無動靜，思索片刻，便往前院走去。他悄然無聲地行走著，逕直來到綠翹臥房外，剛伸手要去推門，卻聽見裴玄靜在背後喝道：「是誰在那裡？」黑衣人大吃一驚，轉身就往後院跑去。

裴玄靜急忙去追。到得後院，二人便交上手，一番旗鼓相當的劇烈打鬥。裴玄靜三番五次欲扯下黑衣人臉上的蒙面巾，始終未能得手。那黑衣人料不到裴玄靜一介女子，竟然武藝不弱，幾次欲擺脫她逃走，均被緊緊纏住，不能如意。情急之下，他從腰間取出一節短棒做兵器，迫退裴玄靜一步，趁機用木棒在牆壁上一點，借力躍上牆頭，瞬間便消失在黑暗中。

魚玄機、綠翹聽到動靜，各舉燈燭趕來，急問道：「出了什麼事？」裴玄靜道：「適才有個身手不凡的黑衣人闖進來，可惜讓他跑了。」

三女重新回到廳堂坐下。裴玄靜告知，始終無法入睡，想出來走走，卻突然發現一個黑衣人鬼鬼祟祟地站在綠翹的門口，正準備推門進去。魚玄機聽了，不禁大為困惑，納罕地問道：「黑衣人為什麼要進綠翹的房間？」綠翹自己也莫名其妙：「我不知道啊。何況我適才不在房內，睡在鍊師房裡呢。」

魚玄機沉吟半晌，才遲疑道：「或許……這個人……他……是衝著我來的？」其他二女大吃一驚。裴玄靜忙追問究竟道：「鍊師為什麼會這麼說？」魚玄機道：「綠翹居住的西廂臥房，原本是我的臥房。她的臥房原先是緊挨書房的那間。去年入冬後，我因為怕冷，為取書方便，就與綠翹換了臥房。」

綠翹驚魂不定，道：「難道是他？是不是他想來殺鍊師為那惡婆娘報仇？」裴玄靜也跟著緊張起來，問道：「他是誰？」綠翹道：「李億員外。」裴玄靜看了一眼魚玄機，見她心事重重，便道：「李億已經死了。」綠翹道：「說不定他真的借屍還魂了。」說完已然覺得涼風颼颼，陣陣寒意，禁不住打了個冷顫。

裴玄靜卻突然想起一件事，叫道：「短棒！適才那黑衣人使的兵器正是短棒！他肯定就是殺死坊正王文木的凶手！」頓了頓，又道，「這人武藝高強，身懷絕技，出入牆頭如履平地，絕非等閒之輩，會不會就是擾得長安雞犬不寧的飛天大盜？」魚玄機與綠翹相顧駭然，齊聲問道：「可是飛天大盜來我們咸宜觀做什麼？」

今晚這事真是蹊蹺離奇，裴玄靜也無法回答，一時不禁聯想起三個月前銀菩薩於勝宅失蹤、又神祕地被埋在咸宜觀黃金印下的情形。當時蘇幕曾提過飛天大盜躍入了咸宜觀後院，只是眾人均想是內賊所為，認定是蘇幕看錯了。如今看來，蘇幕所見之人與裴玄靜所交手的黑衣人多半就是同一人。可是正如綠翹所問，飛天大盜來咸宜觀做什麼？為什麼來過一次後，還要再來一次？他到底有什麼目的？

不過倒有一點可以肯定，如果來人真是飛天大盜，那麼肯定不會是李億。且不論李億武藝如何，唐朝尚武成風，士人好騎馬、射箭、擊劍之術者大有人在，且高手層出不窮。單說三個月前飛天大盜已經鬧得長安不得安寧，而根據廣陵刺史的卷宗，李億當時還在廣陵為官。

當此情形之下，自是耿耿難寐。裴玄靜突然提起想向綠翹學如何泡製菊花茶，綠翹雖覺奇怪，但還是特意教她煮了一壺。原來這菊花茶頗為麻煩，先在一年前將菊花洗淨後曬乾，再與茶葉混合，裝在罈中，埋於地下，一年後方可取出；飲用前，先將菊花茶葉碾碎放在一旁，加水入茶釜煎水；當水開始冒魚眼氣泡時，加入一小撮鹽；當水如湧泉般沸騰時，先舀出一勺水，再將菊花茶葉末子倒入茶釜中；等到泡沫四溢，再將舀出的水加入茶釜止沸；等到水再次沸騰，才算大功告成。這次的水，用的並非咸宜觀內的井水，而是昨夜的雪水，自有一股獨特的清洌之氣。

有了這一壺菊花茶，時光似乎流逝得快多了，氣氛也不再那麼沉鬱難捱。綠翹這才知道裴玄靜的深意，不由得對她刮目相看。

等到天色一明，三女便急急趕到後院。後院空空如也，一派靜謐，只有漂浮的渺渺霧氣，恍然如夢境般迷離。怒放的梅花掩映於晨霧中，風露曉妝，容華淡佇，綽約俱見天真。

裴玄靜走到牆根仔細查看，果然發現牆壁上除了昨夜黑衣人用木棒點過的痕跡外，還有半個鞋印。魚玄機道：「很淺的半個鞋印，像是有人從這裡翻過牆。」裴玄靜點點頭，指著鞋印和木棒印跡道：「深淺差不多，說明力道也差不多，完全可以證明是同一個人留下的。」

一邊說著，一邊從院角搬來一架梯子，放在鞋印下的牆角處，登上梯子，從牆頭往下探視了一番，隨即下來道：「這半個鞋印，應該是在殺坊正老王的那天晚上留下的。」又解釋道：「當夜大雪，飛天大盜來到咸宜觀，也許是預備盜取什麼財物，也許是有其他目的。他正準備下手之時，坊正王文木來到咸宜觀後牆外。他右手提著木桶，左手拿著一枝刷子，開始往牆壁上刷字，打算再次陷害咸宜觀，以激怒京兆尹。王文木在外面長時間不走，飛天大盜被驚動了，擔心有變，不敢再多停留，便躍出牆外。他武藝再好，要跳上這麼高的圍牆，也需要借力。這半個鞋印就是他借力的地方。但是雪夜寂靜，這一動靜也驚動了坊正王文木，王文木走過來想查看究竟，剛好與躍出牆外的飛天大盜遇上。於是飛天大盜迅速取出短棒，擊打王文木的頭，將他打暈後，任憑他凍死在冰天雪地中。」

她擔心二女不明白，道：「這個鞋印的位置，離牆上的『生』字不算太遠……」又往南走出數步，『生』字大概就在這個位置，王文木就是死在這裡。」

魚玄機聽了深為嘆服。只有綠翹還是疑竇重重，問道：「娘子的推斷很有道理，可是這飛天大盜到底來我們咸宜觀來做什麼呢？全長安的人都知道我們咸宜觀一貧如洗，哪裡有什麼可偷的？」頓了頓，忽又想起一樁舊事，問道：「會不會是有人雇請飛天大盜，來咸宜觀盜取黃金印的菊花？」

裴玄靜不明究竟，問道：「這與黃金印的菊花有何干係？」

魚玄機當即說明情由：原來長安素有鬥花的傳統，一些富豪權貴爭相在自己的園林種植奇花異草，以此為誇耀，尤其以牡丹與菊花為甚。唐武宗會昌年間，曾有數十名士人結伴到慈恩寺賞牡丹，花色眾多，卻偏偏沒有深紅色。正深以為憾時，一名老僧將眾人領到一處小院，頓時眼前一亮，原來那裡種有一株開了上百朵花的深紅牡丹。消息飛快地傳開。當晚，便有黑衣人潛入慈恩寺，掘走這株罕見的牡丹。不僅如此，盜竊者還在原地留下三十兩黃金作為補償。一年前，也曾有人半夜潛入咸宜觀，掘走了最大的兩株黃金印，不過這個竊賊比較小氣，並沒有留下黃金當作補償，只留下兩斤蜀茶。幸好後來不知是誰傳出消息，黃金印只有在咸宜觀才能開出方形的菊花，一旦移植到他處，便變成了普通的菊花，之後才再也沒有人打黃金印的主意。

裴玄靜突然聽說此等雅聞軼事，不由得覺得十分新奇。不過仔細一想，即使飛天大盜真是為黃金印而來，也該直接到廊下，又何必繞到後院這般費事？她說了自己的想法，魚玄機也道：「這事確實甚奇，飛天大盜來這裡應該不會是為了黃金印。或許咸宜觀裡面有什麼珍稀之物，連我們自己也不知道？」

綠翹奇道：「莫非是昔日咸宜公主在觀裡埋下什麼寶藏，飛天大盜來咸宜觀是為了尋寶？」越想越覺得自己的話有理，又問道，「鍊師，當初一清師父臨死前將咸宜觀託付給你的時候，有沒有交代過什麼？」魚玄機回想半天，始終記不起昔日師父臨終遺言有什麼特別之事。

裴玄靜卻突然有所發現，留意到一棵梅花樹下的積雪有鏟子挖動的痕跡，急忙上前將積雪扒開，地面上露出了一些新土，顯然有人挖開過這裡，而且就在最近幾天。

裴玄靜忙問道：「綠翹，你最近動過這些樹麼？」綠翹奇怪地道：「沒有啊，我和鍊師從來都沒管過這些梅樹。」魚玄機也點頭道：「我們根本不怎麼到後院來。」裴玄靜道：「這應該是前幾天剛剛挖開又重新掩埋上的，後來剛好被大雪掩蓋了痕跡。綠翹，你幫忙找個能挖土的工具來。」

綠翹剛及轉身，魚玄機拉住她道：「我去。」奔進廚下找來一把鏽跡斑斑的鏟子，與裴玄靜二人手忙腳亂地將土挖開，卻是一個大包袱。打開一看，三人登時目瞪口呆，驚訝不已，原來裡面全是寶氣耀眼的金銀首飾。

綠翹簡直不敢相信自己的眼睛，嚷道：「天哪，真被我說中了，我們咸宜觀真的埋有寶藏啊！」

魚玄機道：「咸宜公主在世距離現在已有上百年，可是這包袱很新，周圍的土也很新，肯定不是前人所埋藏的寶藏。」

裴玄靜細細翻看了幾件珠寶，才道：「這不是咸宜公主留下的寶藏，而是飛天大盜盜取的長安富戶的贓物。」原來她受京兆尹溫璋相邀，協助調查飛天大盜一案，已然在京兆府大略翻過失竊物品清單，眼前不少珠寶都符合清單上的描述。

魚玄機更加感到不可思議：「我實在弄不明白，這飛天大盜的贓物怎麼會埋在我們咸宜觀裡？」不解地望著裴玄靜。裴玄靜道：「也許飛天大盜來這裡並不是來偷盜的，而是要將他之前盜取的財物找個妥當的地方藏起來。綠翹適才說了，全長安的人都知道咸宜觀一貧如洗，因此這裡反而是藏贓物最好的地方。」

魚玄機道：「這般推測很有道理。想來前夜大雪紛飛時，那飛天大盜也偷偷溜進了咸宜觀後院，開始埋金銀珠寶。就在他忙碌的時候，王老公也來到咸宜觀外忙碌。當飛天大盜埋好珠寶、跳出牆外的時候，剛好遇到聽見動靜的王老公。於是，飛天大盜為了殺人滅口，迅速取出木棒，擊打在王老公頭上……」

綠翹道：「飛天大盜並沒有痛下殺手，說不上是殺人滅口。」她素來痛恨王文木，心中反而多少有些感激殺了他的飛天大盜，是以有意為其辯護。裴玄靜道：「這是因為飛天大盜知道王文木肯定會被凍死。大家想想，如果王文木不死，也許會追蹤到財寶就埋藏在咸宜觀裡，那樣飛天大盜豈不是竹籃打水一場空？」綠翹還待再說，卻聽見前院傳來有力的拍門聲，便道：「我去開門。」

來人卻是李言、杜智與尉遲鈞，各有疲倦之色，大約是昨夜亦未睡好緣故。三人聽綠翹說昨夜黑衣人闖進咸宜觀，以及適才在後院發現飛天大盜贓物的經過後，駭然失色，急忙趕將進來，卻見裴玄靜與魚玄機已經將包袱取回廳堂。眾人免不得一番議論。

杜智負責追查飛天大盜一案，他昨天剛剛到京兆府查看了長安縣縣尉崔公嗣遞送上來的相關卷宗，記得其中的一起記錄著：大約四個月前，張翰林家起夜的僕人看到一名黑衣人，剛要叫喊，結果被黑衣人當頭給了一記悶棒，打暈了扔在花叢中。過了好長一段時間，僕人才自己甦醒過來。當天夜裡，張翰林失竊了不少財物。這與裴玄靜所言飛天大盜的手法完全一致，因而完全確認了她的推斷。坊正王文木被殺一案意外破獲，又離奇找到飛天大盜的部分贓物，眾人都深覺鼓舞。尤其是杜智，已經連日因飛天大盜一案備受壓力，現在意外有所斬獲可以交差，不由得對魚玄機和裴玄靜感激不盡。

李言又道：「可是有一點，我還是想不通，為什麼飛天大盜一定要選擇咸宜觀後院作為藏贓物的地方呢？」

杜智是萬年縣縣尉，最熟悉這一帶的情況，也道：「親仁坊靠近繁華熱鬧的東市，我也不認為這裡會是個合適的藏寶地點。」裴玄靜道：「不管怎樣，贓物就在這裡，飛天大盜選擇咸宜觀一定有他的原因和目的。」

綠翹突然語出驚人地道：「飛天大盜會不會是為了栽贓嫁禍給我們咸宜觀？」杜智道：「這實在不合情理。飛天大盜作案多時，好不容易竊取來的財物，為何只為了嫁禍，就輕易送還他人？」

尉遲鈞天生富貴，從來不在意財物，倒是支持綠翹的想法，道：「我認為綠翹說得有理。如果不是為了嫁禍，飛天大盜為什麼昨晚會出現在綠翹房外？他似乎想故意引起注意，引你們到後院。」綠翹當即道：「王子殿下說得極對！本來後院地面被積雪覆蓋，贓物並不容易被發現。偏偏那一處積雪有挖動的痕跡，肯定是飛天大盜故意留下線索。」

裴玄靜卻不同意這一推斷，道：「如果飛天大盜是為了栽贓給咸宜觀，那麼他為什麼要連續來兩次呢？第一次，他無意中遇到了坊正王文木，正是栽贓給咸宜觀的最佳機會，為什麼還要就此殺了王文木滅口呢？」

這一詰問甚為有力，一下子便推翻了綠翹的猜測。眾人只覺迷霧重重，越想越覺得頭緒越多。現下唯一可以肯定的是，殺王文木的就是飛天大盜。眾人商議一番，決定由杜智先將贓物送去京兆府。國香卻在這個時候披頭散髮地闖了進來，嚷道：「我也要去。」裴玄靜知道她與李億兩家世交，自小相識，她要求同去京兆府肯定是想最後一次看看李億的屍首，便道：「如此，杜少府就帶國香一起去罷。」

杜智與國香一走，眾人總算略微鬆了口氣。魚玄機自與綠翹到廚下燒水做飯，廳堂只剩李言夫婦和尉遲鈞三人。

裴玄靜突然問道：「王子殿下，如果你是飛天大盜，會把辛苦偷來的財物藏到我家後院麼？」尉遲鈞道：「當然不會了。」裴玄靜道：「為什麼不會？」尉遲鈞笑道：「我放誰家都可以，絕對不會選你家後院。娘子那麼精明細心，還不到一下子就發現蛛絲馬跡啊。那我之前不是白忙了？」裴玄靜若有所思。李言：「玄靜，你是不是想到什麼？」裴玄靜搖了搖頭。

李言溫言道：「玄靜，我知道你關心魚鍊師。不過我還是要告訴你，我昨晚想了一夜，發現一個很奇怪的現象——所有的案子，包括溫庭筠之死、坊正王文木被殺、李億之死、飛天大盜，還有李億妻子裴氏之死，甚至包括三個月前的銀菩薩失蹤案，這幾個案子本來毫無關聯，但卻有一個共同點：那就是都跟魚鍊師有關。就像六顆獨立的珠子，只有魚玄機這根線能將它們串起來。」

裴玄靜聽了悚然而驚。尉遲鈞細細一想，覺得不無道理，訝然問道：「果真如此。莫非果真如京兆尹所言，魚鍊師才是這一切的幕後推手？」三人一時面面相覷。過了好半晌，裴玄靜才緩緩道：「我不信。」

此刻，在廚房中，綠翹也正與魚玄機討論同樣的話題。綠翹道：「我越來越覺得是有人有意針對鍊師！先是溫先生離奇中毒而死；後是坊正老王被殺，就死在咸宜觀外，多少跟我們有關；再是李億員外。無論死的是誰，都跟鍊師有關係。現在又冒出個飛天大盜，本來一竿子打不著的人，偏偏還把贓物埋在咸宜觀裡。」她看上去緊張極了，顯然很為魚玄機擔心。

魚玄機沒有回答，但也是心神不寧的樣子。她已經有種強烈的不祥預感，感到一張巨大的命運羅網正在慢慢向她收緊。可是她不能讓關心她的人知道，不能讓綠翹知道。

綠翹小心翼翼地道：「鍊師，要不然……咱們悄悄離開這裡罷？」魚玄機一愣：「去哪裡？」綠翹道：「我有個朋友是蜀中人，這幾日要回家鄉去，咱們可以跟他一起先去蜀中。他說他有能力照顧我的生活。」魚玄機大為意外，一時沉吟不語。

綠翹懇切地勸道：「鍊師，你不是說過，眼下民不聊生，天下恐將有大變麼？不如我們一道離開京師，遠離這個是非之地。」魚玄機望著她，開始有點動心了。

綠翹見她神動，喜道：「我馬上就去安排，近幾日便可以離開長安。」轉身欲走，魚玄機忙拉住她：「等一下……」想了想，堅定地道：「不行，我不能這樣一走了之。」綠翹焦急地道：「可是，我真的很擔心有人要對鍊師下毒手。」魚玄機似是下定了決心，道：「綠翹，你走罷，今日就走！」又加重語氣強調道：「你一定要走！」綠翹不明白她為何突然要自己離開，一時驚住。

魚玄機滿腹心事，也不及多解釋，又自言自語道：「最好也讓國香趕緊離開這裡才好。」一提到「國香」，突然想起她昨日今日極度悲傷的種種異常之處，猛然醒悟過來，「呀，那具屍首……」

她主僕二人極有默契，這一聲「呀」，也立即提醒了綠翹，會意道：「莫非死的那人不是李億員外？哎呀，難怪，裴家娘子說他白日已經死了，但鍊師晚上還看見過他。原來不是借屍還魂！」魚玄機道：「我得趕緊去京兆府看看。」忙往外走，又回身叮囑綠翹道：「此事先不要告訴裴家娘子他們。還有，你今晚夜禁前就走，去蜀中！」

從廚房出來，魚玄機先到廳堂打過招呼，說要去一趟京兆府接國香，請李言夫婦繼續幫助調查溫庭筠一案的四名嫌兇。裴玄靜雖然覺得她不免多此一舉，但也未多說什麼，當即答應。

魚玄機離開後，李言夫婦商議，決計由裴玄靜與尉遲鈞一道去東市找李近仁，李言到廣化坊找韋保衡和陳韙，看看還能問到些什麼新情況。至於首要疑凶李可及，因為他時常人在大明宮，並非想見就見得到，只能先暫時擱置一旁。

綠翹剛好送飯食茶水進來，聽說裴玄靜要去找李近仁，便道：「娘子如果要找李近仁李君，不必再多跑一趟了。我猜他一會兒就會來咸宜觀的。」裴玄靜與尉遲鈞交換了一下眼色，問道：「李近仁似乎很關心咸宜觀。」綠翹道：「嗯。這一年來，我們咸宜觀全靠李君時常接濟，才得以度過難關。而且，李君是個大好人，不像以前來的那些男人，他根本不求回報的。所以，他絕對不會是凶手。」

裴玄靜突然想起什麼，轉身即往書房奔去。尉遲鈞見狀，也急忙跟了出去。綠翹不明所以，正欲跟去敲個究竟，有人卻在大力叩門。她忙一瘸一拐地走過去：「來了來了……」一邊拉開門，一邊道，「是李近仁李君罷？您來得正好，裴家娘子正找你呢……」看清楚來人後，綠翹登時愣住。

卻說裴玄靜直奔進魚玄機的書房，拿起溫庭筠的詩稿，焦急尋找著。尉遲鈞進來，甚感好奇，問道：「娘子在找什麼？」裴玄靜道：「殿下，你知道溫先生在廣陵待過很長一段時間罷？」尉遲鈞道：「當然知道，溫先生年輕時在那裡待過好多年呢。」

裴玄靜翻閱詩稿道：「看樣子，溫先生在江東的時候寫過不少詩，時間確實不短。」頓了頓，又道：「溫先生在廣陵待過很長一段時間，而李近仁正是廣陵人，李億又在廣陵做官，這其中會不會有什麼聯繫？」尉遲鈞一呆，只道：「這我可說不好。只是聽說溫先生原來準備終老江南的，後來惹上了一場官司，這才不得不回到京城。」

裴玄靜眼前一亮，問道：「是什麼樣的官司？」尉遲鈞道：「其實也不是什麼大事，不過有人小題大作罷了。溫先生在廣陵的時候，曾經喝醉酒，犯了夜禁，結果被一個姓李的巡夜虞候抓住。這名虞候明明知道他就是溫庭筠，不但沒有手下留情，還按照律令重重打了他一頓。溫先生不但破了面相，連牙齒都被打落！」

裴玄靜道：「後來呢？」尉遲鈞道：「溫先生當然深以為恨，發誓要報復。但地方官吏認為溫先生犯夜禁在先，李虞候依法處置，並無過錯，因而不予理睬。溫先生更加氣憤，便來到京城，四處向那些達官貴人上書，要求懲處李虞候，鬧得滿城風雨。結果當時的宰相徐商幫了溫庭筠，將李虞候免職，並當眾打了五十杖。李虞候自覺無罪受罰，一氣之下就上吊自殺了。」

裴玄靜道：「原來這位虞候也姓李。」尉遲鈞道：「對。但李虞候是廣陵本地人，應該跟李億沒什麼親屬關係，李億是鄂州人氏。」裴玄靜道：「跟李億沒關，可是說不定跟李近仁有關。」尉遲鈞大吃了一驚：「娘子是說……」

裴玄靜道：「先不提李虞候。現在五名疑凶，只有李億和李近仁到過廣陵，既然李億絕對不可能殺死妻子，那麼李近仁的嫌疑理當最大。」尉遲鈞道：「娘子是說李近仁為了給魚鍊師報仇，用美人醉毒死了裴夫人？」裴玄靜點頭道：「後來也是他毒死了溫庭筠和李億。」

尉遲鈞道：「若說李近仁毒死李億夫婦，我倒能理解，畢竟這二人虧欠魚鍊師極多，幾乎毀了她一生。可是李近仁為什麼要毒殺溫先生？」裴玄靜道：「李近仁毒殺溫庭筠應該完全是為他自己。」尉遲鈞一時不解。裴玄靜道：「如果李近仁是李虞候的兒子，他就有殺死溫庭筠為報父仇的動機。」

尉遲鈞驚駭地望著裴玄靜，一時難以置信。綠翹正端茶進來，聽了此話，如小鹿撞胸，如冷水澆背，雙目瞪圓，呆立在門口。

便在此時，又有人大力敲門。三人交換了一下眼色，綠翹道：「肯定是李近仁來了！」一起從書房出來，尉遲鈞搶先過去，一邊用力拉開門，一邊嚷道：「李近仁，我們已經識破你的真實身分了。」卻見李言正站在門口，不動聲色地問道：「李近仁的真實身分是什麼？」

原來李言前去廣化坊韋府吃了個閉門羹，韋府的人稱韋保衡病了，不能見客，陳韙則是一早就出去了，不知道去了哪裡。得知裴玄靜的最新推斷後，李言也道：「如果李近仁真是李虞候的後人，那他的嫌疑確實非常大。」問起綠翹，她卻並不知情。當下眾人決定先去京兆府，請京兆尹派差役前去傳喚李近仁到場。

走出不遠，裴玄靜突然回望了咸宜觀一眼，問道：「你們知不知道飛天大盜為什麼要把贓物藏在咸宜觀後院？」尉遲鈞道：「飛天大盜也許只是偶然選中了咸宜觀。」裴玄靜搖了搖頭：「是因為飛天大盜知道魚鍊師和綠翹從來不去後院。」李言當即醒悟過來：「他這麼瞭解咸宜觀的情況，一定是咸宜觀的常客。」裴玄靜點了點頭。

李言突然回想起坊正王文木一案中，李近仁被南門坊正看到夜半就在咸宜觀外，而他本人也自承武藝不弱，現下已經確認是飛天大盜殺死王文木，那麼李近仁會不會就是這個神祕的飛天大盜？他遲疑著說出了自己的看法，裴玄靜深以為然，令他很是欣喜。只有尉遲鈞全然不能相信一個大富豪竟然會鋌而走險，當什麼飛天大盜。

正談論間，國香哭喪著臉奔將過來，一見他們就大嚷道：「不好了，不好了，魚姊姊剛剛被京兆尹下令抓了起來。裴姊姊，你快點去救她！」

原來杜智與國香帶著贓物前往京兆府，半路魚玄機追了上來，三人便一道前往。到得京兆府後，溫璋命人拿失竊清單與贓物比較，幾乎全部對得上，只是還有不少近期失竊的財物不在當中，大概飛天大盜只埋藏了一部分在咸宜觀裡。溫璋卻由此懷疑魚玄機與飛天大盜有關，又是謀殺裴氏、溫庭筠和李億的重大嫌疑人，下令予以扣押審訊。

幾人聽了都大吃一驚，急忙連同國香一起朝京兆府趕去。

卷七　猜忌

魚玄機心中的傷痛與失望遠遠超過了她表面上的痛楚。在她一生中，沒有誰比眼前這個男人待她更好，他尊重她的一切，她的人格，她的才華，甚至包括她的過去，她已然慎重考慮過，有意要接受他。而現在她卻懷疑，他不過是為了方便報復溫庭筠才接近自己。她回想起當初戲劇般的邂逅，以及他後來不求任何回報地為咸宜觀付出，不免疑慮更深……

京兆府大堂內，京兆尹溫璋正在翻閱卷宗。杜智與數名差役垂手站在一旁，大氣也不敢出，雖然飛天大盜一案未能偵破，但畢竟尋獲了部分贓物，總算能小舒一口氣。說起來，雖然在這件事上有許多誤打誤撞的因素，杜智心中還是頗感激魚玄機，見她突然被京兆尹下獄，有心為她說上幾句好話，只是畏懼溫璋的嚴厲冷峻，未敢開口而已。

溫璋的神思完全集中在飛天大盜一案上。他昨晚連夜接到報案，據稱飛天大盜神不知鬼不覺地潛入了太平坊，將中書舍人裴坦府邸的金銀珠寶洗劫一空。裴坦出自山西聞喜裴氏，其子娶宰相楊收之女，家中資產甚盛，據說連器皿都飾以犀玉。太平坊與京兆府所在的光德坊僅一街之隔，飛天大盜如此行徑，顯然完全不將京兆府放在眼中。但溫璋惱怒歸惱怒，心頭卻疑惑甚多。仔細推算起來，裴坦府邸失竊之時，大致就是裴玄靜在咸宜觀與飛天大盜交手的時刻。這如何能解釋得通？莫非飛天大盜不只一人？而且他詳細核對過贓物和失竊財物清單，發覺這些贓物都是三個月前丟失的，而近三個月內失竊的珠寶則一件也沒有。怎麼會有這樣的巧合？這其中到底有什麼玄機？

正百思不得其解之時，忽有差役進來稟告，說是有人前來投案自首。驚奇間，卻見李近仁已然跟著差役走進來。他的面色慘白浮腫，彷彿才從睡夢中醒來，看上去多少有些倦怠世事的感覺。溫璋道：「怎麼是你？」李近仁當即上前，坦白告道：「正是我殺了裴氏、溫庭筠，以及李億。」

溫璋聽了大詫，只是手頭正要處理更為重要的飛天大盜一案，便命先將李近仁收監，押後再審。杜智趁機道：「如此，魚玄機的嫌疑便可洗脫了。」溫璋重重看了他一眼，揮揮手道：「那就放了她，你去辦罷。」杜智如獲大赦，忙領人押了李近仁，往大獄而去。

李近仁連殺三人，屬於重犯，按律要上刑具，頸上套了鐵鉗，雙手戴了梏具，押進單人牢房。女牢在大獄最深處，杜智親自趕去將魚玄機放出來，並領她出去，以表歉意。

魚玄機剛適才被關押入獄，片刻間又被釋放，自然明白這其中有人力所為，忙問道：「杜少府可知京兆尹為何突然要放我？」正巧經過李近仁的牢房，杜智向內一指，道：「李近仁已經來投案了，承認是他殺了溫庭筠、李億，以及李億妻子裴氏。」

魚玄機一時呆住，不解地望著獄中的李近仁，李近仁則默默移開了目光。只在那一瞬間，她便明白了，他是想代她受過，臉上的疑惑登時變成感動。

離開大獄，魚玄機並未就此離開京兆府，而是要求杜智帶她去見溫璋。杜智拗不過她，只得帶她去了大堂。一見溫璋面，魚玄機便力陳李近仁絕非凶手。杜智從旁勸道：「李近仁自己都全部招認了，魚鍊師何苦還要為他開脫。」

溫璋何等精明，早看出魚玄機心思，冷冷道：「少府，你還沒有明白，其實魚玄機想說的是，李近仁是為了替她脫罪，所以才自認罪名。對不對，魚鍊師？」魚玄機一時默然不應。

溫璋冷嘲熱諷道：「看來，不光是本尹認為鍊師有重大嫌疑，連跟你走得這麼近的李近仁也在懷疑你呀！據本尹猜測，李近仁肯定認為是鍊師利用李億，以美人醉毒殺了裴氏，再殺了溫庭筠，接著魚玄機才又殺了李億滅口。他愛慕魚玄機，一心要為心愛的女人脫罪，聽說魚玄機被逮捕下獄後，立即跑來京兆府自認殺人……」

杜智道：「可是魚鍊師沒有任何理由要殺溫庭筠。」溫璋道：「杜少府，你還年輕，又沒有成家，哪裡知道這世間的愛與恨、情與仇，其實就懸在一線之間。」杜智不敢再辯，心中卻想：「我不知道，難道你就知道了？」

溫璋道：「魚鍊師，你自己說，本尹到底要怎麼處置你和李近仁？其實，你我都知道李近仁沒有殺人……」卻聽見一個聲音道：「不對，李近仁確實有重大殺人動機。」溫璋一怔間，裴玄靜等人已然走了進來。適才開言的正是裴玄靜，當下說明李近仁極有可能是被溫庭筠逼迫自殺的李虞候之子。

魚玄機聽了有如頭上劈下一個響雷，過了好半晌，才顫聲問道：「娘子是說李近仁與飛卿有殺父之仇？」裴玄靜道：「我們現在還不能完全確定，正打算去問李近仁本人。」眾人一起望著溫璋，等他示下。

案情如此峰迴路轉，連溫璋這等見多識廣的老辣之人也措手不及，只道：「果真如此，本尹倒是對李近仁輕易服罪十分意外。」尉遲鈞道：「也許他不想牽累他人，這符合他的性格。」

溫璋冷笑道：「男子漢大丈夫，行事當光明磊落，若真要報仇，又何必用下毒這種卑劣的手段？他既武藝高強，為女人也好，為父親也好，一刀一個豈不痛快？如此處心積慮地設計，只不過是想逃脫律法的制裁，還妄談什麼不想牽連他人。」溫璋雖專橫跋扈，卻洞悉世事，見解深刻，不由得人不佩服，眾人一時無語。溫璋又道：「這件案子既然已經交給李少府處理，便由你們幾個去審問李近仁罷。」

幾人出來商議了一下，決定由李言夫婦與杜智一起到大獄中直接詢問李近仁。魚玄機自然想參與其事，可是她現下的處境，實在有諸多不便，對此，裴玄靜也只能抱歉了。

三人帶著一名做記錄的書吏一起進入牢房。進去時，李近仁正意態安詳地席地而坐，見他們進來，問道：「你們是來審問案情經過的麼？」李言道：「正是。但我們首先想知道你為什麼要投案自首？」李近仁道：「不為什麼，我就是看你們遲遲破不了案，還不斷牽連無辜，所以忍不住站了出來。」裴玄靜突然道：「我們已經知道你就是李虞候的兒子，與溫庭筠有殺父之仇！」李近仁身子一顫，意外地望著她。他如此動容，自然證明裴玄靜的推測準確無誤。

牢房一時陷入靜默中。過了好半天，李近仁才「嘿嘿」兩聲，連聲道：「佩服！佩服！」他大概以為自己一直隱藏得極好，絕無可能被人發現，想不到這麼快就被人查清了來歷。

杜智問道：「你殺溫庭筠是為了給父報仇，可是為什麼要殺李億夫婦？真的是為了替魚玄機報仇麼？」李近仁道：「正是如此。」李言道：「既然你直認不諱，就請講講作案經過，你是怎麼殺了裴氏、溫庭筠和李億。」

李近仁歎了口氣，道：「我在廣陵有間很大的綢緞鋪，兼雇有裁縫做衣裳。裴夫人經常來鋪子裡逛逛。有一天，我趁裁縫給她量衣衫的時候，偷偷將美人醉灑在她的頭髮上……」他皺緊眉頭，眼睛不斷眨動，話說得非常小心翼翼，似乎每一句都要經過慎重考慮。

裴玄靜道：「那你為什麼不趁機在廣陵將李億一起殺了？」李近仁道：「噢，這個……我一直沒有找到合適的機會。」李言道：「你殺溫庭筠的細節我們已經很清楚了，你又是如何殺死李億呢？」李近仁道：「我在長安城中遇到李億後，就設法將他誘到城外，用美人醉殺了他。」裴玄靜追問道：「你是怎麼用美人醉殺了李億？」李近仁道：「我在隨身帶的水袋中摻入美人醉，強逼著李億喝下去。」

李言剛要揭穿他說謊，裴玄靜及時阻止丈夫，又問道：「那你是如何得到美人醉？」李近仁道：「我花高價從一名外放出宮的宮人手中購得。」裴玄靜道：「宮人叫什麼名字？」李近仁搖了搖頭，道：「我不能說。」

杜智突然問道：「是你殺了坊正王文木麼？」不等他回答，李言又緊緊追問道：「你是不是就是飛天大盜？」李近仁露出了極為驚訝的表情，他虛起眼睛，彷彿在回憶什麼，又彷彿在思索該如何對答，過了好半天，才道：「我沒有殺王文木。我也不是飛天大盜。」

三人便不再盤問，讓書吏如實記錄下來。從牢房出來後，李言道：「也許李近仁殺了溫庭筠，但他肯定沒有殺李億夫婦以及王文木。他敍述經過的時候言語很不流暢，目光游移不定，顯然是邊想邊說，我認為他認罪完全是為了魚玄機。」

裴玄靜也道：「李近仁描述殺李億的細節與李億實況不符，如果李億是喝了毒藥，口中不該留有粉末。可見李億肯定不是他殺的。裴氏確切死狀尚不得而知，因而無法斷定。」歎了口氣，道，「可惜溫先生被毒殺的細節大家都已經知道了，不然就可以知道到底是不是李近仁殺了溫先生。這是我的過錯。昨日在大堂上，我不該說出下毒細節的。」李言忙道：「你說出來，不過是為了試探各人的反應。當時也確實只有李近仁最為異常，只有他一人並未本能地抬頭看屋梁。」

裴玄靜道：「李近仁是殺溫庭筠的凶手，但他並沒有殺李億，他卻主動攬罪上身……」李言皺眉道：「莫非真是魚玄機殺了李億夫婦？李近仁這麼做，是為了替魚玄機脫罪？」裴玄靜道：「絕無可能。魚鍊師一直沒有離開過長安，根本沒有機會殺死裴夫人。至於李億，我想她並沒有真正忘記這個人。之前，魚鍊師早就懷疑李億，卻始終沒有向我們提及，有意暗中維護，這便是明證。」

三人正議論著，一名差役奔過來道：「尹君請三位速速過去。廣陵刺史已經派人將李億妻子裴氏一案的卷宗及證物送來了。」李言大喜過望：「太好了。」

正欲離開，裴玄靜道：「一會兒魚鍊師必然要進來探視李近仁，還請杜少府委屈一下，暫時留在這裡。」杜智立即明白她是想要自己偷聽魚玄機與李近仁談話，雖非君子所為，但也是不得已的權宜之計，當即應允。

李言夫婦重新回到大堂，果見尉遲鈞依舊陪著魚玄機在堂外等候消息，國香卻已離開。聽到李近仁已然承認他就是李虞候之子後，魚玄機的臉色頓時煞白如紙。雖然她實在不願意相信，但事實擺在眼前，李近仁就是毒害飛卿的凶手。裴玄靜又告知並非李近仁殺了李億，因為最重要的殺人細節並不符合，魚玄機只是一怔，再無他話。

然而在仔細翻過廣陵刺史送來的裴氏一案卷宗後，眾人才恍然明白李近仁就是殺死裴氏的凶手。卷宗明確提到裴氏頭髮中有不明粉末，附在卷宗後的粉末一經比較，即確認為美人醉。而照李近仁所言，他毒殺裴氏的手段，是暗中將美人醉灑在她的頭髮上。如果不是李近仁所為，他根本無法編造出如此細微的細節。

如此一來，李近仁先後毒殺裴氏與溫庭筠已是不爭的事實，那麼李億又是誰所殺呢？溫璋冷笑道：「李近仁毒殺溫庭筠，是為報父仇，事出有因。可是他與裴氏無冤無仇，之所以要殺她，還不是為了討好魚玄機？裴氏既除，剩下的唯一眼中釘就是李億。李億如不是李近仁所害，必是魚玄機下的手。」眾人一起向魚玄機望去，只見她正露出極為失望的表情，對溫璋的話卻恍若未聞。

溫璋正待下令，裴玄靜及時向他使了個眼色，朝魚玄機走過去道：「鍊師，我知道這對你很難接受，不如由你自己親口去問李近仁。」

魚玄機居然點點頭，轉身便往大獄而去。然而她進了牢房後，卻是長時間地不發一言。連躲在一旁暗中偷窺的杜智都著急起來，只覺得這二人充滿玄機，高深莫測。

此刻，魚玄機心中的傷痛與失望遠遠超過了她表面上的痛楚。在她一生中，沒有誰比眼前這個男人待她更好，他尊重她的一切，她的人格，她的才華，甚至包括她的過去，她已然慎重考慮過，有意要接受他。而現在她卻懷疑，他不過是為了方便報復溫庭筠才接近自己。她回想起當初戲劇般的邂逅，以及他後來不求任何回報地為咸宜觀付出，不免疑慮更深。他是如此堅忍，如此沉得住氣，終於報了仇，現在還可以如此坦然，真是符合他的性格。

心中翻騰了許久，還是魚玄機先打破沉默：「原來真的是你殺了裴夫人，虧得我還一直相信你。」

李近仁眉毛一挑，略帶訝異地望著她，欲說些什麼，卻又不知該從何說起。他不答話，她的悲傷轉而開始變得憤怒：「你先用美人醉殺死裴夫人，這樣李億就會以為是我做的。你又趕去鄠縣用美人醉殺死飛卿，既報了父仇，還會引我最終懷疑到李億頭上。一瓶美人醉，讓我和李億互相猜忌，真是高明。」李近仁緊鎖眉頭，表情越來越嚴肅。

魚玄機又道：「不過，我知道你沒有殺李億，因為令我與他互相猜忌，正是你最想看到的結果。」李近仁依舊默然，臉上明明暗暗，沒有驚詫，也沒有難過，連一點表情都沒有。

暗中躲在一旁的杜智卻若有所思，這李近仁面對指責，不動聲色，心計如此之深，真可謂駭人聽聞，令人心悸。只是這般，他又為何要主動投案自首呢？莫非目的已然達到，便了無遺憾？

卻見魚玄機悲憤難以自抑，實在不願意再見到眼前這個人，轉身便往外走去。李近仁追出幾步，叫道：「玄機……」魚玄機頭也不回地去了。剛欲離開京兆府，正巧遇到公差陪著昆叔進來，不由得心中一動，又想起一些謎團，便跟隨昆叔一道重新返回大堂。

杜智已然將魚玄機與李近仁的對答告知了溫璋等人，眾人越加肯定李近仁就是毒殺裴氏和溫庭筠的凶手。可是如此看來，魚玄機並非殺死李億的凶手。李億又是何人所殺呢？既然他是死於美人醉，平常人根本無法得到這種奇藥，看來還是要將注意力集中在有機會獲得美人醉的疑凶身上。

李言說出早上去找韋保衡調查未果一事。溫璋突然想起來，道：「有件事，本尹還沒來得及告訴你們。昨天晚上，有人到京兆府匿名投書，揭發韋保衡是找人代考作弊，才得以進士及第的。」杜智冷笑道：「這事終於有人揭破了。」尉遲鈞奇道：「原來杜少府早知道此事。」杜智點點頭：「韋保衡此人沒有真才實學，考前花樣百出，進士名頭得來名不正言不順。跟他同科的舉子都知道是怎麼回事，沒有一個人瞧得起他。我也正因為此事，才與他斷然絕交的。前日有一位同年在街上遇到他，一怒之下還拿起石頭扔了他。」尉遲鈞道：「難怪他被人打了也不敢聲張，原來內心有愧。」杜智哼了一聲，道：「他怎麼會有愧？頂多是不願此事張揚，免得自己作弊的醜行暴露出來。」

正說著，公差領著昆叔與魚玄機進來。裴玄靜上前問道：「昆叔，你還記不記得一些李近仁那天去拜訪溫先生的細節？」昆叔道：「李近仁？」李言道：「李近仁已經承認是他毒殺了溫先生。」

昆叔滿臉愕然道：「是李近仁下的毒？」一副完全不相信的口氣。頓了頓，又追問道，「真的是李近仁下的手麼？我本來還以為……」李言道：「昆叔本來以為兇手是誰？」昆叔答道：「我本來以為是……」忽然警覺地望了一眼眾人，及時將後面的話吞回去，改口道，「啊，我怎麼會知道？」

裴玄靜心頭猶有疑雲，問道：「昆叔是不是不相信李近仁是兇手？」昆叔遲疑了一下，終於點頭答道：「他是個好人。他本來已經走了，後來又折返回來，悄悄塞給我許多銀錢，還讓我不要告訴先生。」

魚玄機聽了，心中「咯噔」一下，美麗的眼睛又開始迷茫起來。眾人也均感意外，如果李近仁有意殺溫庭筠，已經佈下毒藥密局，又何必暗中接濟溫府呢？

裴玄靜道：「昆叔還記得當時的詳細情形麼？人命關天，請你好好回憶一下。」昆叔道：「李近仁到的時候，先生剛剛吃完午飯，所以我帶他到書房等候。一會兒先生進來，我就離開了。他們聊的時間不長，大約半個時辰。」李言道：「那你知道他們聊了些什麼麼？」昆叔道：「其間，我進去過兩次添加茶水，好像都是些廣陵舊事。我一直留在京師和鄠縣，先生年輕時候在廣陵那邊的事我不是很清楚，也不知道他們到底在說些什麼。不過……」

李言忙問道：「不過什麼？」昆叔道：「李近仁的表情一直很沉重，而先生就更奇怪了，不斷唉聲歎氣，好像回憶起什麼不好的事……」李言道：「莫非就是當日被李虞候毆打一事？」昆叔望了他一眼，不明所以，顯然對此事並不知情。

魚玄機卻突然在這個時候追問了一句：「那後來呢？」昆叔道：「後來……後來李近仁就走了。不過，奇怪的是，先生親自送李近仁出門，等他上馬後走遠了才進屋。」李言道：「這有何奇怪之處？」魚玄機道：「確實奇怪，飛卿從來不送客出門。」昆叔道：「鍊師說得對，先生從來不送客出門的，他與李可及將軍那麼談得來，也從來沒送出過書房。我當時還覺得李近仁很特別呢，第一次上門拜訪先生，先生便親自送他出門。」

魚玄機道：「李近仁走後，飛卿有沒有說些什麼？」昆叔道：「嗯，先生情緒很激動，感慨地說當年逼迫李虞候自殺已經是他生平恨事，不料近來又做了兩件恨事。不過，等我細問他究竟時，他卻又不肯明說了。」

眾人一時無語，但各自已經心如明鏡，顯然溫庭筠已經知道李近仁就是李虞候之子，只有內疚才能使他親自送一個第一次見面的陌生人出門。而以溫庭筠的情形，斷然不會主動打探什麼，一切情形只可能是李近仁主動告訴他的。如果真要報殺父之仇，又何必去告訴仇人，徒令對方警覺呢？昆叔的一番敍述，只能令李近仁謀殺溫庭筠的嫌疑又減輕了一層。

好不容易才算破獲的溫庭筠一案，又再次陷入了繁複的迷局中。若是一個並非殺人凶手的人，非要自承行兇，必然是在袒護真凶。那麼照目前的情形看來，李近仁袒護的人決計不是李可及、韋保衡、陳韙三人，唯一可能的便是李億。可是明明是他毒殺了裴氏，他又何苦要如此呢？

一時思緒紛紜，頭緒眾多。裴玄靜便問道：「昆叔適才說，溫先生提到近來又做了兩件恨事，你知道這兩件恨事是指什麼麼？」昆叔有些遲疑，一時不答。尉遲鈞從旁勸道：「昆叔，你適才也說了，你不相信李近仁是殺人凶手，我想昆叔也不想好人被冤枉罷？這兩件恨事也許就是破案的關鍵。」

昆叔躊躇地看著眾人，終於在眾多期待的目光中開了口：「先生沒有告訴我。不過，據我自己猜測，其中一件應該是去年先生替人在科舉考試作了弊……」杜智靈光一現，試探地問道：「請溫先生作弊的人就是韋保衡，對不對？」昆叔驚訝地看了杜智一眼，卻沒有回答，顯然已經默認。

裴玄靜忖道：「如果說溫庭筠是韋保衡請的科場槍手，那麼韋保衡為了擔心事情敗露，也有謀殺的動機。」一直冷眼旁觀的溫璋「嘿嘿」兩聲，冷笑道：「越來越有趣了。」

便在此時，一名差役走進來躬身稟道：「尹君，我等奉命搜查李近仁在東市的店鋪，並沒有發現任何可疑物品。」李言追問道：「有沒有一根短木棒？」差役一愣，答道：「短木棒？沒有。」尉遲鈞道：「李近仁不會是飛天大盜，當然不會有這個了。」

裴玄靜突然想到那日在三鄉驛時，李近仁手中那個神祕的木盒，問道：「有沒有九鸞釵？」這句話令所有人都莫名驚詫。差役又是一愣，照舊答道：「九鸞釵？沒有。」

李言正想詢問妻子為何會認為九鸞釵在李近仁手中，卻聽見那差役又道：「不過說到九鸞釵，巧了，我適才在路上遇到一個熟識的首飾匠人，說是昨日有人送了一支雕有九隻鳳凰的釵到他的首飾鋪，九隻鳳凰九種不同的顏色，真是奇了！做這支釵的人手藝可是了不得！」

眾人頓覺眼前露出了一絲光亮，李言急切地問道：「首飾鋪在哪裡？」差役道：「就在旁邊的西市。不過，據匠人說，今日一大早已經有人將釵取走了。」李言問道：「知不知道是誰送去的？誰取走的？人長得什麼樣子？」差役道：「說是韋府的人，很年輕。」李言一愣：「韋府？」杜智：「莫非就是韋保衡？」差役道：「正是。」

眾人驚愕不已，只覺得案情越發山重水複、撲朔迷離，便一起望著溫璋，等他示下。溫璋雙眼一翻，怒道：「你們還在等什麼？立即派人去緝拿韋保衡！」眾人正要應聲而出，溫璋又叫道：「且慢！這次還是由本尹親自出馬。」

溫璋帶著眾人衝進韋府時，韋保衡正如熱鍋上的螞蟻，在廳堂裡面轉來轉去。他那張英俊的臉已經形容憔悴，被焦躁、恐懼折磨得疲憊不堪。忽見大批差役蜂擁而至，不由得更加慌張，強作鎮定地問道：「尹君，你……你們這是要做什麼？」又見魚玄機也在其中，不由得一怔。

溫璋卻懶得理睬，直接道：「給我搜！」韋保衡忙道：「且慢！尹君，我也是朝廷命官，你毫無來由帶人闖了進來，又說什麼要搜查，你到底要做什麼？請你說清楚。」溫璋道：「你涉嫌殺人命案，本尹搜查罪證有何不妥？」韋保衡大驚失色道：「我跟殺人命案有關？尹君不是開玩笑罷？」溫璋不耐煩地道：「誰有功夫跟你開玩笑？來人，搜！」韋保衡道：「等等，你們要搜什麼？」溫璋道：「還能搜什麼，當然是搜九鸞釵了！」韋保衡愕然道：「九鸞釵？我根本就不知道什麼九鸞釵。」溫璋冷冷道：「搜出來你不就知道了。」

有溫璋親自壓陣，差役們都不敢有絲毫怠慢，這次的搜查非常徹底。搜查結果有驚有喜，不過並沒有找到所謂的九鸞釵，而是在書房的銅香爐中找到一個青色的小瓷瓶，深藏於爐灰中，甚是隱密。

溫璋一見那瓷瓶，便知道是極珍貴的越窯產縹瓷，打開一看，裡面尚有半瓶粉末，與溫庭筠和裴氏頭髮中，以及李億鼻中發現的粉末一模一樣，正是美人醉。

溫璋不由得冷笑一聲，連聲道：「有趣，有趣。原來美人醉在你手裡。」韋保衡焦急萬狀，辯解道：「這不是我的，我根本就不知道這瓶子從哪兒來的。」裴玄靜道：「如果不是你的，怎麼收藏得那麼隱密，藏在香爐灰裡？」韋保衡驚惶不知所措，難以自明，只道：「我不知道，肯定是有人陷害我！」溫璋叫道：「來人，將韋保衡拿下。」

只聽見有人阻止道：「且慢！」在眾人驚訝的目光中，李可及昂然走了進來，一臉肅色。韋保衡立即像溺水之人抓到了一根救命稻草，上前叫道：「李將軍，你來得正好!你快幫幫我，他們誣陷我殺了溫庭筠！」神態可憐巴巴，完全沒了昔日翩翩佳公子的風度。

裴玄靜突然插口道：「韋公子，我們可從來沒說過是你殺了溫庭筠。」溫璋道：「娘子說得極對，本尹來到這裡，連溫庭筠三個字提都沒提過，韋保衡，你這麼急著往自己身上攬罪，是不是心中有鬼？」韋保衡當即啞口無言，莫能措語，額頭汗水涔涔而下。

李可及卻道：「尹君，你不能帶韋保衡走。」溫璋道：「噢？李將軍，若不是有同昌公主用御賜金牌為你撐腰，你本人現在也該在京兆府的大獄裡。你自己的嫌疑還沒洗清，現下又跑來妨礙本尹辦案。莫非你也想進大獄蹲一蹲？」

李言見氣氛極為緊張，大有劍拔弩張之勢，忙上前圓場道：「李將軍，尹君已經在韋公子的書房中找到美人醉。如今證據確切……」

溫璋卻不肯輕易放過李可及，追問道：「李將軍手中的那瓶美人醉是不是給了韋保衡？」李可及一愣，面露茫然之色。

裴玄靜便將青色瓷瓶拿給李可及看：「李將軍，請問這是不是從你手中流出來的那瓶美人醉？」李可及仔細看了看瓶子，又是困惑，又是驚訝。他雖然不肯回答，神態卻已經默認——韋保衡書房中搜出的美人醉，正是從李可及手中流出。

溫璋見此情狀，便道：「事實俱在，既然李將軍也無話可說，先將人帶回京兆府再說！」李可及決然道：「不行，你們絕對不能帶走韋保衡。我特地來傳聖上口諭，韋保衡已經被選為同昌公主駙馬，即刻須隨我進宮謝恩。」各人大為意外，面面相覷，當場陷入一片沉默。就連韋保衡自己也完全愣住。

李可及卻趁這個機會迅速走近魚玄機，局促而低聲地道：「我辦完正事後，會立即去咸宜觀找鍊師，事關重大，請鍊師務必在觀內候我。」魚玄機一怔，卻見李可及已然走過去，挽了韋保衡的手，道：「我們這就走罷。別讓聖上久候。」

僅僅一瞬之間，韋保衡已經完全變成另外一副樣子，趾高氣揚地環視眾人一眼，得意而去。

杜智冷笑道：「典型的小人得志！真不知道聖上怎麼會看上他！」溫璋也甚為氣惱，可是又無可奈何，一揮手道：「回去。」

魚玄機追上幾步，叫道：「尹君！」溫璋冷眼看她，問道：「什麼事？」魚玄機道：「現在發現了新的證據，顯示韋保衡才是毒殺飛卿的凶手，雖然暫時無法將他治罪，不過是不是該放了李近仁？」

溫璋意味深長地看了她一眼：「你怎麼確定韋保衡就一定是毒殺溫庭筠的凶手？」魚玄機道：「你們不是在韋保衡書房中找到了美人醉麼？還有人指證他有九鸞釵。九鸞釵是飛卿最心愛之物，珍視無比，從不拿出來示人。如果不是韋保衡殺了飛卿，怎麼會有九鸞釵？」溫璋道：「聽起來似乎有道理。可是李近仁為何要自承殺了溫庭筠呢？他總不可能庇護韋保衡罷。」

魚玄機知道他咄咄逼人，無非是要逼自己承認有殺人嫌疑，然事已至此，避無可避，便坦然道：「正如尹君之前所言，李近仁應該是認為，我利用李億以美人醉毒殺了裴夫人，再殺了飛卿，接著又是我殺了李億滅口。他想為我脫罪，聽說尹君將我逮捕下獄後，便立即跑來京兆府自承殺人。」

溫璋道：「所以他還是替你認罪，對罷？不過，即使李近仁沒有殺溫庭筠，還是擺脫不了毒殺李億和裴夫人的嫌疑。」魚玄機急切地道：「他沒有殺李億！」溫璋道：「你怎麼知道？難道真是你殺了李億？」魚玄機道：「死的那人……」裴玄靜道：「李億確實並非李近仁所殺，這一點已經可以確認無疑。」又再次強調死者口鼻中的美人嘴粉末細節。

溫璋道：「那麼裴氏呢？裴氏人在廣陵，嫌疑人中只有李近仁來回京師和廣陵之間，有地利之便。況且他提到的殺人細節，正符合裴氏的死狀。」魚玄機道：「李近仁就連對有殺父之仇的飛卿都沒下手，又怎麼會去殺裴夫人？」這句話甚是有力，眾人聽了都是一驚。

溫璋道：「李近仁殺裴氏，難道不是為了你魚鍊師麼？」魚玄機搖了搖頭：「不會。李近仁知道我雖然怨過裴夫人，卻並不恨她。」溫璋思忖片刻，道：「無論如何，李近仁不能放。」重重看了她一眼，低聲吩咐杜智和李言幾句，這才率眾離去。

昆叔本來要回鄠縣，說好眾人要去送他，但魚玄機心中記掛著李可及臨行前的交代。裴玄靜道：「李可及所言要事，應該與案情有關，鍊師還是趕緊回咸宜觀要緊。」尉遲鈞便道：「我陪鍊師一道回去。」魚玄機點點頭，又對李言等人道：「請替我問候昆叔，等事情一完，我便會去鄠縣看他。」

眼見魚玄機與尉遲鈞二人離去，李言道：「看來李可及確實知道些什麼，卻一直刻意隱瞞著，不肯告訴我們。」又見妻子凝思不語，問道：「玄靜，你怎麼想？」裴玄靜沉吟道：「我在想，李億雖然有一瓶美人醉，卻已經是五年前的事了。而李可及透過同昌公主弄到美人醉，肯定是有特別目的。他卻交代不清去向……」

杜智忖道：「李可及手中的美人醉很可能是一系列凶案的源頭。」李言道：「你是說，李可及很可能並非直接的凶手，而是幫兇？」裴玄靜點頭道：「杜少府說得有理。美人醉最先在御醫韓宗劭手中，他是源頭，韓宗劭轉手給了同昌公主，同昌公主又給了李可及。現在只要我們知道李可及將美人醉交給了誰，也許就能找到真凶。」

杜智道：「也許正是李可及將美人醉交給韋保衡，韋保衡為了自己的前途，毒殺溫庭筠滅口，然後偷走九鸞釵。」裴玄靜道：「可是這樣說不通。昆叔說過，九鸞釵收藏得極為隱密，只有像魚玄機、李億這樣與溫庭筠交往經年的人才知道。」李言道：「應該就是李億偷走了九鸞釵，他也因此物被殺。」

裴玄靜問道：「夫君此話怎講？」李言道：「魚玄機認為李近仁沒有殺裴氏，我認為她的看法很有道理。如果李近仁不是凶手，那誰又能到廣陵殺了裴氏？除非是李億本人！別忘了，李億手裡也是有美人醉的。儘管我們不知道他到底動機如何，但他殺死裴氏後，棄官不做來到京師，就是殺妻的明證。這樣，韋保衡殺了溫庭筠，李億殺了裴氏，再到溫庭筠府上偷走了九鸞釵，結果因為太過張揚而被韋保衡盯上，又被韋保衡毒死，奪走了九鸞釵。」

裴玄靜歎道：「如果真是這樣，韋保衡如今貴為駙馬，溫先生豈不是要含恨九泉？」頓了頓，又道，「可是在今日之前，韋保衡還不是駙馬，官小職微，同昌公主也才剛剛與他結識，以李可及的身分，他為什麼要冒這麼大風險幫韋保衡，還為他去向御醫要美人醉？」李言道：「你這麼一說，我倒是想起來，當晚勝宅夜宴，李可及似乎對韋保衡很不屑一顧呢。」

三人越議越覺得疑點越多，凶手明明就在眼前，卻始終抓他不到。案情如同一團亂麻，越扯越亂。裴玄靜忽道：「這幾個案子也許本來就是不相關的，分別有著不同的凶手，我們卻因為魚玄機的關係，非要把它們串聯起來，這是一個重要的失誤。這樣，我們將重點放到美人醉和九鸞釵上，這兩樣東西最先在誰的手中，後來又去了哪裡……」

杜智道：「既然李可及將美人醉給了某某，現在看來這個某某應該是韋保衡，那他為什麼不直接告訴我們，而非要告訴魚玄機呢？如果不是給了韋保衡，為什麼這瓶美人醉卻在韋府中找到？」李言道：「說不定李可及與韋保衡之間有個中間人。」裴玄靜道：「而李可及現在急於找魚玄機，只能說明這個中間人跟魚玄機的關係非同一般。」當下道：「杜少府，就麻煩你去送昆叔，看看還能不能問到一些新情況。夫君，你去一趟西市，找到那家首飾鋪，瞭解一下取走九鸞釵之人的相貌。」李言道：「那你呢？」裴玄靜道：「這裡離大明宮很近，我現在就去堵李可及。」

三人分手後，李言逕直來到西市的首飾鋪，見首飾匠人正忙得不可開交。問起來，那匠人十分詫異地道：「少府是說那支有九隻鳳凰的釵就是九鸞釵？」李言道：「釵上面是不是刻有『玉兒』兩個字？」匠人道：「有是有，不過……」頓時又有些猶豫起來，似乎有點怕惹事上身。李言道：「不過什麼？」匠人道：「不過……」頓了頓，突然改變了語氣，「昨天那位主顧來，讓我把那兩個字給去掉了。」

李言又問道：「你還記得那位主顧長得什麼樣子麼？」匠人道：「少府，你也看到了，我們這裡生意好得很，每天都有很多主顧上門送貨取貨的。我就見過那位主顧一次，哪裡能記得住他的相貌？」李言道：「那他多大年紀？」匠人道：「嗯，二十來歲，反正年紀不大罷，確切我也記不清。少府，你該知道，做我們這行的，留意看的都是人手上的珠寶、頭上的首飾，哪裡會想到去看人的樣貌？就跟你們官府中人一樣，看人看到的總是衣衫。」頓了頓又道，「其實也不僅官府中人如此，塵世間的人，又有幾個不是以衣衫取人呢？要不俗語怎麼說『人靠衣裳馬靠鞍』呢！」

李言見他通明練達，顯然閱人無數，不禁苦笑，剛要再問，突然看到一名男子從首飾鋪前走過，身影極為眼熟。他本能地追了出來，那男子彷彿意識到背後有人留意，立即加快腳步。李言心想：「此人鬼鬼祟祟，見人就跑，肯定有蹊蹺！」當即喝道：「站住！」那男子頭也不回，拔腳便開始奔跑。

李言正欲追時，匠人趕出來叫道：「少府，還有一事……」李言不得已停下，問道：「什麼事？」匠人四下看了一眼，用一種警告的口氣道：「我本來不想惹禍，不過還是要告訴少府，那支九鸞釵是假的。」

李言大吃一驚：「假的？」匠人道：「如果少府不叫它九鸞釵，它當然不是假的。少府若堅稱它是九鸞釵，必定是假的。其實，那支釵手藝精湛，已經做得相當好，但卻不是真正的九鸞釵。九鸞釵是南朝遺物，是古物，但昨日那支釵卻是新做的釵。真正懂行的人，一眼便能看出來。」

李言一時呆住，只覺得隱隱約約感覺到有什麼不對勁，但到底在哪裡，他也說不上來。便在此時，他靈光一現，突然想到適才那名路過的男子為何這般眼熟，他赫然便是已經死去的李億。

卻說裴玄靜遠遠在大明宮外徘徊守候，等了許久後，果見李可及匆匆出來。待近身，她才上前叫了一聲：「將軍！」李可及猝不及防，嚇了一跳，問道：「娘子在這裡做什麼？」裴玄靜不答，問道：「將軍是要去咸宜觀罷？」李可及警惕而狐疑地上下打量她。裴玄靜笑道：「我也正要去親仁坊，不如我們一道同行如何？」

李可及也不置可否，照舊走自己的路。裴玄靜忙追上去，問道：「將軍把同昌公主給你的美人醉給誰了？」李可及道：「給……」猛然止住，「我沒給誰，我已經說過，扔了。」裴玄靜道：「扔到哪裡了？」李可及道：「郊外。」

裴玄靜道：「將毒藥亂扔，將軍知不知道有可能會害死無辜的人？」又不容分說道，「即使萬幸沒有毒死人，毒死花鳥魚蟲也是不對的。將軍應該知道，新近有一人因為掏了烏鴉窩，便被京兆尹判了死刑。如此推算起來，將軍不知道害死了多少動物，該判多少次死刑？」李可及道：「我沒扔……」裴玄靜道：「沒扔？那給誰了？」李可及道：「給……」自覺食言，急忙閉口不言。

裴玄靜道：「是不是給韋保衡了？」李可及詫異地望著她，半天才道：「韋保衡現在是駙馬身分，娘子不要胡說八道。他雖不是什麼善人……」裴玄靜反問道：「將軍怎麼知道韋保衡不是善人？」李可及看了看她，無奈地搖搖頭。無論裴玄靜再如何發問，他堅決不肯再講一句話。

二人一路向親仁坊走去。幾近坊門時，卻見韋保衡府中的樂師陳韙正站在那裡。陳韙一見裴玄靜，便向她招手。她便走過去問道：「你怎麼在這裡？」陳韙道：「我有個朋友在郭府當差……」雙手做吹笛狀，「也是一名樂師。」又問道，「娘子的案子查得如何了？現在長安可是傳得沸沸揚揚呢，說是娘子厲害得很，正幫京兆尹破案呢。」

裴玄靜見李可及已經步入親仁坊，生怕有閃失，忙道：「我得走了。」

剛進親仁坊，便看見一個身影，彷彿在哪裡見過，細一凝思，當即呆住：「那……那不是李億麼？」忙追過去，但剛過街角，便已經不見人影。正四下找尋時，與急急追尋過來的李言撞了個滿懷。

李言忙道：「玄靜，你在這裡太好了。我告訴你，邪門了，我大白天的看見鬼了！」裴玄靜道：「夫君是不是看見李億？」李言緊張地問道：「你怎麼知道？我還以為我說出來你一定不信呢！」裴玄靜道：「因為我也看見了！」

二人均不大相信鬼神之事，可是親眼所見，不由得人不信。卻見杜智正趕將過來，驚訝地問道：「你們夫妻倆在這裡做什麼？」

李言便說了見到李億復活一事，杜智無論如何都不能相信。又提到送別昆叔時，昆叔提到差役董同告訴過他，大山兄弟承認溫先生剛死時便去書房偷過九鸞釵，但盒子卻已經是空的，應該在溫先生死前便已丟失，昆叔得知後，一直懷疑是綠翹拿走了九鸞釵。

裴玄靜大吃一驚，問道：「怎麼會是綠翹？」杜智道：「據昆叔說，三個多月前，大概是在去年重陽節前，魚玄機派綠翹給溫先生送去禦寒衣物。當時的情形有些古怪：綠翹跟溫先生在書房談了一會兒，後來不知道為什麼，綠翹哭著跑出來，溫先生追了出來，又將她勸回去……」

裴玄靜道：「僅憑此一點，便推斷是綠翹拿走九鸞釵？」杜智道：「所以昆叔也不能肯定。只是巧合的是，綠翹來之前，溫先生經常取出九鸞釵把玩；綠翹走後不久，溫先生取出九鸞釵，看了一眼，又重新放回去。那以後，昆叔就很少看見溫先生拿出九鸞釵，而到過溫府的人又極少。」

裴玄靜道：「如果是三個多月前，那不正好與我在三鄉驛遇到李近仁的時間連接上？」李言一呆，問道：「什麼？」裴玄靜不及多說，道：「走，我們先去咸宜觀。」

卻說離開韋保衡府邸後，魚玄機便與尉遲鈞直接回到咸宜觀。正要拍門時，卻發現大門沒關嚴實。尉遲鈞道：「綠翹好馬虎，竟然忘記關門。」魚玄機沒有作聲，只是微微歎了口氣。

進得院中，觀裡悄無聲息。尉遲鈞道：「怎麼不見綠翹？」大聲叫道：「綠翹，鍊師回來了。」卻無人應答，更是奇道：「會不會是出門去了？」魚玄機搖了搖頭，黯然道：「她已經離開了。」尉遲鈞驚訝道：「離開了？」魚玄機道：「嗯，是我叫她走的。」尉遲鈞道：「她去了哪裡？」魚玄機道：「跟她一個朋友去了蜀中。」

尉遲鈞見她頗為傷感，不明所以。卻見綠翹急急奔了出來，道：「我在廚房，沒有聽見……」魚玄機愕然望著她：「你怎麼還在這裡？」綠翹微微一笑：「我不會在這個時候扔下鍊師一個人的。」

魚玄機一時無語，默默凝視著她，她明顯被感動了，連一旁的尉遲鈞也強烈感受到這主僕二人之間的深厚情誼，但心頭也由此多了幾許複雜而沉重的東西。

進來圍在炭火邊坐下，這才感覺到身子已然凍得麻木，竟毫無感覺。幾人均默默無語，時光似乎流淌得極慢極慢，令氣氛越發凝重。還是尉遲鈞忍不住問道：「李可及什麼時候才會來？」

他驟然開語，綠翹嚇了一跳，問道：「李將軍要來麼？」尉遲鈞便說了不久前發生在韋府的事。綠翹若有所思地道：「原來凶手是韋保衡。」

三人繼續悶坐，也不知道過了多久，突然有人敲門，均嚇了一跳。魚玄機道：「他來了。」趕出去開門，綠翹也忙跟了出去。拉開門一看，果然是李可及。李可及正欲開言，忽一眼望見後面的綠翹，便住了口。綠翹意識到自己在場不方便，默默低下頭，轉身走了。

進來後，李可及看見尉遲鈞也在，有些意外。魚玄機道：「李將軍有什麼事，就請直接說罷。」李可及看了一眼尉遲鈞，卻不說話。魚玄機道：「我是特意叫王子殿下來的，不礙事。」李可及躊躇著。尉遲鈞忍不住道：「我先出去。」剛一起身，便被魚玄機拉住：「不必。李將軍，如果你實在為難，就不必說了。」她如此做，自是顯示胸懷坦蕩，自信事無不可對人言。

李可及怔了半晌，歎了口氣，剛要說話，綠翹又端著茶水走進來。魚玄機突然有些惱怒起來，道：「綠翹，我不是要你離開長安麼？你趕快走！」綠翹一愣，李可及也呆住。尉遲鈞忙圓場道：

「綠翹，我正有事找你。」上前接過茶水放好，拉著綠翹便走了出去。

等二人走出去好一會兒，魚玄機才道：「他們已經走了，李將軍還不方便說話麼？」李可及答非所問地道：「綠翹……要走了麼？」魚玄機對他這句沒頭沒尾的話非常莫名其妙，但還是回答道：「嗯。我叫她今日便離開這裡。」李可及遲疑道：「那……我沒什麼可說的了。」起身道，「我走了。」語氣甚是淒然，彷彿他這一走，就永遠不會再回頭似的。

魚玄機無比納罕，卻沒有多問。她知道對方多少有些鍾情於她，但這份情不但止於禮，還遠遠不及他的地位與聲名重要。他從來就是個謹小慎微、明哲保身的人，她不能也不可能要求他做些什麼。

李可及剛離開咸宜觀，便迎頭遇上氣喘吁吁趕來的李言夫婦和杜智三人。李言早已經被這幾樁複雜的奇案弄得頭昏腦脹、精疲力竭，一把扯住李可及道：「將軍不能走！你今天得說清楚，到底是不是你把美人醉給了韋保衡？」

李可及皺眉道：「你們為何一定要賴在韋保衡頭上？」李言一愣：「不是韋保衡？」裴玄靜緊問道：「那將軍給了誰？」李可及搖搖頭。

他堅持不說，三人也無可奈何，正各自失望之時，卻見李可及走出幾步，突然回頭道：「韋保衡雖然人品不佳，但他絕不是兇手。」裴玄靜問道：「為什麼？」李可及道：「他不大可能得到美人醉。」李言道：「可是美人醉就藏在他家書房中！」李可及搖搖頭，轉身離去。李言不滿地嘟囔道：「宮裡的人怎麼都這樣，說話總是留半句。」

裴玄靜突然想起一事，問道：「夫君去西市首飾鋪調查的結果如何？」李言道：「那個首飾鋪生意興隆，匠人說他每天要見好多好多的主顧，根本就記不住只去過一次的主顧相貌，只記得那人是韋府的，年紀很輕。」裴玄靜問道：「既然只去過一次，匠人怎麼知道是韋府的？」杜智道：「不用說，那人肯定自稱是韋府的。」

李言又道：「還有，那支九鸞釵是假的，並不是真正的九鸞釵。」杜智大感意外，裴玄靜卻道：「這就對了！一個假的韋府的人，拿著一支假的九鸞釵。」李言道：「看來是有人刻意將我們的注意力引向韋保衡。」

裴玄靜道：「之所以要陷害韋保衡，是因為他去過溫府，恰好也是疑凶之一。」李言道：「這就與李可及適才的說法對上了，韋保衡並不是真正的凶手。」裴玄靜點頭道：「因為李可及心中非常清楚，他交給美人醉的那個人才是凶手。」

杜智道：「這案子實在太奇怪了！溫庭筠一案中的五名嫌疑人，李可及不是凶手，李近仁不是凶手，韋保衡不是凶手，陳韙不是凶手，剩下最後一名嫌疑人李億又死了，線索全斷了……」李言夫婦異口同聲地道：「我適才見到李億。」杜智搖搖頭，完全不相信：「別又是那套借屍還魂的說法。」

只聽見有人叫道：「死的那個人不是李億，而是左名場！」三人回過頭去，卻見國香正站在背後。一時間，所有的人都給弄糊塗了。

經過國香絮絮叨叨半天的解釋，眾人才知道左名場是李億的表弟，二人母親是孿生姊妹，這表兄弟二人的容貌也極為相似，一般人決計分辨不出。當初，李億瞞著妻子將魚玄機送回鄂州老家，初見左名場時，魚玄機也錯將他當成李億。國香與左名場自小訂有婚約，三個多月前，左名場突然瞞著國香前往長安，結果被國香在三鄉驛追上。也就是在那裡，國香結識了裴玄靜，而左名場則被李凌認作李億，但李凌從未提及此事，是以裴玄靜也毫不知情。國香從李凌口中得知左名場去了廣陵，卻不知道那是左名場將錯就錯騙過李凌的謊話，她趕去廣陵，當然沒找到左名場。於是順便去找李億夫婦，想在揚州玩一陣子，不料這夫妻二人正在吵架，於是她乾脆到長安來找魚玄機。眾人這才知道為什麼當時在樹林一見到屍首，國香便暈了過去，她是唯一準確認出那具屍首是左名場的人。而昆叔和魚玄機別說震驚之下不及分辨，就算是平時，恐怕也無法分出真假。

李言恍然大悟道：「這就完全說得通了。李億妻子裴氏是個出了名的潑婦，李億大概再也無法忍受，就用美人醉毒殺了裴氏。再來到鄠縣，用美人醉殺了溫庭筠。他知道自己從御醫手中獲得美人醉的事早晚會敗露，於是殺了與他容貌極像的表弟左名場，想讓我們大家認為他已經死了。」杜智道：「這一招確實很高，如此，官府便再也不會追究。」

國香聽說是李億殺了左名場，忍不住又哭泣起來。三人也顧不上理會安慰。裴玄靜道：「如果李億就是凶手，那麼又是誰有意將我們的注意力引向韋保衡呢？反正李億讓我們認為他已經死了，沒有人會再懷疑他。」杜智道：「這確實是個很大的疑問。」李言道：「也許是有人故意擾亂我們的注意力，比如，我是說比如——認為是魚玄機殺了人的李近仁，神祕兮兮的李可及，但也許是李億自己，這些都有可能。」

此時夜鼓敲響，夜幕降臨。三人商議一下，決定先進咸宜觀再說。來開門的人卻是尉遲鈞，才知道魚玄機和綠翹都各自回房添加衣服去了。當即杜智、尉遲鈞陪著國香在廳堂坐下，李言夫婦逕自去找綠翹。

李言夫婦敲門進來時，綠翹正在房中發呆，見二人前來詢問九鸞釵一事，便直言相告道：「當時我就是想看看九鸞釵，但溫先生不願意拿出來，我還氣得哭了。」裴玄靜打趣道：「真看不出綠翹會為這種小事氣哭。」綠翹不好意思地笑了笑：「九鸞釵可是天下至寶，能看一眼是福氣。」李言又問道：「那後來呢？」綠翹道：「後來，溫先生把我勸回去，拿出九鸞釵給我看了。」李言道：「後來呢？」綠翹道：「後來？後來我就走了。」

李言夫婦沒問出個所以然，便道了歉離開。夫妻二人從綠翹臥房中出來，裴玄靜突然想到昆叔曾說溫庭筠提過三件恨事，一件是當年逼迫李虞候自殺，另一件已然可以肯定是替韋保衡代考，第三件又是什麼呢？會不會與九鸞釵有關聯？

回到廳堂，魚玄機正在安慰國香。國香已然告訴她是李億殺了左名場一事，魚玄機神色黯然，卻無意外之驚，顯然早已知情。然則當她得知韋保衡並沒毒殺溫庭筠、而是被人嫁禍後，手中的茶杯「砰」地摔碎在地。

眾人均知她已然明白一切都是李億所為，只是料不到在她內心深處，依然牽掛著那個拋棄她的負心漢。當此情形，真不知該如何安慰才好。

卷八　生同死不同

那男子心中猛地一抽搐，這才知道自己的行蹤早為對方所察覺，驀然之間，他的手彷彿被一種奇特的力量攫住，緊握尖刀的手開始無力。忽然又看見魚玄機背部的斑斑傷痕，一時間，心上翻江倒海，百般滋味，手也漸漸軟了下來。

這是一個漫長而漆黑的長夜，天空中沒有半點微光。冷風颼然掃過全城，空無一人的街道上，翻滾著些許殘枝枯葉。白日尚且華蓋雲集的長安，卸下光亮的面紗後，竟是如此蒼涼，四下彌漫著陣陣寒噤。

寧靜的親仁坊中，隱約傳來幾聲男子的歎息，是誰在這幽風寒夜中暗自傷懷？是無奈，還是悲傷？是悔恨，還是追憶？

李言等男子已然離開咸宜觀，心細的尉遲鈞又差了蘇幕前來，一是送來一些食物，二是可以與裴玄靜等人為伴。蘇幕將收拾好的茶杯碎瓷片扔在院子角落中，轉身便看見綠翹抱著疊得整整齊齊的衣服向魚玄機臥房中走去，臉上寫滿了悲傷和難過，忍不住想勸慰幾句，叫道：「綠翹……」

綠翹停下腳步，眼睜睜地望著她。她卻連半句安慰的話也說不出來，心頭鉛一般的沉重。過了半晌，才道：「別難過，一切都會好起來的。」這句話其實有些不搭調，綠翹竟然點點頭，兩行淚水潸然順著面容流下。蘇幕一怔，也莫名其妙地跟著難過起來。

廳堂中只剩國香與裴玄靜二人。國香已然疲倦，卻不肯離開，正在迷迷糊糊地打盹。裴玄靜則正在回想魚玄機適才提到的李可及詭異之處：他先是告知有要事相商，鄭重其事要求魚玄機在咸宜觀等他，來了後卻只沒頭沒尾問了一句「綠翹……要走了麼」，然後便說「沒什麼可說的了」，如此言行，實在太不合常理。

正百思不得其解之時，忽見蘇幕打起簾子走了進來，登時聯想到李可及白日來咸宜觀，定然有很重要的話要對魚玄機說，卻被意外的情況給打斷。當時觀中只有魚玄機、尉遲鈞、綠翹三人，李可及又莫名其妙地問起「綠翹……要走了麼」，可見這意外情況一定與綠翹有關。莫非……莫非李可及是將美人醉給了綠翹？

一念及此，當即問道：「蘇幕。若是魚鍊師向你們勝宅借一件非常珍貴的東西，你會借麼？」蘇幕答道：「當然會借。」裴玄靜又問道：「那如果不是魚鍊師出面，而是綠翹開口呢？」蘇幕道：「一樣會借啊。我們都知道綠翹跟鍊師情若姊妹，她們之間誰出面，又有什麼分別？」裴玄靜喃喃道：「這就對了。」

她已然明白美人醉是如何流轉的，正是綠翹開口向李可及索要美人醉，而李可及以為是魚玄機想要，定然費盡心思。這個膽小審慎的男人，時時刻刻都害怕惹事上身，完全不似李近仁那般仗義，但他以為是魚玄機殺人，還是為了她，在眾多壓力之下做到守口如瓶，倒也十分難得。只是，綠翹沒有殺溫庭筠的動機，加上行動不便，斷然不可能到屋梁挖洞下毒，她索要美人醉，想對付的只可能是那個將她腿打瘸的裴氏。而她無法去廣陵下毒，便只能透過李近仁……

正想到關鍵之處，卻聽見有人大力拍門，不禁詫道：「早就是夜禁時間了，會是誰呢？」蘇幕道：「或許是殿下和李少府他們又回來了。」忙趕去開門，卻發現大門並沒有閂上。拉開門一看，門口赫然站著首飾鋪匠人。

蘇幕卻不認識他，匠人忙問道：「敢問李少府人還在這裡麼？」裴玄靜聞聲出來道：「我是他妻子。老公找他何事？」匠人道：「原來是縣尉夫人。那麼告訴娘子也是一樣的。我連夜趕來，是想告訴你們，那支九鸞釵確實是假的。白日李少府走了之後，有人從我老家京兆武功帶來口信，無意中提到我兒子五個月前給人訂做了一件有九隻鳳凰的釵……」

裴玄靜奇道：「你兒子？」匠人驕傲地道：「我兒子在武功老家也是做手藝活兒的，我家的手藝是祖傳的。我可以肯定地說，那支假九鸞釵就是我兒子做的。」

裴玄靜問道：「他還記得訂做的是什麼人麼？」匠人道：「聽說是個瘸腿的年輕美貌小娘子。」蘇幕駭然道：「是綠翹。」裴玄靜卻只是點了點頭，又問道：「不是已經夜禁了麼？老公是如何進來的？」匠人道：「我跟巡夜的金吾衛士說，有重要線索要告訴李少府，他們便派了個人帶我來咸宜觀。」一指外面，果然站著一名金吾衛士。裴玄靜忙連聲道謝，那匠人只揮揮手便走了。

到了此時，裴玄靜已經完全明白綠翹是如何殺死裴氏的，她轉身便往綠翹臥房奔去。到得門口，叫了兩聲，無人答應。推門進去，房裡蠟燭高照，卻已是空無一人，只有一封信留在案桌上。

此刻，魚玄機正光著身子在廂房的一只紅黑發亮的大木桶中沐浴。這是一間特地佈置過的沐浴專房，沒有窗戶，只有一扇可供出入的門；一進門處擺放著一架連地六扇屏風，以擋住透過門縫漏進來的凜凜寒氣；東角落放置著一只大水缸，用來存放清水；地面上鋪著厚厚的毛氈，人踩在上面，不會發出一點聲音；四壁則掛有墨綠色的帷幔，通常過了冬季，這些布帷幔便會被換成更輕盈飄逸的紗帳；房中間有石頭磊成的一個小小平臺，上面有一個陶製火盆，生了一大盆熊熊炭火。火盆外倒罩著一個專用的鐵架，已經燒得通紅。鐵架上則擱置數塊石頭。這是京師流行的冬季沐浴法，只須用火鉗將燒熱的石頭放入木桶的水中，反反覆覆，水很快就熱了，比在廚下燒熱水再倒入木桶的老套法子要簡捷方便得多。整個房間有一種安寧的氣息，加上騰騰水氣彌漫其中，看上去暖意洋洋，且有一種夢幻般的慵懶神祕。

魚玄機卻不似在沐浴，而是在等待什麼，卻又神態安詳和煦，從從容容，並不焦急。她的手指輕輕撫摸著水面，似乎那便是自己的肌膚，苦澀中自有一種愜意；又似乎觸摸的是他人，然則或遠或近，總是看不真切其面孔。她的心房千頭萬緒，血液中有千百萬種感情在湧動著，到底是悲傷，還是興奮？情深處，正是最無奈何處。憐我憐卿中，不禁縹緲意遠。

最奇怪的是，她面前的肌膚光潔如玉，如綢緞般閃亮。然而她的背部卻到處都是鞭痕，星羅棋布，煞是恐怖。幸好她看不到自己傷痕累累的背，而長久以來一受寒便要折磨她身體的舊傷，今冬竟然也沒再發作。這，實在是要感激李近仁為她延請名醫醫治。

突然，廂房東角的帷幔飄動了幾下，一名男子不知道從哪裡冒了出來，悄然出現在房中。魚玄機似乎意識到異常，但卻沒有回頭，依舊一動不動。

那名男子手腕翻動，從腰間取出一把明亮的尖刀，輕輕走近木桶，慢慢舉起手中的尖刀。就在他使出全身力氣、預備扎下的那一剎那間，魚玄機頭也不回地道：「你終於來了。」

那男子心中猛地一抽搐，這才知道自己的行蹤早為對方所察覺，驀然之間，他的手彷彿被一種奇特的力量攫住，緊握尖刀的手開始無力。忽然又看見魚玄機背部的斑斑傷痕，一時間，心上翻江倒海，百般滋味，手也漸漸軟了下來。

他端詳著她，她卻始終沒有回頭。他們有多少年沒有如此近距離地見面了？兩年？三年？也許還要更久些，總之已經是非常非常漫長的一段時間了。她似乎還是那個魚玄機，只是身材更加瘦削，人也多了幾分沉鬱。但他又覺得，他現在是雲裡霧裡看她了，也許是房中充滿水霧的緣故罷。自分手以來，他時常暗暗揣測，她過著女道士的生活，容顏應該憔悴了許多罷？其實他常常擔心自己已經不能準確記起她的樣子。沒想到此種情況下相見，看到的不是她的面容，而是那些承載著痛苦回憶的傷口。原本已經暗淡的舊事重新浮現在他的腦海，他甚至有些哽咽了。

二人便一直這般默默無語著，在靜謐中惆惆悵悵，其中的情意有多少？難怪昔日李商隱曾有詩云：「此情可待成追憶，只是當時已惘然。」悲歡離合之情，豈待今日來追憶，當時便早已惘然了。

也不知過了多少時刻，只聽見外面一陣急促的腳步聲，傳來裴玄靜焦急的聲音：「魚鍊師！魚鍊師！」魚玄機未及回答，裴玄靜已然衝了進來，卻發現她安然無恙，依然在木桶中沐浴。

裴玄靜驚疑不定地問道：「魚鍊師你……你沒事罷？」忽見她背後的帷幔正在飄動，忙趕過去，卻沒有人影。轉過身來，一眼看見魚玄機背後嚇人的傷痕，不禁駭異得呆住：「鍊師，你的背……」忽然聯想到什麼，顫聲問道，「是李億妻子裴氏打的，對不對？」

魚玄機不答，淚水卻慢慢從面頰滑落下來。她當然不是為背上的舊傷神傷，而是適才距離得如此之近，卻始終沒有勇氣回頭見那人一面。

回到廳堂，國香和蘇幕告知四下都找不到綠翹。裴玄靜道：「她已經走了。」又道，「鍊師，你可知道是綠翹殺了裴氏？」魚玄機一時震住，半晌才道：「綠翹從未到過廣陵，如何能殺得了她？」

裴玄靜答道：「這正是其中的巧妙之處。綠翹先是做了一支假的九鸞釵，然後藉著到鄠縣給溫先生送衣物的機會，用假的九鸞釵換出真的九鸞釵，再將從李可及那裡要來的美人醉毒藥，泡在真九鸞釵之上，再裝入事先仿造好的木盒中，作為禮物交給李近仁，請他帶到廣陵送給裴氏。這也就是為什麼我在三鄉驛見過李近仁手中捧著一個一模一樣的木盒，那盒子亦是十分名貴之物，仿造得惟妙惟肖，可見綠翹著實在上面下了不少功夫……現在想來，那晚在三鄉驛，左名場爬到我窗外，不是要窺探國香，而想要這個盒子及裡頭的寶物。我的房間正好在最邊上，方便攀援，而緊挨著我房間的剛好就是李近仁的房間……」

國香打斷了她的話頭，道：「這怎麼可能？左名場天生患有懼高症，一登高便要手腳痙攣、全身發抖，那人絕對不可能是他。不過，裴氏那惡婆娘倒確實是酷愛金銀珠寶。」

裴玄靜聽了一呆，一時不及想通其中關節，便接著道：「李近仁當晚也在三鄉驛遇到了左名場，他卻以為是李億，後來越想越不對勁，便改道回京師，而將盒子交給隨從丁丁送回廣陵。這也是我們後來得以在勝宅宴會上遇到他的原因。」

魚玄機道：「當晚娘子的銀菩薩在勝宅失竊，我本疑心是黃巢所為，後來我從鄠縣回來，李近仁告訴我，他在咸宜觀外見到一個人，容貌身形很像李億，我便以為是李億偷了銀菩薩來陷害我，現在想來，此人應該是左名場無疑。他兄弟二人相貌實在太像，我也無法分辨，更別說是李近仁了。」

裴玄靜道：「嗯，事實正是如此。李近仁後來見到鍊師無事，便趕回廣陵，將木盒送給裴氏。我猜綠翹事先安排，肯定是以鍊師你的名義，說成是獻禮向裴氏賠罪。裴氏得到九鸞釵這等天下至寶，自然愛不釋手，戴在頭上，毒藥慢慢滲入皮膚，這種中毒方式比食物和外傷都要慢上許多，可以說不留痕跡。一個月前，裴氏終於毒發而死。李億本知道九鸞釵是溫先生手中之物，又知道鍊師知曉美人醉奇藥，因而懷疑是你們二人合謀殺死他的妻子，為了報仇，他趕到鄠縣毒殺了溫先生。為了脫罪，又殺了一直在京師遊蕩的左名場，令我們誤會他也被毒死。而溫先生死前失竊的那支九鸞釵，其實僅是一支假的九鸞釵，此處李億已經知曉，所以應該不是他所偷。我猜此人多半是韋保衡，他為人貪婪重利，也許無意間知道了九鸞釵就在溫先生手中，順手牽羊地拿走。至於為何後來在韋府沒被搜出來，就不得而知了。」

蘇幕聽得目瞪口呆，問道：「娘子說的這一切，都是因為綠翹為了報復裴夫人打瘸她的腿而挑起的？」裴玄靜道：「可以這麼說。」她將從綠翹房中取得的信交給魚玄機，「這是綠翹留給鍊師的信。」

魚玄機接了過來，只見封皮上寫著「鍊師親啟」四字，急忙拆開，只見上面寫著——

鍊師垂鑒：自綠翹得與鍊師相識，多蒙關愛，綠翹銘感於心。今日不辭而別，實非得已，只因綠翹殺了惡婦裴氏。起初，綠翹偶從李億員外處得聞美人醉奇藥，後輾轉向李可及索要一瓶到手，又趁溫先生不備之機，用偷梁換柱之計，以假九鸞釵換得真九鸞釵，將毒藥塗在其上。再託李近仁送於那惡婦。只要那惡婦一死，鍊師與李億員外之間再無阻礙。綠翹一早便知，鍊師對李億員外未嘗須臾去懷。不過，綠翹僅殺裴氏一人。吾離開後，鍊師可將書信轉呈京兆府，為鍊師洗脫殺人嫌疑。請鍊師不必牽掛綠翹，吾已經找到如意郎君，一道遠走高飛。書不盡意，綠翹草筆。

字跡娟秀，似極了魚玄機自己的筆跡。她一時怔住，喃喃道，「原來她殺裴夫人，並不是為了替她自己報仇，而是為了我。」不由得悲從心來，淚水涔涔而下。

裴玄靜急忙接過信讀了一遍，一切都如自己所料，難怪昆叔說綠翹來之前，溫庭筠經常取出九鸞釵把玩，綠翹來過之後，便很少看見他拿出九鸞釵。其實他早已知道真的九鸞釵已經被綠翹調包換走，不過他沒說穿而已。也許這就是他所說的另一件恨事。也難怪李近仁會以為是魚玄機殺了人，還主動承擔罪名，他肯定早已想到是他轉送的九鸞釵有問題，所以他能講出頭髮的細節。只是魚玄機唯一想不到的是，綠翹這麼做並不是為了替她自己復仇，如此有情有義的女子，實在令人可歎。

蘇幕不識字，急於知道信中內容，裴玄靜便照念了一遍。末了又發現信底下有一行小字，念道──

又及，吾取走了鍊師櫃中兩套碧蘿衣。請鍊師務必成全，當作我與夫君新婚禮服……

魚玄機之前讀信時心潮澎湃，未曾留意到這行小字，這下聽裴玄靜念了出來，當即尖叫一聲：「哎呀……」大驚失色地往臥房趕去。裴玄靜等人都不知道發生了什麼大事，急忙跟上去。

魚玄機趕回臥房，卻見衣櫃上的銅鎖已經被撬開。拉開櫃門一看，衣櫃中的兩套碧蘿衣果然已經不見。

魚玄機叫道：「天哪！」頓覺眼前一黑，身子搖搖欲墜，幾乎跌坐在地。幸好裴玄靜及時趕進來扶住她，問道：「到底出了什麼事？」魚玄機道：「那兩套碧蘿衣，是當初我和李億訂做的壽衣，綠紗裡面的壽衣浸泡了美人醉的劇毒……」裴玄靜不禁呆住。

過了好一會兒，魚玄機才略微平靜下來，講述這段碧蘿衣的往事：原來她與李億有過一段郎情妾意的美好日子。有一次，魚玄機曾經開玩笑說人死的時候太痛苦，李億便提到有一種奇藥叫美人醉，能讓人在快樂中死去。魚玄機聽了非常好奇，於是李億就向他的舅舅御醫韓宗劭要了一瓶美人醉。他們還商議出一個別出心裁的法子，將美人醉溶在水中，再將做好的綠壽衣泡在水中，再於壽衣外面罩上綠紗，這就是碧蘿衣。二人約定白頭偕老時，一起穿上碧蘿衣死去。不過這件事情，始終只有他們二人知道，綠翹一直不知情。

一時之間，裴玄靜耳畔又響起李可及唱的那首曲子：「星斗稀，鐘鼓歇，簾外曉鶯殘月。蘭露重，柳風斜，滿庭堆落花。虛閣上，倚闌望，還似去年惆悵。春欲暮，思無窮，舊歡如夢中。」不由得心潮澎湃，愴然無限。國香聽到此段動人往事，早已經哭得泣不成聲。

魚玄機突然站了起來：「我得去找綠翹，告訴她碧蘿衣有毒……」蘇幕拉住她：「現在是夜禁時間，你怎生出去？」裴玄靜歎息道：「恐怕已經太遲了。」魚玄機淚水滾滾而下：「是我害了綠翹……」

見到她玉容寂寞，涕淚縱橫，蘇幕幾人亦跟著垂淚不已。裴玄靜心上也極為難受，然則茫茫後果，渺渺前因，悲歡離合，總不由人。

後半夜格外難熬，幾人好不容易才勸得魚玄機睡下。她已經有幾天沒有睡過好覺，這一躺下，竟然沉沉睡去。國香生怕她有事，堅持守在她身邊。蘇幕與裴玄靜毫無睡意，依舊在廳堂守著炭火苦苦思索。蘇幕突然道：「綠翹殺了裴氏，李億殺了溫庭筠，又殺了左名場，一切總算真相大白了。」

裴玄靜沒有應聲，她心中正在想另一處疑點，真的九鸞釵必然在李億手中，那麼那支假九鸞釵又被誰偷走了？李億不會，李近仁也不會，本以為是韋保衡，但之前明明確定他是被陷害，應該也不是他。那麼就只剩下李可及與陳韙二人。李可及的為人，不似那麼下作，剩下的就只有陳韙了。

突然之間，她感到自己一直忽視了陳韙這個人。他看起來毫不起眼，甚至有些猥瑣，總是縮在主人背後。然而，他不是也擁有一切的便利條件麼？要說陷害韋保衡，他有著天時地利。他知道韋保衡進士名銜來路不正，完全可以到京兆府投書揭發；他也是韋府的人，送一支假九鸞釵到首飾鋪去掉刻字，也並非不可能。如果前面的推測成立，那麼，將美人醉藏在韋府書房香爐灰中的也肯定是他。只是有一點疑問，他是怎麼得到美人醉的呢？有美人醉的只有李億、李可及，李億的美人醉用在碧蘿衣上，李可及的美人醉則給了綠翹，綠翹又用在九鸞釵上。以陳韙的身分，完全沒有任何可能拿得到美人醉。

轉念之間，她又想到一個疑點：既然李億的美人醉用在碧蘿衣上，那麼李億又哪裡有美人醉來殺溫庭筠與左名場呢？除非那瓶美人醉只用了一部分在碧蘿衣上，或者他向舅舅韓宗劭另外要了一瓶，不過旁人不知道，韓宗劭當然也不會承認。昨日京兆府公堂上，若不是有魚玄機在一旁，他也斷然不會承認五年前曾經給過自己外甥一瓶美人醉。如果綠翹手中的美人醉沒有用完，會不會就此流到了陳韙手中？

突然又想到白日在街道邊遇到陳韙的情形，他顯然正在等什麼人。可是他的主人韋保衡明明被選為同昌公主駙馬，訊息瞬間傳遍了全城。按理來說，他是樂師，是家宴上必不可少的人物，他應該正在韋府，忙著準備慶賀才對。他會不會……

剛想到關鍵之處，卻聽見蘇幕問道：「娘子認為綠翹的如意郎君會是誰？我們在同一個坊區住這麼久，我竟然不知道她有意中人。」裴玄靜正想得出神，順口答道：「會不會是陳韙？」蘇幕一臉愕然，問道：「怎麼會是那個樂師？」裴玄靜回過神來，搖頭道：「我也不知道，只是猜測而已。不過如果陳韙真是要與綠翹一起離開長安的那個人，他的確有可能得到美人醉。」

蘇幕道：「娘子是說，陳韙陷害韋保衡？」裴玄靜道：「這個可能性很大。反過來想，陷害韋保衡需要美人醉，陳韙要得到美人醉很難，但如果他跟綠翹有關係，那麼就輕而易舉，一切都能解釋得通了。」蘇幕道：「可是如果陳韙手上有美人醉，一樣有殺溫庭筠的嫌疑。」裴玄靜道：「陳韙沒有動機。」蘇幕道：「也許是因為綠翹。綠翹偷了溫庭筠的九鸞釵，擔心終有一天會敗露，於是將美人醉給了陳韙，讓陳韙毒殺溫庭筠。」

裴玄靜一愣，卻聽見門口有人道：「不，綠翹不是那樣的人。」回頭一看，正是魚玄機嚴肅地站在門口。她一邊走進來，一邊道：「綠翹就像我的手足，我信任她。」蘇幕忙賠罪道：「我只是隨便說說，錬師說得對，綠翹這樣有情有義，絕對不會殺溫先生的。」裴玄靜道：「綠翹手裡有美人醉，是毒藥的一個源頭，我們只是在猜測她會不會將美人醉給了其他人？」魚玄機道：「綠翹知道美人醉是毒藥，她要美人醉只是為了殺裴氏，絕對不會再給其他人。」裴玄靜道：「不如我們去綠翹房中看看。」

當下三女各舉燈燭來到綠翹臥室，仔細搜尋。蘇幕道：「娘子是想找美人醉麼？如果綠翹手中還剩有美人醉，她還不得帶在身上啊。」裴玄靜道：「如果你要和情郎私奔，開始全新的生活，你會在身上帶一瓶毒藥麼？」蘇幕想了想，道：「不會。」裴玄靜道：「不僅不會，凡是涉及一切不美好回憶的東西，應該都不會帶。」

魚玄機忽然看到床榻下角落處有個青色小瓶，急忙趴下身撈了出來，叫道：「娘子，你來看看。」裴玄靜仔細查看著：「跟韋保衡家發現的那個瓶子一模一樣。」魚玄機道：「不，不一樣，這正是我和李億的那瓶美人醉！」

裴玄靜拔開瓶塞，聞了聞，魚玄機忙道：「娘子小心，那裡面可是毒藥。」裴玄靜道：「鍊師不必緊張，這裡面的毒藥已然被人調了包，剩下的只有半瓶麵粉。」魚玄機驚道：「麵粉？」裴玄靜點點頭，又問道：「鍊師怎麼能確認這就是你那瓶美人醉呢？」魚玄機道：「這種瓶子青中帶綠，色澤晶瑩，明澈如冰，溫潤如玉，是青瓷中的縹瓷。縹瓷的瓶子表面看起來一樣，其實每個都不一樣。你看這個瓶子，有一道裂痕。」蘇幕道：「裂痕很淺，不仔細看根本看不出來。魚鍊師你沒記錯罷？」魚玄機道：「絕對不會。這瓶子雖然裝的是毒藥，但還是個稀罕玩藝兒。我和李億仔細賞玩過，當時李億還開玩笑說，這個瓶子有這道裂痕，該叫『美人抓破臉』。」

裴玄靜問道：「那這個瓶子後來是怎麼處理的？」魚玄機道：「壽衣做好後，還剩半瓶美人醉，我當時說要扔了，結果被李億奪過瓶子，說這麼好的瓶子扔了可惜。又說還剩半瓶美人醉，他要先留著，說不定什麼時候還能用得上。」

裴玄靜道：「正因為鍊師知道李億手中還有美人醉，所以你一直懷疑他是凶手。」魚玄機點頭，突然想起什麼，一時陷入沉思中。

蘇幕道：「可是這個貴重的瓶子是在綠翹房中發現的，而且還裝著半瓶麵粉，不是太奇怪了麼？」裴玄靜道：「可能是李億不小心將這美人抓破臉的瓶子落到地上，被綠翹撿到。綠翹覺得瓶子好看，就自己留下了。」

蘇幕道：「可是這瓶子裡面裝的是麵粉呀。」裴玄靜道：「這點我暫時也不明白。李億手中流出的美人醉瓶子我們在綠翹的房裡找到，李可及手中流出的美人醉瓶子我們是在韋保衡的書房中找到。但李可及那瓶明明給了綠翹，如果陳韙就是綠翹的心上人，那麼他就有可能拿李可及這個瓶子去陷害韋保衡。但為了不被綠翹發現，他又用李億那個瓶子換了李可及的瓶子。至於他怎麼得到李億的瓶子，就不得而知了。」

魚玄機沉吟半晌，忽道：「我明白為什麼是半瓶麵粉了，是陳韙暗中調了包。他這樣做的目的，無非是要嫁禍給韋保衡，所以他需要李可及的瓶子，但又發現那瓶美人醉已經用完，他便將李億那半瓶美人醉倒入李可及的那個瓶子，又將李億那瓶裝上半瓶麵粉，以免綠翹發現。」

蘇幕早已經聽得暈了：「天哪，兩個瓶子，怎麼這麼複雜！」裴玄靜道：「鍊師說得極對，其實一點不複雜。因為李億那瓶是五年前的，而李可及那瓶是三個月前的，若要陷害韋保衡，需要的是李可及那瓶子。」頓了頓，又道，「這些瓶子在我們看起來都差不多，只有懂得鑑賞的人才能分得出差別。綠翹應該是不會發現陳韙換瓶子的事。陳韙這樣費盡心思，確實能證明綠翹沒有把美人醉給其他人，而是陳韙自己發現了祕密。」

蘇幕道：「做兩件壽衣也只要半瓶美人醉，綠翹在九鸞釵上下毒難道需要整瓶美人醉麼？」魚玄機道：「蘇幕問的有道理。李億手中還剩半瓶美人醉，綠翹殺裴氏用掉半瓶美人醉，應該還剩半瓶，加起來應該還剩一瓶才對。可是我們在韋保衡府中發現的那瓶美人醉卻只剩下半瓶，而眼前這半瓶是麵粉。」

裴玄靜道：「這麼說來，不是李億毒殺溫庭筠，陳韙才是真正的凶手，只有他同時經手了兩個瓶子。」

魚玄機遲疑地道：「陳韙與綠翹的關係，畢竟都只是推測。會不會是李億自己將美人抓破臉中的美人醉倒出來收起，再扔掉瓶子，又被陳韙撿到？之前我曾經催促他扔掉那裝過毒藥的瓶子，他也答應了我。」

裴玄靜聽她話中語氣，似乎已經認定李億便是凶手，不由得大為詫異。卻見她幽幽歎了口氣，又道：「他適才來過了。」

裴玄靜大為驚詫：「誰？誰來過了？」魚玄機道：「李億。」裴玄靜道：「可是，我們一直在這裡，怎麼沒有發現？他是怎麼進來的？」魚玄機道：「咸宜觀有條密道，只有我和李億知道……」

裴玄靜聽了一不覺一呆，魚玄機身為觀主，知道密道一事並不足為奇，可是為何與她情同姐妹的綠翹都不知道，反而李億知情呢？一時不及想更多，當即問道：「李億來這裡做什麼？」魚玄機道：

「要來殺我。」她的神色淡定，不見任何驚異和悲傷。倒是裴玄靜和蘇幕都驚愕異常，齊聲道：「為什麼？」

魚玄機當即說了原因和自己的推斷：李億妻子死後面貌如生，李億定然發現了九鸞釵上有美人醉劇毒，因九鸞釵是溫庭筠之物，他認定溫庭筠脫不了干係，所以趕到鄠縣找溫庭筠理論。溫庭筠本不知情，當然爭論不出什麼結果。李億憤怒之下也不去查明真相，而是暗中設法在屋梁上挖洞下毒。而溫庭筠死前一天出現的那個人，應該不是李億，而是左名場，也正是他拿走了假九鸞釵。左名場與李億容貌很像，溫庭筠一定以為他就是李億，所以他也有很大的機會拿到九鸞釵，只是他並不知道那是假的，所以才有後來他喝醉了酒，在飯館聲言要售出九鸞釵一事。但後來不知道出於什麼原因，假九鸞釵落入了他人之手，左名場也被美人醉毒殺。

裴玄靜聽了深以為然，道：「假九鸞釵如今很可能在陳韙手中，他手中還有美人醉，也許正是他殺了左名場，奪了假九鸞釵。」魚玄機道：「可是他為什麼要這麼做？」裴玄靜道：「為了綠翹。他知道綠翹想得到九鸞釵，一心要為她弄到手，卻不知道綠翹要九鸞釵並非貪圖其珍貴，而是為了殺死裴氏。」

魚玄機呆了半晌，才悠悠道：「原來這世上還是有陳韙這等癡情男人，會為了自己心愛的女人做任何事。」裴玄靜心想：「難道李近仁不是麼？他為了你，如今還身陷囹圄。」又想道，「這幾起案子，不過是最原始的動機，卻經歷了最複雜的猜忌，可見人心之複雜。」

時光一點點地過去，幾女的莫名痛苦和壓抑也一點一點在加深。然而大家都沉默著、忍受著。尤其魚玄機的神態，還顯露出一種詩意，令人感覺到一份憂鬱之美。便在此時，外面傳來一聲公雞的打鳴聲，開門的鼓聲開始響起，原本看起來永無盡頭的黑夜終於過去了。蘇幕也長舒一口氣，道：「天終於要亮了。」

天就要亮了，可是人心呢？那被拋棄過、傷害過、猜忌過的心靈，還能再度明亮起來麼？

便在此時，屋外傳來響亮的烏鴉叫聲。三女走出廳堂，一陣寒氣撲面而來。天色陰沉沉的，如同眾人的心，夾雜著陰鬱與不安。微明的天光中，依稀見到一隻烏鴉停在屋簷上，拍翅叫喚得正歡。裴玄靜目光銳利，訝然叫道：「正是上次那隻會撞鈴的烏鴉。」

烏鴉飛了起來，在空中盤旋著。蘇幕早已經聽說烏鴉到京兆府撞鈴訴冤的奇聞，便道：「牠是不是也在叫我們跟牠走？」裴玄靜頓時意識到又有事情發生，忙道：「走，我們跟去看看。」剛走出幾步，回頭卻發現魚玄機腳下沒動，忙問道，「鍊師不一道去麼？」

魚玄機露出了深深的疲倦，道：「我太累了，想休息一會兒。」蘇幕道：「那我留下來陪伴鍊師。」魚玄機搖搖頭道：「不必了。你們趕緊跟烏鴉去罷，我猜一定與案情有關，不必擔心我，這裡還有國香呢。」裴玄靜道：「如此，鍊師先好好休息，我們片刻即回。」

剛打開大門，卻意外發現李近仁正站在門口欲叩門。蘇幕道：「李君，你來了，實在太好了。」李近仁道：「你們要出去麼？」裴玄靜道：「我們有急事要去辦。李君來了正好，好好陪陪魚鍊師。」

李近仁點點頭，卻見魚玄機正站在門口，默默凝視著自己。那一剎那，魚玄機又看到他眼眸中那抹熟悉的溫潤光芒。每當她看到他的這種目光，總會莫名其妙地感到心安，似乎那就是她最溫暖最幸福的所在。

走出一段，蘇幕回頭見到李近仁正在大門處與魚玄機低聲交談，不由得感慨道：「李君為了幫魚鍊師洗脫嫌疑，自己承認殺人。而李億呢，反而猜忌是魚鍊師殺了裴氏，跑來要殺她！」裴玄靜歎道：「可惜，有情人終是難成眷屬。」蘇幕一怔，不明她言語中到底何意。

魚玄機將李近仁迎進了咸宜觀，逕直領他來到自己的臥房。她也不忌諱李近仁在場，當著他的面新換了一身碧綠的衣裳。又坐在梳妝臺的銅鏡前，打開塵封許久的匣子，開始精心化妝。她先用一枝乾淨的毛筆蘸了些清水，再打開一個精巧的鐵盒，從中點了些螺子黛，慢慢描在眉毛上。螺子黛是一種產自波斯國的畫眉墨，使用時只須蘸水，不必研磨，價錢極為昂貴。唐人最重視眉飾，昔日唐玄宗曾親自下令，讓畫工設計十來種眉毛的樣式，如橫雲、斜月、柳葉等。魚玄機出家為女道士前，最愛畫蛾鬚眉。不過，她不彈此調已久，竟然有些生疏，描了好久，才勉強描好眉黛。她又從匣中取出迎蝶粉。這是一種混合了細粟米的鉛粉，塗在面上，不僅令皮膚白皙，且落頰生香。抹完白粉後，還要用紅色胭脂潤滿兩腮，最後再於唇上塗上胭脂加朱砂製成的唇脂。

李近仁默默地站在一旁，凝視魚玄機有條不紊地忙碌著。他的神情專注而小心，彷彿是在觀賞一幅畫。他的思緒也在淡淡的脂粉香中飄逸著，心醉而神迷。

過了許久許久，化好妝的她突然回過頭來，那一剎那，當真是驚鴻一瞥，如同噴薄而出的日頭，神韻飛揚，令人驚豔無比。她卻又嫣然一笑，梨窩莞爾，充滿少女揚眉吐氣般的清新與稚氣。那是多麼久違的神情呀！只是，他也知道她這一笑，不是短暫的別離，而是永遠的告別。想到這一點，他的心頓時洶湧奔突了起來。

卻說裴玄靜與蘇幕二人跟著領路烏鴉一路南行，出了啟夏門，來到一片樹林。烏鴉停在前面的一棵樹上，「嘎嘎」叫了兩聲，彷彿告知牠已完成使命，然後拍拍翅膀飛走了。

此時天已經大亮，裴玄靜一眼便望見前面躺著兩個人，均穿著綠色的衣服，不由得心中一緊，急忙朝前趕去。只見地上赫然躺著綠翹和陳韙，二人各自穿著魚玄機和李億的壽衣，互相摟抱在一起，面色如生，卻已然死去。

蘇幕嚇得一聲尖叫，轉過頭去，躲到一旁，不敢再看。裴玄靜便讓她去找人通知京兆尹，自己小心翼翼取出陳韙身下壓著的包袱打開，只見金光燦然，淨是珠寶。有一方玉鎮紙，正是昆叔所描述溫府失竊的那方。又發現那支被磨掉「玉兒」兩個字的假九鸞釵。財物裡面還混有一方亮閃閃的銀印，拿起來一看，正是大將軍張直方的官印，不由得愣住。她早已聽蘇幕提及銀菩薩失竊當晚張直方的可疑之處，卻難以想通為何他的官印在此。又見到陳韙的腰後好像有什麼東西，輕輕撥了一下，取出了一根短木棒。一時間不由得怔住，原來陳韙就是飛天大盜，也就是當晚與她在咸宜觀後院交手的黑衣人。一切謎題迎刃而解。

她面對兩具屍體，出神許久，心中只覺得一片空蕩蕩的難受，以致後來京兆尹溫璋率人趕到時，她都沒有察覺。只是發現李近仁也跟隨在溫璋背後時，略微有些詫異。

溫璋一見裴玄靜，分外客氣地道：「娘子在此地太好了。如今水落石出，案情真相大白，便請娘子從頭到尾為我們講述一番罷。」

裴玄靜點了點頭，緩緩道：「最初的起因，是咸宜觀侍女綠翹託李近仁帶了一個木盒給李億的妻子裴氏。裴氏經常光臨李近仁的綢緞店鋪，那一天，裴氏去到店裡，李近仁將木盒交給裴氏。裴氏當場打開來看，原來是稀世珍寶九鸞釵。她喜不自勝，當即戴在頭上，卻不知道釵上的美人醉毒藥正在慢慢侵蝕她的生命。不過李近仁對這一切並不知情，到後來他聽聞裴氏中毒而死時，他才想到自己轉手的那支釵就是毒藥。」

眾人一起瞧向李近仁，卻見他以一種奇怪悲愴的目光看著裴玄靜。

裴玄靜續道：「李億發現妻子中毒死後，沒有報官，而是直接趕到鄠縣找九鸞釵的主人溫庭筠算帳，他在屋梁上動了手腳，最終以美人醉毒殺溫庭筠。從李億下毒到溫庭筠死的期間，飛天大盜陳韙光臨溫府，偷走了一方玉鎮紙；而與李億容貌酷似的左名場光臨溫府，冒充李億，盜走了藏在書房中的假九鸞釵，又因醉酒在京師兜售九鸞釵，結果轉身就被飛天大盜陳韙盯上。陳韙用美人醉毒殺左名場後，將他埋在郊外樹下，本來一切滴水不漏，卻被一隻想報恩的烏鴉壞了好事……」

她說到這裡時，溫璋露出了一絲不易察覺的微笑，大概對烏鴉訴冤一案的處置極為滿意。

裴玄靜道：「之後，因為風聲越來越緊，陳韙準備離開長安，他將盜取的財物埋在咸宜觀的後院中。不巧的是，那晚大雪，坊正王文木剛好在咸宜觀外牆上刷字，準備陷害咸宜觀，不料剛好遇到陳韙，於是被陳韙殺人滅口。第二天，也就是前天晚上，陳韙先將一瓶美人醉藏在韋保衡書房的香爐中，然後施展出飛簷走壁的功夫，趕到京兆府投書，揭發韋保衡於科場作弊。再然後，他來到咸宜觀，準備挖出贓物逃跑。正當他要下手時，突然想起什麼，於是去找綠翹商議。剛好當晚綠翹不在房中，被我撞見，與他交手……」

溫璋突然插口道：「可是就在同一時間，飛天大盜盜取了太平坊尚書左丞裴坦的財物……」

裴玄靜此時方得知此事，不由得驚愕萬分，思忖片刻，才道：「這是另一個人在模仿飛天大盜作案，可以稍後再談。」又續道，「雖然最後被陳韙跑了，但我們意外發現了贓物。案情經過就是這樣。」

溫璋點點頭，指著綠翹和陳韙的屍體：「那這是怎麼回事？他們又是誰殺的？」裴玄靜歎了口氣，道：「他們是自殺。他們身上的碧蘿衣，裡面淬有美人醉的劇毒。」當下說了碧蘿衣的故事。

溫璋道：「不錯，不錯，一切謎題都揭開了。不過——有兩點不對。第一、綠翹和陳韙不是自殺，而是魚玄機謀殺的；第二、綠翹並不是毒殺裴氏的凶手，真正的凶手是魚玄機。」

裴玄靜大為詫異，一時不解地望著溫璋，不知道他是有意如此，還是發現了新的證據。

溫璋見她不解，一指綠翹的屍體，道：「綠翹雖然最終被魚玄機以極高明的手法殺人滅口，但她卻事先留下了一封信給李近仁……」裴玄靜頓覺莫名其妙，問道：「什麼，綠翹留下了信給李近仁？」

卻見李近仁點點頭，示意溫璋的話正確無誤。溫璋又道：「適才魚玄機已經到京兆府投案了，自己承認殺了裴氏、綠翹和陳韙。」裴玄靜震驚萬分，不解地望著李近仁，他卻露出極為悲哀的神色。

原來裴玄靜與蘇幕一離開，魚玄機便燒了綠翹留下的信，又以綠翹的名義另寫了一封信。她二人文風筆跡相仿，因而不費吹灰之力。信由李近仁交給京兆府，李近仁本人也成為指證魚玄機行凶殺人的關鍵證人。

裴玄靜忙從溫璋手中取過信，發現根本已經不是綠翹原來留下的那封。而在這封信中，綠翹信誓旦旦揭穿是魚玄機毒殺了裴氏，不過是將綠翹的下毒過程原封不動轉嫁到魚玄機身上而已。略一沉吟，便即明白魚玄機是想為綠翹脫罪，當即道：「尹君，這封信已經不是原來那封，這是魚玄機以綠翹的口吻所偽造。」

溫璋卻全然不能相信：「世上哪裡有人會偽造對自己不利的書信？」裴玄靜知道以他性情，自然難以理解這種捨己為人的感情，便直截了當地道：「我想見見魚玄機。」

裴玄靜於京兆府大獄再見到魚玄機時，她已經被迫換上罪犯穿的赭衣，頸中戴了鐵鉗。那紅褐色的囚衣映著她蒼白的面容，有一種驚心動魄的違和之美。只是她的神色凜然許多，不再如前幾日那般憔悴。

裴玄靜不解地問道：「鍊師，你為什麼要這麼做？」魚玄機歎道：「娘子，你不該信任我的，我才是毒殺裴氏的真凶。」裴玄靜道：「李近仁交到京兆府的那封信是你偽造的，對不對？我們都知道，你和綠翹筆跡一樣，文風也一樣。」

魚玄機沉默一會兒，才道：「綠翹留下的那封信才是我偽造的。只是我沒想到綠翹還留下一封信給李近仁……」蘇幕急得直跺腳：「魚鍊師，你為什麼非要把罪名往自己身上攬啊？」魚玄機默然不應。

裴玄靜不解地道：「鍊師如果想替綠翹脫罪，可是綠翹已經死了，你已經沒必要這麼做了。」

魚玄機語氣很鎮定，似乎早在意料之中，但依舊帶著淡淡的哀傷：「你們發現綠翹的屍體了？」裴玄靜黯然：「她和陳韙都中了碧蘿衣上的美人醉。」頓了頓，又道，「陳韙就是飛天大盜。」魚玄機吃了一驚，但很快平靜下來，只是微微點點頭。

蘇幕試探地道：「魚鍊師，你覺得綠翹會不會知道陳韙就是飛天大盜？」魚玄機堅決地道：「絕對不會。」裴玄靜道：「我也認為不會。之前綠翹曾經告訴我後院可以賞梅花，如果她知道陳韙就是飛天大盜，絕對不會這般告訴我，那可是藏贓物的地方哪！」魚玄機道：「嗯。如果綠翹知道陳韙的飛天大盜身分，也應該會把九鸞釵的事告訴他，陳韙又何必為了一支假的九鸞釵而殺了左名場呢？」

蘇幕道：「嗯。綠翹不知道陳韙的真實身分，陳韙也不知道綠翹的所作所為。一對純淨的戀人，都只想把自己最美好純真的一面展現給對方。」魚玄機黯然道：「我猜，陳韙所以請匠人將他冒險盜來的假九鸞釵『玉兒』兩個字去掉，本來的用意是想刻上『綠翹』兩個字。」

幾人交談一回，深為歎息，魚玄機回憶起綠翹的種種好處，心下更是難過。蘇幕忙道：「不談綠翹了。魚鍊師，你現在到底要怎麼辦？」魚玄機：「我殺了人，沒什麼好說的。」

裴玄靜見她意志堅決，料到必有其他隱情，便逕直出來，到大堂求見溫璋。溫璋似早已經料到她的來意，不等她開言，便逕直推辭道：「娘子再怎麼說魚玄機是無辜的也沒用了，這件案子已經不歸本尹審理。」

裴玄靜吃了一驚，問道：「那歸誰管？大理寺？刑部？還是御史臺？」溫璋搖搖頭道：「都不是。聖上親自下敕書，因此案涉及宮廷祕藥美人醉，要將案件交給宮裡來的特使審理。」

裴玄靜大奇道：「宮裡來的特使？是誰？」忽聞背後腳步聲，轉頭望去，正見韋保衡志得意滿地走了進來。李可及一臉陰沉，低垂著目光，跟在他背後。

裴玄靜一見特使是韋保衡，心中頓時一沉。她知道與此人多辯無益，便急忙告退，離開京兆府，往東朝咸宜觀趕去，希望能找到綠翹留下的那封原信，挽回日前的局面。

韋保衡一到京兆府，也不召相關證人到場，便下令直接提審魚玄機。當他看到她終於被迫跪在自己面前時，心中充滿了奇妙的快意。他確實曾經對這個絕色女子動過心，但她卻始終冷冷相待。他那暗暗被傷害了的自尊，今日似乎格外想得到撫慰，這種撫慰，自然是以報復和傷害為代價。而今，這個令無數男人豔慕的女人終於成了他的階下囚，這種感覺著實痛快。他的嘴角，甚至不由自主浮現出一絲得意的微笑，原來有權有勢、高高在上的滋味是這般美妙，這可是他從來沒感受過的。

一旁的李可及輕輕咳嗽了一聲，又拉拉韋保衡的衣袖，韋保衡這才回過神來，裝模作樣地拍了一下驚堂木，拿腔拿調地道：「魚玄機，既然你都已經承認行凶殺人，就說說你的殺人經過罷。」魚玄機道：「很簡單，我知道裴夫人喜愛首飾，就用一支假的九鸞釵換到了飛卿的真九鸞釵，然後將美人醉塗在真九鸞釵上，裝在木盒裡，託李近仁帶給裴夫人。」她一直低著頭，語氣也甚為平靜。

韋保衡意味深長地看了一眼李可及，很有些不懷好意地問道：「那麼，你是從哪裡得來美人醉的？」魚玄機道：「前夫李億給的。」韋保衡刻意重重望了一眼李可及，他卻面無表情，昂首望著一邊。

韋保衡繼續問道：「那後來呢？」魚玄機道：「後來，綠翹發現了我裝美人醉的瓶子，知道是我殺了裴夫人，很是驚惶，打算逃走。我為了殺人滅口，有意將塗有美人醉的兩套碧蘿衣送給了她。」韋保衡道：「就是綠翹和陳韙死的時候身上穿的那兩套衣服？」魚玄機道：「正是。」

韋保衡：「你知道陳韙就是飛天大盜麼？」魚玄機搖了搖頭。韋保衡厲聲道：「陳韙將贓物埋在咸宜觀後院，你怎麼可能不知道？還有，那個嫁禍給我的美人醉瓶子是不是你給他的？」魚玄機不答。

韋保衡冷笑道：「大堂之上是有刑罰的。魚玄機，我可沒有那麼好心情分析半天案情。你不說，我可要叫人動大刑了！」

不及他下令，李可及便在這個時候挑了一下眉毛，站起身來，一把扯住韋保衡，急步走了出去。韋保衡本欲好好折辱一下魚玄機，卻被李可及打斷，不由分說地拉出室外，當下惱怒地道：「將軍為什麼阻止我用刑？莫非將軍你……」

李可及冷冷道：「反正她馬上就要死了，韋公子何必再多折磨她？」韋保衡不服氣地道：「將軍怎麼知道魚玄機馬上就要死了？就算她因謀殺裴氏被判大決，起碼也是秋天的事。」李可及道：「韋公子是駙馬爺，天子嬌婿，難道還不知道聖上的心思麼？」

韋保衡倒吸一口冷氣，囂張氣焰頓時收斂了幾分，拱手道：「聖上什麼心思？我不知道，還請將軍明示。」李可及道：「聖上之所以不讓京兆府審理魚玄機一案，單單派你來，就是非要她今日死不可。」

韋保衡大奇，驚疑不定地問道：「為什麼？」李可及肅然看了他一眼，歎了口氣，道：「進去罷！趕緊審完，將案情經過送到宮裡，聖上還等著呢。」

卻說裴玄靜離開了京兆府，一出來便遇到張直方。張直方一見她便問道：「聽說娘子破了飛天大盜一案，不知道……不知道……」說到此處，一向強悍的他突然遲疑起來，半天吐不出下面的話，令人懷疑眼前這人到底是不是那個豪爽灑脫、敢說敢幹的張直方。

其實，他為何這般神色，裴玄靜心中一清二楚。她早就已經知曉，那晚在三鄉驛爬到窗外、試圖覬覦李近仁手中九鸞釵的不是旁人，正是張直方。自從聽蘇幕提了那晚他下意識地摸腰間一事後，也刻意確認當晚從勝宅中偷走銀菩薩的人就是他，他故作聲勢地說要去請魚玄機，卻是先偷取了銀菩薩，潛入咸宜觀中，將塑像埋在花叢下。不料陳韙關切綠翹，生怕張直方對咸宜觀不利，暗中趕去查看，翻牆出來時剛好被蘇幕撞到，導致銀菩薩後來被尋獲。此刻遇到，張直方沒有立即提到將軍印失竊，態度含糊，更促使裴玄靜驀然明白過來——張直方便是另一個飛天大盜。近三月來，他一直模仿陳韙作案。倒是陳韙三個月來一直銷聲匿跡，他後來預備回四川老家，或許是因為要帶綠翹一同離開，為了方便取走，便先行將盜竊的贓物轉移到咸宜觀內，意外被發現後，失去了回蜀中安家立身的根本。也或許他早已發現張直方有問題，便乾脆潛入張直方住處，將他盜取的贓物及大將軍印一併取走。至於張直方如此地位，名利均不缺，為何會如此行徑，就只有他本人才知道了。也許正如他諸多怪癖一樣，當個飛天大盜過一回癮，不過是其中之一而已。

這些事，裴玄靜瞬間便已明白，只是無暇細問，只道：「飛天大盜一案的贓物，已盡在京兆府中。我還有要緊事趕著辦，請將軍見諒。」也不等張直方反應，匆忙趕往咸宜觀。

到得開化坊南門時，正遇李言、尉遲鈞及國香三人。聽說魚玄機自己莫名其妙地承認殺人，眾人均大驚失色，極為不解。提到綠翹原信一事，國香卻說親眼看到魚玄機丟入火中燒掉了。

李言思忖片刻，道：「我知道魚玄機為什麼非要替綠翹頂罪了。」國香急問道：「為什麼？」

李言當下說明了原因：原來唐朝以《唐律疏議》為刑事法典，其中規定了所謂的十惡制度，列謀反、謀大逆、謀叛、惡逆、不道、大不敬、不孝、不睦、不義、內亂十條為最嚴重的罪行，不享有贖、免等特權，即後世所謂「十惡不赦」。其中的惡逆，奴婢、部曲殺主尤重，不但遇赦不免，且會牽連家屬、親族，不依秋決之例。綠翹雖死，但一旦她弒殺主母裴氏之事敗露，其家人依舊會受到牽連。魚玄機必是想保全綠翹的親屬，所以才主動承擔罪名。

尉遲鈞道：「如果綠翹犯了十惡重罪，魚鍊師主動承擔罪名，不一樣也要牽連她自己的親族麼？」國香道：「魚姊姊自從慈母去世，便再無親人在世。」

李言道：「並非僅僅如此。綠翹與魚玄機地位身分不同。綠翹殺死裴氏，是奴婢殺死主母，是重罪中的大罪，起碼要株連三族。但魚玄機殺死裴氏，不過是普通的殺人罪，不在十惡之中，最嚴重不過判她一個人死刑而已。」

聽了這話，裴玄靜一時陷入沉思。她終於明白為什麼李近仁始終帶著那樣一種無可奈何的眼光，因為他知道這是魚玄機自己的選擇，無可挽回。那麼她呢？是要繼續尋找證據力證魚玄機無辜，還是要順從她本人的心意，讓她心甘情願地為綠翹做最後一件事情？這幾天所發生的一切，真是太複雜太離奇，不適合這種時候思索，看來這一切都是天命。

一旁尉遲鈞急促地問道：「那怎麼辦？難道我們就眼睜睜看著魚鍊師背負殺人罪名？」

裴玄靜心中還存有一絲希望，若能說服京兆尹法外開恩，不要牽連綠翹的家人，事情應該有所轉機，便道：「走，我們再去找京兆尹。」

李言叫道：「玄靜……」卻是欲言又止。裴玄靜心急如焚，便道：「夫君有話不妨直說。你我已結為夫婦，王子殿下與國香也不是外人，何必如此見外。」李言吞吞吐吐地道：「這件案子，我們……不宜再管了。」裴玄靜昂然道：「我不能眼看著魚玄機無辜背上殺人的罪名不管。」李言為難地道：「我知道你與魚玄機一見如故，可是就因為她是魚玄機，所以局面才更加複雜。」裴玄靜道：「別說我與魚玄機一見如故，就是普通的人，無辜被冤枉我也不能袖手旁觀。」李言道：「可是我們實在管不了。」

夫妻二人正爭論不休，卻見李可及慢慢踱了過來，表情沉重。裴玄靜見他似乎是刻意來找自己，不覺驚詫，問道：「李將軍是不是有關於魚玄機案子的消息？」李可及點頭道：「已經審結了，確認魚玄機毒殺裴氏、綠翹、陳韙三人，卷宗正送往宮裡。」裴玄靜驚道：「怎麼不傳召證人到場，便已經結案？」李可及卻是不答。裴玄靜見他如此神色，心中隱隱有一種不祥的預感。

尉遲鈞問道：「李將軍，莫非你也相信是魚玄機殺了裴氏，又殺了綠翹、陳韙滅口？」李可及抬頭看看天，喃喃地：「恐怕又要下雪了……一場大雪……」忽然從懷中掏出一張紙，交給國香道：「這是魚鍊師讓我轉交給小娘子的。」

眾人圍過來一看，卻是一首詩，名為《贈鄰女》。昔日魚玄機住在鄂州時，便是與國香為鄰。詩云：「羞日遮羅袖，愁春懶起妝。易求無價寶，難得有心郎。枕上潛垂淚，花間暗斷腸。自能窺宋玉，何必恨王昌。」

國香一見那熟悉的筆跡，忍不住啜泣出聲。裴玄靜喃喃道：「好一個『易求無價寶，難得有心郎』。國香，鍊師這是在勸慰你不必為左名場這樣的男子再傷懷。」國香一時無語，只有淚水潸然落下。

李言試探問道：「李將軍，我大唐自貞觀以來，一直本著法務寬簡、寬仁慎刑的精神。裴氏虐待魚玄機在先，就算魚玄機毒殺了裴氏，也是情有可原，應該不會判死刑罷？」李可及繼續仰頭望著陰霾的天空，沉默不應。

裴玄靜驀然有些莫名生氣起來，道：「我們走罷。」正欲往京兆府而去，李可及突然道：「等一下！如果你們要救魚玄機，現在該立即去大明宮找同昌公主，請她出面向聖上求情，也許還有一線生機。」裴玄靜驚道：「將軍的意思是？」李言道：「就算魚玄機被判死刑，也該到秋後處決。」李可及終於急了，嚷了起來：「你們還不明白麼？魚玄機已經危在旦夕！她今日就要死了！」眾人一時愣住。

裴玄靜與國香、尉遲鈞趕到大明宮望仙門前時，正遇到一名騎士快馬從宮門馳出，直衝過來。三人急忙閃到一旁，差一點便被快馬撞上。裴玄靜從國香手中取過紋布巾，走過去交給衛士，說要求見同昌公主。衛士根本不予理睬，只揮手將她趕開。

正苦無對策之時，忽見李梅靈興高采烈奔了出來，叫道：「國香，你來了！」國香大詫，問道：「公主，你怎麼知道我們到此找你？」李梅靈道：「適才李可及滿頭大汗地跑來告訴我，說是你們要來找我，我聽了很是歡喜，便趕出來了。」三人料不到李可及會如此，均大感意外。

國香不及閒話，便哽咽著道：「公主，我來找你，是有要緊事想找你幫忙。」她知道自己一時說不清楚，便向裴玄靜使了個眼色。裴玄靜便簡短說明了魚玄機無辜被判死刑的經過，希望公主能為她說幾句好話。

李梅靈耐心聽完，為難地道：「不是我不想幫你們，我知道父皇深恨魚玄機。」裴玄靜詫道：「為什麼？」李梅靈道：「父皇曾經微服出遊，在鄠縣遇到溫庭筠和魚玄機，被二人傲語輕慢。尤其是魚玄機，還堅決拒絕了與父皇同遊的邀請。至今父皇說起來，還是忿忿的。」國香氣憤地道：「難道皇帝就因為被拒絕了一次，就要製造一樁冤案麼？」尉遲鈞見她如此口無遮攔，急忙拉了拉她衣襟，示意她不可亂說，以免惹來殺身之禍。李梅靈看了國香一眼，雖然驚異，但也沒有多說什麼。

裴玄靜知道同昌公主單純淺薄，跟她講一大堆道理也沒什麼用處，唯獨用真情才能打動她，便懇切地道：「公主，人命關天，現在只有你能幫我們了。公主身分尊貴，卻能與國香一見如故，情若姊妹，而國香與魚玄機也是姊妹相稱。佛祖有云『百世修來同船渡』，請你哪怕看在國香這一點情分上，幫一幫我們。」尉遲鈞也道：「公主，裴家娘子與魚鍊師相識未久，她如此盡心，不過是不願意看到有人含冤而死。」李梅靈心中掙扎得厲害，不斷環視三人，又見國香始終淚光漣漣，焦急萬狀又滿懷期待地望著自己，遲疑許久，終於道：「那好罷，我去試一試。」

及至李梅靈離開，尉遲鈞見裴玄靜眉頭緊鎖，深為憂慮，便安慰道：「娘子不必過於憂慮，魚鍊師吉人自有天相，一定會逢凶化吉的。」國香道：「裴姊姊，為何你夫君堅決不肯陪你前來，反而是王子殿下如此仗義？」裴玄靜歎了口氣，正欲開言，突然感覺到什麼東西落在臉上，抬頭一看，驚訝地道：「下雪了！」

卻見李梅靈去而復返，神色沮喪。國香叫道：「公主，你這麼快就回來了？」見她神情不對，問道，「怎麼了？皇帝不肯答應麼？」李梅靈道：「不是……我還沒有見到父皇。剛剛遇到樞密內臣，他說處決魚玄機的詔書已經派使者發出去了。」尉遲鈞叫道：「呀，使者會不會就是適才險些撞到我們的那名騎士？」裴玄靜二話不說，轉身便往京兆府趕去。

鵝毛般的雪花正飄飄搖搖，紛揚而下。似乎總是在天氣與人心最寒冷的時候，雪花才會落下。此時此刻，西市的刑場上，聚集了不少圍觀的人群。圍觀的人沒有以往看到殺人的興奮和歡呼，只是默默注視著看臺上的美麗囚徒。魚玄機面向人群跪在臺上，一身赭衣在大雪中格外顯眼。

京兆尹溫璋正大聲向眾人宣讀魚玄機的罪狀，他本就有「勇於殺戮」之名，多殺一名女子也不是什麼難事，何況她本來就殺了人，理該抵命。

韋保衡站在京兆尹的身旁，招搖地高昂著頭，似一隻驕傲的公雞。雖然他心頭也略微有點惋惜眼前的佳人尤物即將送命，但並非出於同情，而是他一直沒有將她得到手的緣故。不過，這也不重要了，重要的是，他已經成為駙馬，前程似錦，榮華富貴唾手可得。

魚玄機全然沒聽到溫璋在讀些什麼，她口中塞了木丸，已經無法說話。這是自女皇帝武則天登基以來的慣例，當初太子通事舍人郝象賢無辜被殺，臨刑前當眾揭露武則天宮中醜事，為女皇所忌。此後，凡是法司施刑，必先以木丸塞罪人之口，讓罪人無法說話。儘管受此非人凌辱，魚玄機卻依舊保持著不卑不亢的自尊，沒有似一般死刑罪人那般掙扎呼號，也並不垂首沮喪，而是仰著頭，凝視空中悠悠渺渺的飛雪。她的一切心思，只在她的冥想當中，周遭有意無意的背景和聲音，仿若完全成為虛無。一個人的一生，無非是生老病死、愛恨情仇，除了老之外，她均經歷過了，算是了無遺憾。只是不知怎的，她耳邊又回想起李可及唱過的那首曲子：「星斗稀，鐘鼓歇，簾外曉鶯殘月。蘭露重，柳風斜，滿庭堆落花。虛閣上，倚闌望，還似去年惆悵。春欲暮，思無窮，舊歡如夢中。」

李近仁擠在看臺下的人群中，默默凝視著臺上的魚玄機，陷入了難以述說的心痛、愛憐、悲傷、絕望中。就在劊子手高舉大刀的那一剎那，他看到魚玄機終於將目光投向他。在那短短的一瞬間，她露出輕倩迷人的微笑，滿懷著無限憧憬。她知道自己馬上就要死了，但這份雋永的感情，她會永遠放在心坎上。他也理解了她，眼角頓時一潤，兩行濁淚沿著他的臉頰緩緩流了下來，他哭了，這是他生平第一次流淚，也是最後一次。

一道血光過後，殷紅的鮮血開始汩汩流入大地，卻很快為紛紛大雪所掩蓋，正如真相本身一樣。唐朝傳奇女詩人魚玄機便如此悄無聲息地死去了，如雪花融化於泥土，又如薄霧消散入晨光，沒有華麗，沒有虛偽，有的只是真實。她的容貌才華曾經名動京華，而她的死卻平平淡淡、從從容容，既沒有驚天動地，也沒有愁雲密佈，既不比泰山重，也不比鴻毛輕，死了就是死了。

她當然想不到，她的死也就是她的生。死亡帶走了她的生命，但她的音容笑貌卻永遠定格在一些人的心中。這些人中，有她的知己、她的情人、她的朋友、她的前夫，甚至有黃巢這類僅數面之交的人。而她的傳奇和詩集，註定還要在大地上流傳下去。人世間不平凡的女子，註定要留下不平凡的故事。雖然後世所寫的魚玄機故事，已不盡然是當初的原貌，然而紅顏與青史相映成輝，總是令人唏噓不已。對待一切傳奇的態度，遠觀總比近玩要好。

裴玄靜等人趕到西市刑場時，已是人去臺空，一切都太遲了。雪花漫天飛舞著，越來越大，天地間再度變成銀妝素裹的白茫茫一片。所有的悲歡都被大雪湮沒，歲月也將永遠不再復返。

魚玄機死後被安葬在紫閣山。李近仁為何將墳塋選在這裡，已經不得而知。但所有尚且關懷魚玄機之人，都沒質疑這一選擇。因為他們都知道，無論溫庭筠與李億在魚玄機心中曾有過何等重要的位置，最後一刻占據她心田的人毫無疑問是李近仁。

不過，自魚玄機死後，便無人再見過李近仁，他就這般如輕煙似地消失了，也許已經離開塵世，也許藏在某個角落裡，無論如何，再也沒有人能找到他。尉遲鈞也提前離開了長安，決然踏上回歸西域的漫漫路途。蘇幕則到咸宜觀出家為女道士。眾人如同鶯梭燕掠一般，紛紛地散開了。

這一天，裴玄靜踽踽獨行，來到紫閣山，預備向魚玄機告別後，便要入終南山出家修道。將到達墓地之時，遠遠看到一名素服女子正在墳前痛罵一名灰衣男子。走得近些，便認出素服女子正是國香，而那男子則是一直以來下落不明的李億。她不由得一驚，生怕李億對國香不利，忙疾步趕將過去。

卻聽見李億根本不理睬國香的哭罵，只喃喃念道：「……如松匪石盟長在，比翼連襟會肯遲。

雖恨獨行冬盡日，終期相見月圓時。」沙啞沉重的嗓音頗令人心酸。裴玄靜暗想：「這是魚玄機的詩。」再細看李億，他的表情流露難以抑制的痛楚，深深地打動人心。一剎那，她明白了，那份刻骨銘心的情緣始終留在他內心最深處。他依舊眷戀著魚玄機，然則此刻陰陽相隔，悔不當初又有何用。

國香見到裴玄靜，立即道：「裴姊姊，你來得正好。快將這個殺人凶手抓回官府治罪。」裴玄靜上前道：「李億，你毒害溫庭筠，如今自己也一無所有，為何不去京兆府投案自首？」李億抬頭看了她一眼，怔了半晌，才幽然道：「我沒有殺飛卿。」語氣極為平靜，沒有立即推諉，也沒有急切辯解，彷彿只是在敘述一件普通的事情，反倒更令人生疑。國香怒道：「到如今，你還不肯承認自己做過的事情麼？」

李億緩緩道：「我發現夫人死於九鸞釵上的美人醉後，便猜到是魚玄機所為。然而九鸞釵是飛卿之物，從不輕易示人，他應該也脫離不了干係，所以我先到鄠縣，打算找飛卿問個明白。我們二人因為魚玄機之事，早已經多年不相來往，一見面便吵了起來。後來我離開溫府，來到長安，想找魚玄機問個清楚。可是有個男人經常在咸宜觀裡，我始終沒有機會。於是我又回到鄠縣，不料發現飛卿竟然已經死了。我很震驚，託人將消息帶給魚玄機，想看看到底是怎麼回事……」

裴玄靜道：「果真是你託人帶的信。」李億道：「我一直在溫府附近。後來娘子幾個人就來了，再後來魚玄機也來了。我暗中觀察，發現魚玄機並沒有與飛卿勾結的跡象，所以我懷疑是她偷了九鸞釵，又殺了飛卿滅口，決意一路跟著她。」裴玄靜道：「那晚你從密道進入咸宜觀，目的是殺魚玄機以報妻仇，可是為什麼又沒有下手？」李億顫聲道：「我看見了那些傷……她背上的那些傷，是夫人留下的……我……我實在下不了手……」他本來一直語調平穩，缺少抑揚頓挫，直到此處，才激動了起來。

國香道：「毒殺那個惡婆娘的是綠翹，不是魚姊姊。」李億驚問道：「什麼？」裴玄靜道：「你一直認為魚玄機是凶手，魚玄機也一直認為你才是凶手，可歎一瓶美人醉令你們互相猜忌。然而魚玄機百般為你掩飾，一心要維護你……」國香接道：「而你卻一心要殺魚姊姊為惡婆娘報仇！」

李億一時木然，茫然，惑然，懵然，只感覺整個人空洞洞的，縱有滿腔心事，萬種柔情，卻一個字也說不出來。僅僅在那一瞬間，他便失魂落魄了——眼睛深深地凹陷下去，目光完全散去神采，雙頰陡然乾癟，彷彿衰老了十年。許久後，他才慢慢從懷中取出一個布袋，從中取出一支釵，寶氣流轉，光亮奪目，正是那支令許多人窺探垂涎的九鸞釵。

裴玄靜忙叫道：「快些扔掉！那上面有美人醉劇毒！」李億淒然一笑，只將布袋扔掉，雙手將九鸞釵環抱在胸前，有些歉意，又有些羞赧，呆呆望著墳頭。裴玄靜已然明白他有意自殺，想要阻止，卻又不知該如何開口，只有長歎一聲，拉著國香離開。

遠方隱隱傳來了歌聲：「泣葬一枝紅，生同死不同。金鈿墜芳草，香繡滿春風。舊日聞簫處，高樓當月中。梨花寒食夜，深閉翠微宮。」漸行漸近，似乎就是那位大名鼎鼎伶官李可及的聲音，依然是戚戚悲傷，如泣如訴。裴玄靜心中忍不住一聲歎息，回頭看時，夕陽灑在林梢，大地暮靄沉沉，黃巢不知道從哪裡冒了出來，正憤然朝李億走去，而李億已然慢慢軟倒在魚玄機的墳塋前。

走出老遠，國香突然問道：「如果真的不是李億下毒，到底是誰殺了溫先生呢？」裴玄靜並不作答，不是李億，凶手無非是陳韙與韋保衡中的一人。陳韙已死，韋保衡貴為駙馬，仇要麼已經得報，要麼無法得報。抑或本來就是李億一怒之下殺了溫庭筠，他後來追悔莫及，不肯承認事實而已，他決然自殺，也隱有向溫庭筠謝罪的因素。無論三人之中誰是凶手，都已經不再重要，過去的都已經過去了，只是在活著的人心中留下一抹吹也吹不散的餘灰。

尾聲

當年秋天，第二次參加科舉考試的黃巢再次名落孫山。他來到咸宜觀，在靠近黃金印菊花的那面牆上題下〈不第後賦菊〉一詩：「待到秋來九月八，我花開後百花殺。沖天香陣透長安，滿城盡帶黃金甲。」一詩中充滿豪闊的英雄不羈色彩，激越淩厲，氣勢不凡，殺意陣陣，驚人心魄。氣魄之大，為詩中所罕見。隨後憤然離開了長安，從此絕跡於功名，一心當他的走私鹽商去了。

時隔不久，同昌公主李梅靈下嫁右拾遺韋保衡，唐懿宗傾宮中珍玩作為愛女嫁妝。婚儀極盡奢侈豪華，是唐朝歷史上最豪華的婚禮，即使是盛唐時武則天愛女太平公主和唐中宗愛女安樂公主出嫁時的鋪張，也不能與同昌公主相提並論。韋保衡娶了同昌公主後，奉若天神，百依百順，極盡所能讓她高興。除上朝辦事外，平時居駙馬府內宅，絕不外行，同昌公主十分滿意。很快，韋保衡便當上了宰相，掌握樞機大權，權傾朝野。

然而，又過了一年，同昌公主神祕死亡。當時九鸞釵已經落入同昌公主之手。死前三天，同昌公主正在睡午覺，突然夢見一個穿著絳衣的人對她說：「南齊潘淑妃取九鸞釵。」南齊潘淑妃便是九鸞釵最早的主人潘玉兒，九鸞釵上的「玉兒」兩個字是她的名字。同昌公主做了這個怪夢後沒幾天，便神奇死去，九鸞釵也從此下落不明。

不僅如此，同昌公主死後還掀起一場大冤獄。韋保衡怕唐懿宗降罪，將責任推到曾經為同昌公主診治過的御醫身上。皇帝立即下令殺翰林院醫官韓宗劭等二十餘人，並將他們的親族三百餘人全部逮捕，關押在京兆監獄。宰相劉瞻召集諫官，請他們上言勸諫，但諫官們竟無一人敢挺身而出，就連與劉瞻交好的侍御史李郢也不肯出面。劉瞻只好聯合京兆尹溫璋上書勸諫，結果惹怒了皇帝，劉瞻調為荊南節度使，溫璋貶為崖州司馬，責令二人三日內離京赴任。溫璋歎道：「生不逢時，死何足惜！」當天夜裡就在家中服毒自盡。皇帝聽到溫璋的死訊，還狠狠地說：「惡貫滿盈，死有餘辜！」

另一位明哲保身的人物李可及一直深受唐懿宗寵愛。同昌公主死後，李可及譜寫了〈歎百年舞曲〉，詞語淒惻，聞者涕流，使皇帝的思女之情深受撫慰。李可及也由此加官進爵，不一而足。

韋保衡在唐懿宗一朝始終得寵。不過，他當宰相時，不思進取，只忙著玩弄權術，剷除異己，得罪了不少人。唐懿宗一死，他失去了靠山，先是被貶賀州刺史，不久被賜死。

魚玄機死後七年，西元八七五年，黃巢起義爆發。又過了五年，西元八八〇年，黃巢手執桑門劍，率領農民起義軍殺進長安，終於實現他「沖天香陣透長安，滿城盡帶黃金甲」的夙願，唐帝國大廈也由此搖搖欲墜。

關於魚玄機一案，因涉及宮廷祕藥，又波及權貴，官府自有一套說法，民眾雖將信將疑，知情者對此卻諱莫如深，越發令外人覺得案情深不可測，其中大有文章。時人皇甫枚撰書記載魚玄機事蹟，認定魚玄機是惱怒綠翹與自己的情人陳韙有私情、失手殺死了綠翹而被判死刑，其實不過是旁人道聽塗說的揣測而已。

歷史始終是人寫的，當歷史的迷霧最終散開的時候，留給人們的只有幽遠的追思……

人物介紹

關於魚玄機

「羞日遮羅袖，愁春懶起妝。易求無價寶，難得有心郎。枕上潛垂淚，花間暗斷腸。自能窺宋玉，何必恨王昌。」這首著名的〈贈鄰女〉詩，又名〈寄李億員外〉，為唐朝著名女詩人魚玄機所作。魚玄機，原名幼薇，字蕙蘭，「玄機」是她出家為女道士後的道號。而玄機的本意，即為佛家、道家稱奧妙的道理。她的名字，可謂充滿玄妙的韻味。然而與她的名字相比，她的坎坷經歷顯然更為傳奇。

唐宣宗大中十二年（西元八五八年）二月，正是仲春時節。《詩經》云：「桃之夭夭，灼灼其華。之子于歸，宜其室家。」說的是仲春時節，草長鶯飛，桃紅柳綠，姹紫嫣紅開遍，春的氣息最為濃郁，正是宜嫁宜娶的大好季節。不過這個時候的長安城中，最風光的並非滿園春色，也並非新人佳婦，而是剛剛金榜題名的新科進士。

自隋朝實行「科舉取士」以來，對中國社會和文化產生了巨大影響。科舉制度在唐朝時漸趨完善，基本特徵是分科考試，擇優錄取。考試分常科和制科兩大類。常科每年舉行，制科則是皇帝臨時設置的科目。常科名目很多，依據應舉人的條件和考試內容分為秀才、明經、進士、明法、明書、明算等科。其中以明經、進士兩科最重要：明經一般試帖經和墨義；進士則試帖經、雜文、策論，分別考記誦、辭章和政見時務。進士科的要求比明經科更高，當時有俗語說：「三十老明經、五十少進士。」即說明進士科的難度，考上的人數往往只得明經科的十分之一。唐朝的進士科考試是分級進行的，解試及國子監試、州府試等地方級別的考試在秋天舉行，考試合格者於該年十月二十五日到京師，向禮部交納解狀、家狀；翌年正月，參加禮部主持的省試，二月放榜。

二月正是新科進士放榜之時。按照慣例，放榜後，新及第進士要騎馬遊街。每每此時，長安城中無論平民百姓還是達官貴人，都會傾巢而出觀看；其中當然不乏對進士們品頭論足者，更有不少權貴藏身於人群，暗中觀察，意欲從這些新科進士為自家愛女覓得佳婿。新科進士中，往往有十之八九都被達官貴人選作自己的女婿。

這一年，戊寅科主考官為中書舍人李藩，共取中進士三十人，頭名狀元為李億，青年才俊，風度翩翩，自然格外引人矚目。不少人暗中打聽他的來歷，得知他來自荊楚之地，只是早已娶有妻室，未免十分可惜。

除了遊街外，唐朝還有宴會和題名的習俗，即新科進士要在曲江宴會，再前往慈恩寺大雁塔，在塔壁題名留念。白居易二十七歲時進士及第，在同時考取的十七名進士中最為年輕，得意寫下了「慈恩塔下題名處，十七人中最少年」的詩句。「雁塔題名」只是一時盛會，之後新科進士們會結伴遍遊京師，足跡所至，也大多要題名留念。

這一日雨後初晴，新科進士們來到新昌坊崇真觀。崇真觀本是唐玄宗時國子祭酒李齊古的宅邸，建造於開元年間，也算是上百年的古蹟。進士們欣欣然遊覽一番後，又蜂擁至南樓，爭相題名留念。

這群才高八斗、風流倜儻的才子才剛離開南樓，魚玄機便來到這裡。

才貌不凡

這名年僅十五歲的少女，本是長安人士，雖然年紀尚幼，卻已是名噪京華的才女。她自小性情聰慧，喜歡讀書屬文，尤工韻調，致意於一吟一詠，其詩句廣傳於長安士族。據說連聞名天下的大才子溫庭筠都聞名前來拜訪，以「江邊柳」為題來考她。魚玄機微一思索，即作〈賦得江邊柳〉（又名〈臨江樹〉）一詩：「翠色連荒岸，煙姿入遠樓；影鋪春水面，花落釣人頭。根老藏魚窟，枝低繫客舟；蕭蕭風雨夜，驚夢復添愁。」情景俱絕，意境高遠，感人至深。而此時的魚玄機才十二歲，小小年紀，詩才著實令人驚豔。她也自此名噪京華，與溫庭筠結為忘年之交，終生保持親密的師友關係。

看到新科進士在崇真觀南樓的題名後，性情率真的魚玄機一時感慨，提筆在牆壁上題下了一首詩：「雲峰滿目放春晴，歷歷銀鉤指下生。自恨羅衣掩詩句，舉頭空羨榜中名。」城南的終南山雲霧繚繞，眼前的題名剛勁有力，如鐵筆銀鉤寫成。可恨自己身為女子，出眾的詩才空為羅衣遮蓋，如今只得舉頭，空自羨慕這些金榜中的名字。詩句中流露出難以抑制的自負和惋惜，既自負自己才華出眾，又惋惜生為女兒身，無法像男子參加科舉考試，求得功名。

這是一個少女的深沉浩歎。不過在當時的時代，一個女子不假雕飾地寫出這樣的詩，是典型的離經叛道，需要極大的勇氣。然而魚玄機卻毫不在乎，她本就是一個特立獨行、不耐寂寞、不甘雌伏的人，由此也贏得了疏曠不拘、任性自用的名聲。這首詩引起新科狀元李億的注意，他對於能寫出這樣詩句的女子產生了濃厚興趣，希望能認識她，於是他千方百計求懇朋友從中介紹。當他終於站到魚玄機面前時，驚訝發現這名女子除了詩才出眾外，還擁有傾國傾城的美貌。從他看到她的第一眼開始，便狂熱地愛上她，就此展開熱烈追求，甚至完全忘記自己家中已經娶有正妻的事實。

而魚玄機雖自傲才貌，忽得長安最引人矚目的狀元追求，還是有些受寵若驚。以她的為人，自然不甘心為人小妾。只是當愛情來臨的時候，身分、地位於她也就變得無足輕重了。她愛上了李億，情願嫁他為妾。李億進士及第後任補闕（與拾遺同為諫官），正好在京為官，特意為魚玄機在長安買了一處宅邸，二人度過一段郎情妾意的美好時光——一起打馬球，一起吟詩作對，風花雪夜，恩愛異常。這是魚玄機一生中最快樂、最恣意的一年。

苦苦依戀

也就在這一年，與溫庭筠齊名的另一著名詩人李商隱抑鬱病死，年約四十五歲。同是這一年，日後決定魚玄機命運的溫璋還在外地為官，任宋州（今河南商丘南）刺史，已經以「嚴酷」知名。

兩情相悅雖然甜美，幸福卻總是如履薄冰。到了大中十三年春天，李億正妻終於得知丈夫在京師偷娶外室一事，大吵大鬧，寫信逼迫丈夫立即休掉外室，辭官回鄂州老家。李億畏懼妻子，不敢不從，於是寫下休書，黯然與魚玄機分手，並離開京師回鄂州。這段美好的日子僅持續了一年。而也就是在二人被迫分離的這一年，唐宣宗因服用道士仙藥，疽發於背而死。宦官勢力扶持唐宣宗的長子鄆王李漼登基，是為唐懿宗。

心上人離開後，魚玄機依舊一往情深，日夜思念。她甚至寫詩給李億，表示願意退而求其次，去鄂州執箕帚侍候夫人，以求得一席之地。得不到答覆的她，毅然踏上前去鄂州追尋李億的路途。只是當魚玄機到達漢陽時，夫人依舊態度堅決，絕不容許她與丈夫見面，她不得不隔著漢江與對岸的李億遙遙相望。

在這一段空自相思相憶的時間裡，魚玄機寫下了不少詩篇，其中有〈隔漢江寄子安〉：「江南江北愁望，相思相憶空吟。鴛鴦暖臥沙浦，鸂鶒閒飛橘林。煙裡歌聲隱隱，渡頭月色沉沉。含情咫尺千里，況聽家家遠砧。」這首詩浪漫纏綿，情真意切，明朝人鍾惺在《名媛詩歸》中，讚譽魚玄機為「蓋才媛中之詩聖也」。

如此濃冽幽怨的離愁，依然無法感動鐵石心腸的李億夫人。這一年秋天，魚玄機失望之下，又獨自前往江陵（今湖北荊州）遊覽。也就是在那裡，她結識了女伴國香，後來她懷念這段情誼，還特意寄詩給國香。即使在江陵，魚玄機也沒忘記身在鄂州的李億，情致纏綿，愁腸百結。在相思的煎熬下，又有〈江陵愁望寄子安〉一詩：「楓葉千枝復萬枝，江橋掩映暮帆遲。憶君心似西江水，日夜東流無歇時。」但滿腔柔情始終得不到回應，痛苦之下的她多少有些絕望。她沒有再去鄂州，而是直接回到京師長安。她此刻已經明白，李億斷然不可能再回到自己身邊。

咸通元年（西元八六〇年），魚玄機來到咸宜觀出家為女道士。根據《唐兩京城坊考》，咸宜觀位於親仁坊西南隅，因緊靠東市，是個繁華熱鬧的地方。魚玄機之出家，自然並非真心「志慕清虛」，有心修道，而是興之所至，希望能找到另一片精彩的人生舞臺。

豪情道士

唐朝自立國之初，唐高祖便攀附道教始祖李耳做祖先，以此增強從隋朝手中奪取天下的合法性，並將道教列在三教（指儒學、佛教、道教）之首。道教擁有很高的地位，享有很大的特權，甚至獨立於法外，道士、女冠犯罪，「所由州縣官，不得擅行決罰。」（《唐會要》卷五〇）而道教也不似佛教那樣提倡禁欲，以舒服自在、追求享受為目標，因此唐朝士大夫入道遊仙者絡繹不絕，而道觀多成為交際和遊覽的場所。加上唐朝的時代特色便是任情曠達，不受約束，婦女地位相對較高，不拘禮法的女子大有人在。京師中的名媛女冠都喜歡廣泛社交，吟詩作對，或是吟詠遺懷，或是與人酬唱，清俊濟楚，簪星曳月，逐漸形成以道觀為中心的團體。魚玄機丰采絕豔，一加入其中，便成了佼佼者，風月賞玩之佳句也廣播於士林。

魚玄機一代才色，才敏過人，奔走慕悅於她的男子自不在少數。她也廣為交遊，與她來往酬唱的名士不在少數，從她存世詩歌中能考訂的便有同住親仁坊的侍御史李郢（一名端公，字楚望，大中十年進士）、大才子溫庭筠、員外郎李近仁、昭義節度使劉潼等。她的詩如實記載著交遊生活，直接表露內心世界，詩意大膽敞懷，率性真實，不諱言情，毫不掩飾自己多思而深沉的感性，以及渴望生命歡愉的追求，以致被時人認為是「自是縱懷」「亂禮法，敗風俗」。魚玄機卻毫不在乎，依舊我行我素。被男人拋棄確實深深傷害了她的感情，卻沒有傷害她的才情。她始終真誠而率性，豪邁而爽朗。生命是草，就要翠綠；生命是花，就要豔麗。

相逢相忘

只是，這種應酬權貴名士的生活表面看起來熱鬧風光，其實不過是她用來忘記不幸婚姻的一種形式，她的內心深處未必真正平靜過。每每夜深人靜之時，她想到的依然是那個拋棄她的負心漢。

到了咸通四年，與魚玄機交好的昭義節度使劉潼調任河東節度使，須前往太原上任，她也主動要求到劉潼府中當差。也許她想有一番作為，但她更想要的是離開京師這個是非之地。

然而出人意料的是，李億不知怎的得知消息後，竟趕來山西找她。也許這是他的本意，他內心深處從來沒有真正忘記過魚玄機，是以隨時隨地留意她的動向；也許是劉潼有心成人之美，以邀請李億到山西做幕僚為名，刻意撮合。但以李億的性格來看，後一種情況的可能性應該更大。無論真實情況如何，這次意外邂逅，令二人本來就未完全熄滅的感情之火再次熾燃了起來。一對有情人手牽手在山西遊山玩水，心中洋溢著無限的幸福。

這一段快樂的日子一直持續到三年後劉潼調任為西川節度使為止。咸通七年，李億重新回到鄂州的妻子身邊，魚玄機則回到京城，再次到咸宜觀出家。根據後來魚玄機多次寄詩給李億的情形來看，二人臨分手之際，李億多半承諾過什麼，譬如會來京師再次相會之類，魚玄機信以為真，苦苦等待，但始終沒有等到李億回頭。

這段期間，魚玄機在山西結識的才子左名場到長安參加科舉考試，二人有過一段交往。曾有野史小說描寫左名場的容貌酷似李億，魚玄機不過借他聊以安慰而已。但這之後不久，魚玄機正式更名為魚玄機，似已幡然醒悟，寓有與過去決裂之意。幻想雖然破滅，希望卻沒有就此沉淪，她依舊「門前紅葉地，不掃待知音」希冀能找到一份真正的愛情。只是，那些男人都似飄浮不定的灞上柳絮，只是在她生命中匆匆飄過。這使她對男性有了更清醒的認識，不願意再被男性掣肘人生，以致不久後便寫出「易求無價寶，難得有心郎」的千古名句。

綠翹風波

咸通九年，魚玄機因「戕婢」事件被捕入獄。事情的經過據說是這樣的：有一天，魚玄機因鄰院邀請出門，臨行前叮囑婢女綠翹：「如果有客人登門，便告知我在何處。」綠翹答應。然而當天日暮回來，綠翹告知：「某客來過，知鍊師不在，未下馬便走了。」魚玄機由此懷疑綠翹與某客有染，夜裡掌燈關門盤問。綠翹回答：「我執巾盥伺候鍊師數年，一直檢點，不令有似是之過。某客到後敲門，我只隔門答道：『鍊師不在。』客無言，策馬而去。若云情愛，不蓄於胸襟多年矣。」魚玄機聽了更加生氣，便脫光綠翹衣服拷問，鞭笞百數。綠翹始終不肯承認與某客有私，垂死之時，索要了一杯水，以水酹地，說：「鍊師欲求三清長生之道，而未能忘解佩薦枕之歡，反以沉猜，厚誣貞正，我今必死於毒手矣。無天則無所訴，若有，誰能抑我強魂？誓不蠢蠢於冥莫之中，縱爾淫佚！」說完便倒地身亡。魚玄機想不到弄出了人命，大為恐慌，便悄悄將綠翹埋在後院。有旁人問起，便說綠翹與人私奔逃走了。後來某一日，有客人到咸宜觀宴飲，又到後院小便，「見青蠅數十集於地，驅去復來。詳視之，如有血痕且腥。」他感到很奇怪，便悄悄告訴僕人。僕人兄長剛好是親仁坊的街卒，曾向魚玄機借錢財，但魚玄機未予理睬，正懷恨在心，聽說之後立即帶人趕到咸宜觀後院，挖出綠翹的屍體，猶自「貌如生」。魚玄機被捆送到京兆府，對殺婢一事供認不諱。她入獄後，有許多朝士為她開脫說情。京兆尹溫璋也不敢輕易決斷，便「表列上」，意思是將案情寫成奏章上奏皇帝，請皇帝決斷。然而，到了該年秋天，魚玄機還是以殺人罪名被殺。

正是在監獄中，魚玄機寫下了千古傳誦的〈贈鄰女〉一詩。詩中表現出獨特的叛逆性，既有女子渴望追求愛情的大膽表述，也寓有女性自我價值的充分自信，向男尊女卑的時代發出了強烈的抗爭之聲。

還她清白

魚玄機「戕婢」一案，實有諸多可疑之處。且不說案情經過離奇，完全不合常理，單就量刑來說，便令人匪夷所思。唐朝等級制度森嚴，人分三六九等，有著鴻溝般的等級劃分。綠翹是奴婢身分，《唐律》中規定，「婢乃賤流，本非儔類，奴婢並同畜產。」是指綠翹的地位，在她主人的眼中，跟一匹馬、一頭羊，沒什麼區別。魚玄機殺死綠翹，一般情況下，只須被官府杖打一百就可了事。最嚴重的情況，也不過是被判流放到邊遠地區一年而已。而魚玄機卻因「戕婢」被殺，其中內幕著實令人懷疑。

魚玄機個性率直，只有她喜歡並願意交往的人，才能成為她的入幕之賓。對於那些她看不上的人，地位再高，她也不屑一顧。傳說正因為如此，她得罪了一些了不起的權貴人物。她的被殺，大概正因為如此。今人已經考證，魚玄機所謂的「戕婢」一事，也是被人刻意陷害，有人殺了綠翹後埋屍於咸宜觀後院，再有意挖出，嫁禍於魚玄機。魚玄機在監獄中也有「明月照幽隙，清風開短襟」之句，似有為自己辯冤之意。

不論歷史真相究竟如何，一代傳奇女詩人魚玄機最終以悲劇命運結束了傳奇的一生。「白刃血蝤蠐之領，赤棒肉凝脂之膚，人生慘辱，至此已極。」就連明末清初的黃周星也為魚玄機的被殺深感歎息。但斯人已逝，她的故事，以及留下的五十首「緣情綺靡，使事偏能豔動」詩歌卻流傳了下來。直至今日，魚玄機依然是女性文學與社會研究的一個重要課題。

關於李億

李億，字子安，生卒年月不詳。李億的籍貫歷來有爭議，有人認為他是湖北鄂州人，有人認為他是山西人，甚至有人認為他是江東人，因缺少史料記載，只能從他人行蹤及詩歌中的詩意來考證。公認的看法，認為李億為山西人，證據是當時身在長安的溫庭筠寫過〈送李億東歸〉一詩，而溫庭筠本人也是山西人，山西剛好在長安之東北。

另有一種說法，也是由溫庭筠〈送李億東歸〉詩意來推斷，認為李億是江東人，這樣才能完全符合「東歸」的字意。另魚玄機有詩〈浣紗廟〉一首，是關於西施的詠史詩，也被認為是魚玄機跟隨李億到過江東的證據。

不過作者更傾向於認為李億是荊楚鄂州（今湖北武昌）人氏，因魚玄機的行蹤更契合這種說法。魚玄機生平只有兩次遠遊，一次為荊楚之遊，一次為山西之行。根據她的詩意推斷，她去荊楚是為了尋找李億，而到達目的地鄂州後不得不與愛人隔漢江相對，顯然是因李億正妻不容的緣故；去山西則是因為她與河東節度使劉潼交往，在他府中做幕僚。由這兩次遠遊可以推斷，李億應為鄂州人。根據溫庭筠〈送李億東歸〉字意來看，也完全說得通，因鄂州也在長安之東南，也可以稱作「東歸」。

另關於魚玄機任劉潼幕僚一事，普遍的看法是認為李億在劉潼府中做幕僚，同時帶著魚玄機上任。堅持此說者無非認為女子做幕僚於情理不合，但魚玄機本身就是個疏曠不拘的女子，自負有男子之才，所以作者認為她做幕僚是相當可信的。不過根據魚玄機的詩意推測，這段時期李億也在山西。二人之前本已分手，此次山西之行，導致和魚玄機再次舊情復燃，即使後來她回到長安，繼續做她的女道士，也始終對這段生活追憶不已。

無論真實情況如何，李億的生平絕大部分事蹟不可考是無可爭議的事實，籍貫有爭議只能進一步證明他在歷史上無足輕重。他得以留名青史、為人注意，最主要的原因是他曾經娶女詩人魚玄機為妾，不然，他的人生履歷也只能留下大中十二年戊寅科狀元這一筆。

據《文獻通考》及《登科記考》等書記載，終唐一朝，一共舉行過兩百六十五次科舉考試，因各種原因只產生了兩百五十二個狀元。作為其中一名狀元，李億生平事蹟不見記載，也無任何詩文傳世，可見此人性情軟弱，實在不足以成事，而被他拋棄的女子魚玄機卻留下了一卷詩集，並以其獨特魅力引來後世無限遐思。魚玄機後因殺人而被處死，之後李億亦不知所終。

關於溫庭筠

溫庭筠，本名溫岐，字飛卿，山西祁縣人。少敏悟，文思神速，韻格清拔，詩、詞、賦俱佳，與李商隱齊名，時人稱「溫李」。不過跟李商隱一樣，溫庭筠終生失意於仕途，以致寫下「今日愛才非昔日，莫拋心力作詞人」的激憤詩句。

溫庭筠一生逸事頗多。除了文才好外，他還精通音律——「有絲即彈，有孔即吹」「最善鼓琴吹笛」能達如此地步真可謂神人，已經達到武俠小說中飛花摘葉即可傷人的境界。可惜大才子也並非沒有缺陷，《北夢瑣言》中記載溫庭筠的相貌奇醜，外號「溫鍾馗」，外貌形象與他溫文爾雅的名字全然不符。

又傳聞溫庭筠年輕時是個不羈浪子，他遊跡江淮時，住在親戚姚勖家。姚勖當時任揚子留後，經常接濟財物給溫庭筠，但溫庭筠卻不務正業，將這些錢都花在青樓。姚勖知道後怒其不爭，用板子痛打了溫庭筠一頓。後來溫庭筠屢次參加科舉不第，他姐姐溫氏認為弟弟是被姚勖打傻了的緣故。剛好有一次，姚勖前去拜訪趙顓（溫庭筠的姐夫），被溫氏一把扯住，一把鼻涕一把淚地說：「我弟年少宴遊，人之常情，奈何笞之，迄今遂無成，安得不由汝致之。」姚勖又氣又惱，回家後竟然因此而病死。

關於溫庭筠的真實生平，素來爭議不斷，本文採用普遍觀點：大中十年以前，溫庭筠人在京師長安，並參加了大中九年的科舉考試，這也是溫庭筠最後一次參加進士考試。他因幫助左右考生作弊，攪擾場屋，弄得滿城風雨，翌年被貶為隨縣縣尉。小說中提到貶斥敕書乃引用原文，為時任中書舍人的裴坦所制，是當時傳誦極廣的敕文。溫庭筠赴任隨縣縣尉時，路過襄陽，為節度使徐商所留，從此一直待在襄陽。

咸通二年，徐商已經調去長安，溫庭筠也不得不前往江東。咸通四年，發生溫庭筠因犯夜禁，被虞候折齒敗面一事，他隨即前往長安求助權貴雪冤；此時，他已經五十一歲。小說中則將溫庭筠在江東折齒敗面的故事提前到他的青年時期。咸通六年，溫庭筠出任國子助教。咸通七年，以國子助教主持國子監試。之前不斷擾亂科舉的溫庭筠突然變得公正嚴格，並將所試詩文公佈於眾，杜絕了因人取士的不正之風，由此得罪宰相楊收，不久即貶為方城尉，未到任，之後生平不可考。

魚玄機與溫庭筠的交往，應該早於大中十年以前，她寫給溫庭筠的兩首詩頗有怨意，表明二人交往日久。而傳說溫庭筠在鄠縣傳舍遇到微服出巡的皇帝，因不認識龍顏、傲然詰問一事，本是發生在唐宣宗身上。據五代時人孫光憲所著《北夢瑣言》記載——溫庭筠當時問道：「公非司馬、長史之流？」唐宣宗回答說：「非也。」溫庭筠又問道：「得非六參簿尉之類？」唐宣宗說：「非也。」他堂堂皇帝之尊，竟然被對方如此看成是司馬、長史、參軍、主簿、縣尉之類的芝麻小官，當然很不高興。不過在小說中，則將故事原封不動移植到唐懿宗身上，特此說明。

關於裴玄靜

裴玄靜的事蹟見於《太平廣記》——「緱氏縣令升之女，鄠縣尉李言妻也。幼而聰慧，母教以詩書，皆誦之不忘。及笄，以婦功容自飾。而好道，請于父母，置一靜室披戴。父母亦好道，許之。日以香火瞻禮道像，女使侍之，必逐于外。獨居，別有女伴言笑。父母看之，復不見人，詰之不言。潔思閒淡，雖骨肉常見，亦執禮，曾無慢容。及年二十，父母欲歸于李言。聞之，固不可，唯願入道，以求度世。父母抑之曰：『女生有歸是禮，婦時不可失，禮不可虧。倘入道不果，是無所歸也。南嶽魏夫人亦從人育嗣，後為上仙。』遂適李言，婦禮臻備。未一月，告于李言：『以素修道，神人不許為君妻，請絕之。』李言亦慕道，從而許焉。乃獨居靜室焚修。夜中聞言笑聲，李言稍疑，未之敢驚，潛壁隙窺之。見光明滿室，異香芬馥。有二女子，年十七八，鳳髻霓衣，姿態婉麗。侍女數人，皆雲髻綃服，綽約在側。玄靜與二女子言談。李言異之而退。及旦問于玄靜，答曰：『有之，此崑崙仙侶相省。上仙已知君窺，以術止之，而君未覺。更來慎勿窺也，恐君為仙官所責。然玄靜與君宿緣甚薄，非久在人間之道。念君後嗣未立，候上仙來，當為言之。』後一夕，有天女降李言之室。經年，復降，送一兒與李言：『此君之子也，玄靜即當去矣。』後三日，有五雲盤旋，仙女奏樂，白鳳載玄靜升天，向西北而去。時大中八年八月十八日，在溫縣供道村李氏別業。」

小說中以裴玄靜出嫁為引子，她當時的年紀虛構為二十七歲。唐朝立國之初，為了恢復經濟，朝廷大力鼓勵婚嫁。貞觀初年，唐太宗李世民詔令：「民男二十、女十五以上無夫家者，州縣以禮聘娶；貧不能自行者，鄉里富人及親戚資送之。」（《新唐書》卷二）開元年間，唐玄宗李隆基「詔男十五、女十三以上得嫁娶。」（《新唐書》卷五一）將法定的結婚年齡降得更低。而實際上，低於法定結婚年齡就成家的人不在少數，如太平公主次女薛氏十一歲就已經出嫁。按照當時早婚的習俗看來，裴玄靜二十七歲出嫁已經屬於名副其實的老姑娘。

唐朝婚禮從古禮，「昏時」行禮，即夜間結婚。車服均尚黑，意為陰，表示與時相稱，與當今嫁娶尚紅迴異。

關於李可及

李可及是唐朝第一個被封朝廷官職的伶官，且官任威衛將軍，算是史無前例。其人生平事蹟不詳，善音律，是當時紅極一時的歌星，為皇帝寵幸不說，還被京師士民瘋狂追捧。可見追星一事，古已有之。

關於韋保衡

韋保衡，字蘊用，京兆人。祖父韋元貞、父親韋慤都是進士及第，所以，他也算是出身書香門第。韋保衡雖然也是進士及第出身，但卻非來自他的真才實學。當時他的座師（科舉制度下，主考官被稱為座師）是王鐸，王鐸認為韋保衡並非有真才實學，因此不打算錄取。但韋保衡儀表堂堂，英俊瀟灑，為唐懿宗所矚目。大概在這時候開始，皇帝心中就打算將韋保衡選為愛女同昌公主的駙馬，不過當時公主的年紀還小，自然不便明言。於是，唐懿宗出面干預，韋保衡總算進士及第。但與他同科的人都知道是怎麼回事——「保衡以幸進無藝，同年門生皆薄之。」（**《舊唐書》卷一七九〈蕭遘傳〉**）

咸通十年正月初九，同昌公主下嫁右拾遺韋保衡，詔以保衡為起居郎、駙馬都尉。唐懿宗傾宮中珍玩作為公主嫁妝，賜公主宅第於廣化里，宅第窗戶皆以寶玉裝飾，井欄、藥臼、槽匱用金銀裝修，又以金縷編織箕筐，賜錢五百萬緡，竭盡奢侈豪華。同昌公主家有一種「澄水帛」，長約八、九尺，似布又比布細，色亮透明，光可照人。據說帛中有龍涎，能消暑。夏日炎炎的時候，將它掛在房子裡，滿座皆覺涼爽，暑氣全無。同昌公主又用紅琉璃盤盛夜明珠，家裡晚上光明如晝。

而韋保衡娶了同昌公主後，便開始青雲直上，由翰林學士開始，升到郎中、中書舍人、兵部侍郎承旨、開國侯，一直到集賢殿大學士，年紀輕輕就躋身宰輔高位。十分可惜的是，金枝玉葉的公主出嫁第三年，不幸染病，不治身亡。唐懿宗思念愛女，悲痛交加，不但自製輓歌，還命宰相以下官員盡往弔祭。二十多名為公主看病的太醫都被處斬。宰相劉瞻和京兆尹溫璋上表力諫，均被貶出京師，溫璋由此自殺。韋保衡當了宰相後更加目空一切，對座師王鐸、同學蕭遘、于籍等均打擊報復。然而唐懿宗病死後，韋保衡恩寵漸衰，不久被貶，後被賜死。

小說中提及的九鸞琥珀釵為南朝潘玉兒所有。南朝蕭齊時，東昏侯蕭寶卷專寵淑妃潘玉兒，為她蓋神仙、永壽等大殿，又用黃金鑿成蓮花貼在地上，讓潘玉兒在上面行走，稱作「步步生蓮花」。蕭寶卷為了討好潘玉兒，曾花費一百七十萬錢，為她購買一支九鸞琥珀釵，奇珍無比。到唐朝時，九鸞釵輾轉落入同昌公主之手。公主死後，九鸞釵下落不明。公主死前夢見有人來取九鸞釵一事，見載於《太平廣記》。

關於溫璋

溫璋，唐初名臣溫大雅六世孫，山西祁縣人，與溫庭筠同鄉。溫璋非科舉出身，以父蔭累官大理丞，擢邠甯節度使，轉京兆尹。此人好嚴刑酷法，以「為政嚴明，力鋤宿弊」出名。

小說中「烏鴉訴冤」的故事，取自《北夢瑣言》溫璋之故事。「生不怕京兆尹、死不畏閻羅王」則取自會昌年間京兆尹薛元賞之故事。溫璋後來因進諫同昌公主案不成而飲毒自殺，均為歷史真事。

關於李近仁

李近仁的真實歷史身分為曹州刺史李續長子，累官員外郎、郎中、汝州刺史，另有弟李體仁。魚玄機有〈迎李近仁員外〉一詩：「今日喜時聞喜鵲，昨宵燈下拜燈花。焚香出戶迎潘岳，不羨牽牛織女家。」顯示二人非同一般的親密關係。

本小說為歷史探案小說，非人物傳記，因此根據情節需要，將李近仁的身分演繹為江東商人。

關於于闐尉遲氏

西域于闐國全稱為尉遲于闐國。尉遲並非中國常見姓氏，而是于闐國名前的頭銜，意思是「征服者、勝利者」。于闐王族本姓王，但自第三代于闐王起，改用頭銜尉遲作為姓氏。天寶年間，于闐國王尉遲勝入唐，唐玄宗李隆基嫁以宗室之女，並授予右威衛將軍、毗沙府都督。安史之亂時，安祿山起兵叛亂，尉遲勝將國政交給弟弟尉遲曜，自己親自率軍隊赴中原，援助唐朝。安史之亂平定後，尉遲勝留在長安終老，尉遲鈞便是其後人。

關於黃巢

黃巢出身於山東一個世代販鹽的商人家庭，他自小聰明伶俐，愛讀書，詩也寫得不錯。黃巢年紀尚小時，有一次，父親與一老人以菊花為題作聯句。老人一時未就，黃巢在旁見了卻脫口而出：「堪與百花為總首，自然天賜赭黃衣。」黃巢父親怪他不禮貌，欲教訓他一通，那老人勸止說：「孫能詩，但未知輕重，可令再賦一篇。」黃巢應聲詠了一首〈題菊花〉：「颯颯西風滿院栽，蕊寒香冷蝶難來。他年我若為青帝，報與桃花一處開。」豪邁倔強，傲世獨立，有沖天凌雲之志，男人的勃勃雄心一覽無遺。事見宋人張端義《貴耳集》。黃巢的詩歌在中國詩歌史上堪稱另類，其中突顯的意蘊，不是司空見慣的愛國忠君和譏諷時弊，而是不可抑制的反叛、憤怒、仇恨和令人生畏的極權欲望，是推倒現實、重整天下、凌駕萬物的雄心壯志。張端義於〈題菊花〉詩下注道：「跋扈之意，現于孩提時。加以數年，豈不為神器之大盜耶！」

儒生通常將「修身齊家治國平天下」作為人生最高理想。黃巢是讀書人，一開始表現還不是那麼跋扈，也是走傳統的建功立業之路——參加進士考試。據說黃巢的父親給他取名為「巢」，就是指望兒子日後能夠榮登科榜。「巢」可書作「窠」（音科），民間吉祥語中有「五子登科」之說。然而，黃巢的運氣不是那麼好，屢戰屢敗，數次參加考試，每次都名落孫山。落第後的黃巢終於絕望，決定再也不參加科舉考試。他題了一首〈不第後賦菊〉抒發心中的不平之氣：「待到秋來九月八，我花開後百花殺。沖天香陣透長安，滿城盡帶黃金甲。」這首詩流露出黃巢對長安的強烈渴望。這種渴望，不僅僅是對一個城市的渴望，還有對無上權力的渴望。此時，黃巢的理想不再是進士及第那麼簡單，他的理想，或者說野心，已經演變成凌雲之志，而長安就是理想的彼岸。

唐僖宗廣明元年（西元八八〇年）十二月初五，黃巢率領農民軍殺進長安。他乘坐金色肩輿，部下全都披著頭髮，身穿錦袍，束以紅綾，手持兵器。鐵甲騎兵行如流水，輜重車輛塞滿道路，農民軍隊伍浩浩蕩蕩，延綿千里，絡繹不絕。唐金吾大將軍張直方率文武官員數十人趕來迎接，長安居民夾道聚觀，場面極為壯觀。這一刻，是黃巢人生中的巔峰時刻。

張直方的性格、事蹟正如小說中所描寫。他主動投降黃巢後，頗得農民軍信任。但張直方心念舊情，將許多無處可去的唐大臣冒險藏在自己永寧里府第中，人數多達數百名，結果被黃巢發現，張直方全家都被殺死。因此有人認為張直方先前不過是偽降黃巢。歷史人物當時所處的環境與局勢相當複雜，實在很難完整復原。根據當時情況看來，張直方投降黃巢為情勢所逼，並不一定心甘情願，但是為了性命和前程，只得如此。

黃巢取得長安後，只知道固城自守，結果很快陷入唐軍重重包圍。經過反覆鏖戰，於中和三年（西元八八三年）四月退出長安，並於翌年被追殺於泰山狼虎峪。還有一種說法是，黃巢並沒有死，而是在洛陽當了和尚。五代陶谷《五代離亂記》中記載：「巢敗後為僧，依張全義于洛陽，曾繪像題詩，人見像，識其為巢雲。」加強這種說法的是《全唐詩》中收有黃巢的一首〈自題像〉詩：「記得當年草上飛，鐵衣著盡著僧衣。天津橋上無人識，獨倚欄干看落暉。」頗有繁華落盡的蒼涼詩意。

導讀推薦

傳奇不凡的「魚玄機」與撲朔迷離的《魚玄機》

文／彭衍綸
國立東華大學中國語文學系助理教授

許多四、五十歲以上年紀的臺灣民眾，對於魚玄機的認識，恐怕要拜邵氏兄弟（香港）有限公司於一九八四年出品的《唐朝豪放女》之賜，因為此部電影演繹的豪放女，即是由夏文汐主演的魚玄機。「魚玄機」此姓名頗為特別，「玄機」，語帶玄機，神祕色彩濃厚，頗像道士之名，一位看似因應電影而杜撰的人物！然而，魚玄機並非虛構，西元九世紀的大唐帝國確有其人，而且具有詩名，與李冶、薛濤同為當代著名女詩人，《全唐詩》亦收錄她的作品。

傳奇不凡的女子：唐朝的「魚玄機」

魚玄機其人其事正史無著墨，根據《中國文學家大辭典・唐五代卷》所記，略可知道魚玄機約生於唐武宗會昌四年（西元八四四年），卒於唐懿宗咸通九年（西元八六八年），所以魚玄機當為晚唐時人，其一生僅度過二十五個寒暑，可謂紅顏薄命[1]。正史雖不見魚玄機生平事蹟的載錄，部分筆記小說卻能尋獲較詳細的資料，這有如《北夢瑣言》——唐女道魚玄機，字蕙蘭，甚有才思。咸通中，為李億補闕執箕帚，後愛衰下山，隸咸宜觀為女道士，有怨李公詩曰：「易求無價寶，難得有心郎。」又云：「蕙蘭銷歇歸春浦，楊柳東西伴客舟。」自是縱懷，乃娼婦也。竟以殺侍婢為京兆尹溫璋殺之，有集行於世。**（五代．孫光憲《北夢瑣言》卷九）**

《北夢瑣言》作者孫光憲為魚玄機之後人士，後唐明宗天成初曾避地江陵，因受梁震推薦，而任荊南高季興書記一職，此書即為當時撰寫。書中主要記述晚唐、五代間的政治界傳聞、士大夫言行、文學家軼事、社會習俗、人情風土等等，其〈序〉曾自云：「每聆一事，未敢孤信，三復參校，然始濡毫。」所以書雖非史傳，亦應有參考價值。

《北夢瑣言》雖有可信度，但記述卻稍嫌簡陋，與魚玄機年代更相近的皇甫枚，曾撰有《三水小牘》一書，書中描述年輕女子綠翹為魚玄機笞斃之事時，對魚玄機的事蹟有更多的介紹——唐西京咸宜觀女道士魚玄機，字幼微，長安倡家女也。色既傾國，思乃入神，喜讀書屬文，尤致意於一吟一詠。破瓜之歲，志慕清虛，咸通初，遂從冠帔於咸宜，而風月賞玩之佳句，往往播於士林。然蕙蘭弱質，不能自持，復為豪俠所調，乃從遊處焉。於是風流之士爭修飾以求狎，或載酒詣之者，必鳴琴賦詩，間以謔浪，懵學輩自視缺然。其詩有「綺陌春望遠，瑤徽秋興多」。又「殷勤不得語，紅淚一雙

1 周祖譔主編：《中國文學家大辭典．唐五代卷》（北京：中華書局，一九九二，第一版），頁五一一二。

流」。又「焚香登玉壇，端簡禮金闕」。又云：「多情自鬱爭因夢，仙貌長芳又勝花。」此數聯為絕矣。**（唐・皇甫枚《三水小牘》卷下）**

因此，藉由《三水小牘》《北夢瑣言》二書的記載，對於魚玄機的生平約可勾勒如下輪廓——

●**魚玄機，字幼微，一字蕙蘭，出身長安倡家，富有傾國姿色，神韻非凡。**「倡家」即一般所謂的妓院。由此可知魚玄機雖有出眾外貌，但因出身寒微，以致日後命運坎坷。

●**唐懿宗咸通年間，曾服侍過擔任補闕職位的李億，後離去到咸宜觀當道士，自此道士成為魚玄機一生重要的身分印記。**對於魚玄機任「道士」之事，《三水小牘》的記述較顯保守，僅寫道「志慕清虛」，而《北夢瑣言》則指出是因「愛衰失寵」。事實上如以破瓜之歲，也就是十六歲即遭遇愛衰的處境來看，未免牽強，因此這其中可能尚有蹊蹺，而元朝辛文房《唐才子傳》卷八的說明正可為我們解惑：「玄機……咸通中及笄，為李億補闕侍寵。夫人妒不能容，億遣隸咸宜觀披戴。」可見她出身寒微，為人小妾，又逢善妒大婦，懼內丈夫，以致遭遣送道觀。

●**甚有才思，喜讀書屬文，尤致意於一吟一詠，風月賞玩之佳句，往往播於士林。**曾有詩句：「易求無價寶，難得有心郎。」「蕙蘭銷歇歸春浦，楊柳東西伴客舟。」「綺陌春望遠，瑤徽秋興多。」「殷勤不得語，紅淚一雙流。」「焚香登玉壇，端簡禮金闕。」「多情自鬱爭因夢，仙貌長芳又勝花。」並有作品集流傳於世。基本上，幾乎所有描述魚玄機的文字，都會提及她聰慧，有才思，喜歡讀書，能作文寫詩的特質[2]，前提六聯詩句中的一、二聯即分別屬於魚玄機所作的〈贈鄰女〉（又作〈寄李億員外〉）、〈寄子安〉，其餘四聯則為逸詩斷句。

●離開李億後，放縱情懷，加以弱質，不能自持，為豪俠所調，又為風流之士求狎，宛如娼婦。或許因為愛情路程上大受波折，以致魚玄機愛情觀大有轉變，進而放浪形骸，更為明朝胡震亨的《唐音癸籤》卷八評為「魚最淫蕩」。

●最後因為殺害侍婢，賠上一命，為京兆尹溫璋處死[3]。關於魚玄機殺害侍婢綠翹之事，當以《三水小牘》卷下的紀錄最為詳細。據該書所載，某日魚玄機為鄰院邀請，臨行告誡綠翹：「若有熟客，但云在某處。」黃昏時，魚玄機返回，翹告知「適某客來，知鍊師不在，不舍轡而去矣。」惟訪客與機素相暱，因此懷疑「翹與之狎」。到了晚上，魚玄機命翹進入臥房並加以訊問，無奈即使翹道出：「客無言，策馬而去。若云情愛，不蓄於胸襟有年矣，幸鍊師無疑」的話，魚玄機仍不採信。可謂猜忌心、嫉妒心十足。然而，與其說是猜忌、嫉妒，倒不如說是害怕、恐懼，害怕他人奪己所愛，恐懼自己失去擁有的，就像之前與李億的過往。不過這也讓「執巾盥數年，實自檢御，不令有似是之過，致忤尊意」的綠翹成了犧牲品，臨死尚且心有不甘，憤而說出「無天則無所訴，若有，誰能抑我強魂？誓不蠢蠢於冥莫之中，縱爾淫佚」的重話，死後更陰魂不散似地藉由青蠅伸冤。惟審視皇甫枚之語，似有同情魚玄機意味，敍述笞殺綠翹之事的揭發，乃一曾與魚玄機有嫌隙的人所為。

2 此相關記述尚有《唐才子傳》卷八的「玄機，長安人，女道士也。性聰慧，好讀書，尤工韻調，情致繁縟。」

3 溫璋殺害魚玄機一事的真實性，梁超然〈魚玄機考略〉（《西北大學學報》〔哲學社會科學版〕，一九九七年第三期，頁一八—一九）曾進行考究，認為《北夢瑣言》所記當是可信。再者，同文（頁二一）並主張魚玄機於咸通九年為溫璋判殺。

事實上，有關魚玄機的真正死因，歷來即有不少研究者關注，如趙翠玲認為唐朝法律規定人分良、賤，奴婢屬後者，地位甚至與畜產無異，唐律甚且明確規定，主人無論何因殺死奴婢，都不會獲得死罪，所以魚玄機之死乃由於其詩中含有大逆不道的內容，因而觸怒了統治者[4]。又似樊忠梨則以為，魚玄機的行為因不能為儒家正統思想接受，被斥為「娼婦」，下場走至死亡一途，理所當然。而小說作為傳道的工具，懲惡揚善，因而寫「不守本分」的魚玄機被戮，自然也是合理[5]。此外，像是馬曉霞者，則是從魚玄機個人和外在環境，甚至與自身所產生的不同矛盾，剖析其悲劇一生的成因[6]。

審視魚玄機短暫的一生，她雖有出眾的外貌，聰慧且具才思，但或因出身寒微，無法為人明媒正娶，後更因大婦所妒，而被遣送道觀。背景的宿命，加上遇人的不淑，以致感情路走得不甚順遂。然而，成為女道士的魚玄機，卻又不甘於平淡度日，她繼續致力於吟詠之作，時有風月賞玩的佳句流傳於當時文壇，日後更在《全唐詩》中占有一席之地，歷代亦不乏對她讚譽有加者，如明朝鍾惺《名媛詩歸》即說：「緣情綺靡，使事偏能豔動。此李義山能為之，而玄機可與之匹。」「玄機蓋才媛中之詩聖也。」前句，眾所皆知李商隱為晚唐的代表詩人，由此當可知鍾惺對魚玄機的評價，而「才媛中之詩聖」則更可見論者的推崇備至；朱錫綸在《歷代女子詩集》中亦評曰：「詞氣清新俊逸，女中庾鮑。」不僅稱讚魚玄機詩作清新俊逸，更將她比況為南北朝時期的大詩人庾信、鮑照。另一方面，也由於魚玄機的縱情放任，以致為人看似娼婦，最後竟因殺害侍婢而讓自己死於非命。相較於眾多的中國古代女子而言，魚玄機一生的經歷可謂傳奇不凡。

撲朔迷離的小說：吳蔚的《魚玄機》

藉由古代筆記的載錄，可知前人對魚玄機其人其事訊息的傳遞並不充足，然而面對如此一位生平資料稀少、帶有傳奇不凡色彩的歷史人物，吳蔚女士卻能以她為中心，且僅以生前最後幾個月為背景，創作出一部情節步步撲朔迷離、處處懸疑難解的探案小說《魚玄機》。

小說以看似與魚玄機毫無關係的鄠縣縣尉李言和裴玄靜的婚事揭開序幕，接著牽扯出眾多人物，不久後，此些人物即像河流匯入大海般，紛紛湧向魚玄機，與其產生關聯……。小說創作，「人物」絕對是重要元素之一，從古代筆記的記述來看，與魚玄機相關的人物並不多，大致僅有李億、綠翹、溫璋等人，甚至如溫氏的相關，只是因為他結束了魚玄機的生命。可是《魚玄機》一書中，卻出現不少圍繞著魚玄機的人物。此些人物歷史實有，但不見得皆與魚玄機有所交集，而吳蔚女士卻能將原本不相干的人物，巧妙地安排於小說之中，此即是作者的本事。

以裴玄靜家傳、與玄奘大師有關的銀菩薩失竊，作為懸疑波瀾的掀起，然而更大的「懸疑」卻

4 〈魚玄機殺婢疑案考究〉，《文學教育》，二〇一〇年第十二期，頁一四八—一四九。

5 〈魚玄機死因新辯〉，《內蒙古農業大學學報》（社會科學版），二〇一〇年第五期（總第五三期），頁三五〇—三五一。

6 此些矛盾包括：傳統的儒家思想與強烈的個性意識之間的矛盾、自身地位低下與自視清高的矛盾、道家的清靜無為與自身不甘寂寞的矛盾。參見〈魚玄機悲劇成因探析〉，《太原城市職業技術學院學報》，二〇一〇年第十期（總第一一一期），頁二〇二—二〇四。

隱藏在隨之上場的大詞家溫庭筠死亡情事之中。誠如方才所言，自古代筆記之中想要尋找與魚玄機有關的人物，所得有限，幸好清康熙年間編校的《全唐詩》，其中魚玄機的詩作尚能提供些許線索，國香、溫飛卿、李郢、李近仁、左名場等人，皆是透過詩作，可以獲知與魚玄機有所交情且姓名明確者。事實上，除了有百年緣分的李億外，溫飛卿，即溫庭筠，可說是另一位與魚玄機有著密切往來和深厚情誼的男子。

溫庭筠，字飛卿，太原人，相貌奇醜，人稱「溫鍾馗」，為人放蕩不羈，個性倨傲，喜好譏諷權貴，常為執政者所惡，以致屢舉進士不第。溫氏才情洋溢，詩風華麗，堪稱晚唐華豔詩風代表，但事實上，他對詞壇的貢獻要大於詩壇。溫氏大量創作詞，使詞在文壇上擁有獨立的地位，亦因溫氏詞作直接影響了五代花間詞人，所以前人稱之為「花間鼻祖」。

溫庭筠是魚玄機生命中另一個重要的男子，所以當魚玄機在感情無所寄託、飄零孤獨之時，便曾寫下這首〈冬夜寄溫飛卿〉給他：「苦思搜詩燈下吟，不眠長夜怕寒衾。滿庭木葉愁風起，透幌紗窗惜月沈。疏散未閑終遂願，盛衰空見本來心。幽棲莫定梧桐處，暮雀啾啾空繞林。」（**《全唐詩》卷八〇四**）淒寒冬夜格外令人寂寞，如非濃厚的交情，怎會在此時寫詩寄情。為何「苦思搜詩」？因為離愁別恨湧上心頭，惟有藉此方式聊以慰藉。「不眠長夜怕寒衾」，因為無法入睡以致長夜漫漫，其實並非夜長，而是因為輾轉難眠。原本衾被也該是溫暖的，但想到獨守空閨，反而懼怕起。三、四兩句承接首聯，將長夜不眠更加具體且形象地展現出來。冬夜寒風吹起一庭子的落葉，也吹起了詩人滿腹的愁緒，特別是仰對高懸的明月，想著月有陰晴圓缺，人生亦難免有高低起伏！猛然一驚，才發現月已西沉，又是一夜未眠，虛度良宵，真是感歎不已。行至頸聯，筆鋒一轉，詩人自我安慰：雖然命運坎坷，使人放浪形骸，然而在詩藝的追求方面，卻不可讓自己空閒，因此終於得以滿足宿願，寫寫詩。而事物的盛衰，人情的冷暖，命運的起伏，本就無可避免，又何必耿耿於懷。末聯詩人自況無處落腳的鳳凰，無巢可歸的暮雀，一個「空」字更道盡了百般的無奈——知音難覓、感情失所，就像自己在另一首〈感懷寄人〉中所說的：「門前紅葉地，不掃待知音。」知音的確難尋，也無怪乎不到百年之後的李煜〈子夜歌〉會說：「高樓誰與上，長記秋晴望。往事已成空，還如一夢中。」而魚玄機願意將此心情告訴溫庭筠，又何嘗不是將這位年齡與她有段差距的「長者」當成知音呢？

此詩是溫庭筠離開長安，遠赴襄陽，擔任刺史徐商幕僚時，魚玄機因不勝思念寫下的。除此之外，魚玄機尚寫了一首〈寄飛卿〉給溫庭筠：「階砌亂蛩鳴，庭柯煙露清。月中鄰樂響，樓上遠山明。珍簟涼風著，瑤琴寄恨生。嵇君懶書札，底物慰秋情。」（《全唐詩》卷八〇四）因為愁思滿身，所以一切無關的外在環境、事物總是能勾起心中難以排解的愁緒，秋情無限淒清，無人陪伴，獨自一人，加以「嵇君懶書札」，只能「瑤琴寄恨生」。嵇君即指三國魏時的嵇康，這裡引用了嵇康與山濤絕交之事作為詩句意涵，藉以埋怨溫庭筠不寄書信給自己[7]。

如果說，就是因為魚玄機與溫庭筠之間有此層特別的淵源，那麼作者以溫氏之死作為小說的描

7 嵇康〈與山巨源絕交書〉（《昭明文選》卷四三）中有「性復疏嬾，筋駑肉緩。」「簡與禮相背，嬾與慢相成。」由此可見借用此典故有怪罪溫庭筠之意。

寫重點，而鋪衍出懸疑情節發展的手法，便頗見巧思。當然，作者的巧思還不只如此，尤其在魚玄機形象的塑造方面。小說中每當發生懸案時，主要的辦案者幾乎都是裴玄靜，冷靜慧黠的裴氏彷彿是主導情節發展的靈魂人物。可是當我們折服於她的機智之餘，魚玄機柔弱的一面自然被襯托出來。當小說來到尾聲，魚玄機最終的命運看似與筆記小說描寫的結局契合，同樣與綠翹、溫璋有關，這像是回歸、呼應古代的記載，但其中魚玄機為免綠翹親屬受株連而願意承擔罪名的行為，則是表現出她良善的一面。

再補充一點，《三水小牘》曾載綠翹死時貌如生，《魚玄機》對於綠翹的死狀亦作同樣的描述，但前者並未說明為何如此，後者則是交代綠翹是因為中了宮廷祕藥「美人醉」的毒，這難道不又是作者精彩的巧思。只憑古代極短的描述，即構思設計出懸疑的祕藥事件，著實令人佩服。

事實上，從作者以一生短暫卻充滿傳奇不凡色彩的魚玄機為主人公，然後結合撲朔迷離、懸疑難解的調性來經營小說的作法，即可體會到其中的巧妙心思。當我們沉浸於小說詭譎的氛圍中，嘗試隨著其中的人物扮演辦案高手，抽絲剝繭地分析案情，並且看似快要水落石出，尋找到呼之欲出的兇手時，才發現空忙一場，徒然無功。作者將讀者引入花叢，進入後卻如霧裡看花，錯綜複雜。這更加吊足了讀者的胃口，令人欲罷不能，有一股繼續往下閱讀、探知真相的衝動。不知不覺中，我們皆成了小說事件的一份子。原本想要掌握小說情節的發展脈絡，卻反被作者掌控了。《魚玄機》一書的內容可謂撲朔迷離。

不只是小說

吳蔚女士自言《魚玄機》是一部關於歷史人物的小說，所以小說描寫的對象自然不是憑空虛構，而是真有其人，只不過其人不見史書載錄。因為是歷史人物小說，不免須包含歷史的元素，加以主人公欠缺史料的傳述，因此小說的經營，相關資料的搜羅功夫便顯重要，關於這一點，用心的吳女士做到了。為了構築小說，作者爬梳了來自史書（如新、舊《唐書》）、筆記（如《北夢瑣言》《太平廣記》）、詩集各方面的資料，不僅豐富了小說的傳述內容，也使讀者在魚玄機其人之外，見到更多的面向，尤其是大唐的文化。

《魚玄機》是一部歷史人物小說，在小說中，作者寫歷史人物、歷史事件，也寫名勝古蹟，卷三〈溫庭筠之死〉起頭即一口氣介紹了長安（西安）附近的咸陽原、白鹿原、樂遊原、鴻固原，且引用了唐朝兩位大詩人白居易、李商隱歌詠咸陽原、樂遊原的名作〈賦得古草原送別〉、〈登樂遊原〉。而在介紹又稱「首陽山」的白鹿原時，則又向讀者細數與此地有關的黃帝鑄鼎、伯夷叔齊隱居、白鹿悠遊其上等傳說。使讀者在看小說之餘，還能讀歷史、遊名勝、習詩歌、聽傳說。諸如此類情形在《魚玄機》中不勝枚舉。此書雖是一部以人物為描寫主軸的小說，其中卻富含了中華民族的歷史、文學、民俗等等，《魚玄機》其實不只是小說，也像是一微型的資料庫。

承蒙好讀出版社之邀，以一個對魚玄機其人其事曾經短暫研究的讀者角度來讀吳蔚女士的《魚玄機》，並撰寫本篇文章。實在不宜多說，說多了，其他讀者閱讀的樂趣便容易被剝奪。

後記

魚玄機——生命之花如許豔麗

吳蔚

唐朝歷時兩百八十九年，是中國歷史上一個長久而又特別重要的朝代。它一度是當時世界上最強大的帝國，在文化、政治、經濟、外交等方面都取得了輝煌的成就，對之後的中國歷史產生深遠的影響。

唐朝的歷史人物，可謂群星閃耀，熠熠生輝。而在女性人物當中，除了武則天這類以政治昭著青史的外，最出名的當數魚玄機——「色既傾國，思乃入神」又被譽為「才媛中之詩聖」，既有傾國傾城之色，又有傑出詩才。這樣一位才貌雙全的風流佳人，官方正史不見隻言片語，生平只散見於《三水小牘》《北夢瑣言》《唐才子傳》等筆記小說中。然而她卻得以名傳千古，其人生之傳奇、時運之不濟、命途之多舛，由此可見一斑。

本小說並非魚玄機本人的傳記，僅僅是攫取她人生中最後幾個月的短短幾天，以懸疑探案的手法，來折射出這位歷史名女子的傳奇人生。曾經有朋友說，這種寫法是一種新的開創。實際上，我個人並不是要開創什麼，只想提供讀者一個好看的歷史故事，一個有意味的情感空間。讀一本小說，實際上就是舒展心靈的過程。

魚玄機本人的定位和還原是一件困難的事，因為她是一個古人，而當現代人重新去審視古人的時候，已經不由自主戴上了有色眼鏡。

實際上，即使在唐朝這樣民風自由開放的時代，魚玄機也是飽受爭論的。這其實並非由於她廣為交遊的私生活，畢竟唐朝女道士大多生活開放，不忘解佩薦枕之歡者不乏其人。魚玄機之所以為士大夫非議，是因她的皎然個性。

她個人的悲劇，也許多少有些情愛因素摻雜其中，但她追求女性獨立自主意識才是最根本的原因。身為女子，於性別已經處於一種弱勢地位，何況她所處的時代正是晚唐大風暴的前夕——內有宦官擅權，外有藩鎮雄踞，政局左左右右，反覆翻覆，帝國表面的繁華背後，隱藏著社會的嚴重危機。「夕陽無限好，只是近黃昏。」一李唐氣數將盡，已是不爭的事實。個人始終無法擺脫大時代的影響，即使是知名大才子如溫庭筠，也無法擺脫政治的挾持。而魚玄機這樣才貌雙全、聰慧果敢的女子，在有意識追求自我獨立的情況下，她的個人經歷難免要與複雜的社會背景交織在一起，陷入曠日持久的人事糾葛。與她經歷類似的還有另外兩大女詩人薛濤、李治。

魚玄機或許並不真正瞭解社會，她的詩句大多是憶人傷懷之作，依然局限在小女子的視野之內。然而，她最大的可貴之處就在於，即使她或多或少地與權貴交往，才華個性卻並沒有被政治磨滅，直到生命的最後一刻，她始終保持獨立自由的性格，保持著人性光輝。就詩的成就而言，在星光璀璨的唐朝，魚玄機不過是個三流角色，但她留給後世豐富想像的並非她的作品，而是她本人的獨特魅力——她的綿綿情思，她的矯矯不群，她的剛烈神祕，她的悲喜沉浮，伴隨著那些錦繡文字，為唐朝皎皎星空增添了一抹獨特的亮色。

另一與她齊名的女詩人薛濤，文才、見識、博學猶在魚玄機之上，卻缺少獨立的人格，作品多為應酬之作，不乏卑微乞憐的姿態，薛濤本人甚至還被詩人劉禹錫比作為人精心豢養的孔雀。當然，這與她本人官妓的身分有關。只是如此缺少自我情懷，她的個體形象自然遠遠不及魚玄機那樣鮮明。

本書是小說，又是探案小說，因而對風雨如晦的大背景時代沒有著意描寫，但力圖有一些點綴，以求給人物更廣闊的空間。這也是本書引入黃巢的最主要原因。黃巢本人年輕時幾次參加科舉考試，均名落孫山。從時間上來推算，他的第一次應試，大致就是在咸通年間。本書人物，除了極個別的人如尉遲鈞，其他均為真實歷史人物。烏鴉訴冤的故事，也完全取材於《北夢瑣言》中記載溫璋之事蹟。關於這些歷史人物的真實生平事蹟，在書末附篇《人物介紹》中做了一些敍述。

《魚玄機》是一本關於歷史人物的小說，但它並不局限於時代。時間無限，世界的本質卻永遠是一致的。小說中的謀殺，本來只有最簡單的動機，卻因為最複雜的人性，演變為最紛繁的猜忌。小說中，同樣有著最典型的人物，最微妙的情愫，最難言的愛情，最痛苦的掙扎，最深沉的關懷，以及最艱難的選擇。

中國歷代王朝中，我最愛唐朝。為唐朝吸引，並非因為它的驚世武功，而是那種開放、自信、坦蕩、恢宏的泱泱氣度。之前曾經戲言要寫許多發生在長安的小說，《魚玄機》是我第一部正式出版的小說，謹以此篇獻給西安這座偉大的城市，正是這片不朽的土地，親眼見證了盛唐氣象。

國家圖書館出版品預行編目資料

魚玄機／吳蔚著;—— 初版. ——臺中市　:好讀,
2011.06
面：　公分，——（眞小說；01）

ISBN 978-986-178-192-1（平裝）

857.7　　　　　　　　　　　　100007847

好讀出版

真小說 01

吳蔚作品集——魚玄機

作　　者／吳　蔚
總 編 輯／鄧茵茵
文字編輯／簡伊婕
美術編輯／張裕民
行銷企畫／陳昶文
發 行 所／好讀出版有限公司
台中市 407 西屯區何厝里 19 鄰大有街 13 號
TEL:04-23157795　FAX:04-23144188
http://howdo.morningstar.com.tw
（如對本書編輯或內容有意見，請來電或上網告訴我們）
法律顧問／甘龍強律師
承製／知己圖書股份有限公司　TEL:04-23581803

總經銷／知己圖書股份有限公司
http://www.morningstar.com.tw
e-mail:service@morningstar.com.tw
郵政劃撥：15060393 知己圖書股份有限公司
台北公司：台北市 106 羅斯福路二段 95 號 4 樓之 3
TEL:02-23672044　FAX:02-23635741
台中公司：台中市 407 工業區 30 路 1 號
TEL:04-23595820　FAX:04-23597123

初版／西元 2011 年 6 月 15 日
定價／250 元
如有破損或裝訂錯誤，請寄回知己圖書台中公司更換

Published by How-Do Publishing Co., Ltd.
2011 Printed in Taiwan

ISBN 978-986-178-192-1

讀者回函

只要寄回本回函，就能不定時收到晨星出版集團最新電子報及相關優惠活動訊息，並有機會參加抽獎，獲得贈書。因此有電子信箱的讀者，千萬別吝於寫上你的信箱地址

書名：魚玄機

姓名：______________ 性別：□男 □女 生日：____年____月____日

教育程度：________________________

職業：□學生 □教師 □一般職員 □企業主管

□家庭主婦 □自由業 □醫護 □軍警 □其他______________________

電子郵件信箱（e-mail）：______________________ 電話：________________

聯絡地址：□□□ ____

你怎麼發現這本書的？

□書店 □網路書店（哪一個？）__________________ □朋友推薦 □學校選書

□報章雜誌報導 □其他____

買這本書的原因是：____

□內容題材深得我心 □價格便宜 □封面與內頁設計很優 □其他____________

你對這本書還有其他意見麼？請通通告訴我們：

____

你買過幾本好讀的書？（不包括現在這一本）

□沒買過 □ 1 ～ 5 本 □ 6 ～ 10 本 □ 11 ～ 20 本 □太多了

你希望能如何得到更多好讀的出版訊息？

□常寄電子報 □網站常常更新 □常在報章雜誌上看到好讀新書消息

□我有更棒的想法____

最後請推薦五個閱讀同好的姓名與 E-mail，讓他們也能收到好讀的近期書訊：

1. ____

2. ____

3. ____

4. ____

5. ____

我們確實接收到你對好讀的心意了，再次感謝你抽空填寫這份回函

請有空時上網或來信與我們交換意見，好讀出版有限公司編輯部同仁感謝你！

好讀的部落格：http://howdo.morningstar.com.tw/

請填妥後對折黏貼，直接投郵即可，無須貼郵票。

廣告回函
台灣中區郵政管理局
登記證第 3877 號
免貼郵票

好讀出版有限公司　編輯部收

407 台中市西屯區何厝里大有街 13 號

電話：04-23157795-6　傳真：04-23144188

沿虛線對折

購買好讀出版書籍的方法：

一、先請你上晨星網路書店http://www.morningstar.com.tw檢索書目或直接在網上購買

二、以郵政劃撥購書：帳號15060393 戶名：知己圖書股份有限公司並在通信欄中註明你想買的書名與數量

三、大量訂購者可直接以客服專線洽詢，有專人爲您服務：客服專線：04-23595819轉230 傳真：04-23597123

四、客服信箱：service@morningstar.com.tw

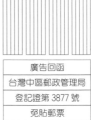